上尉的四季

王凯 —— 著

北京出版集团
北京十月文艺出版社

目录

第一章　冬

回乐烽前沙似雪，受降城外月如霜。

不知何处吹芦管，一夜征人尽望乡。

——［唐］李益《夜上受降城闻笛》

一

两年后，马小光又站在了基地北门前。营门上方高悬的“八一”军徽，两侧白墙上“团结紧张严肃活泼”“提高警惕保卫祖国”的大号红漆粗宋体字，墙根修剪齐整的冬青树篱，闪闪发亮的镀铬电动门，红白相间的三角形拒马，柏油路面上的黄色网格线，营门西侧缺了一角的值班室台阶，营门东侧的铝合金执勤岗亭，就连刺眼的午后阳光和天上那几朵懒洋洋的云，看上去都跟他离开时别无二致——除了他自己。

啊，不。这么说乍一听还挺带劲，可惜不够准确。表述不准确，说明思考不够、提炼不足，对工作的把握还不够深刻，彭处长带着他搞材料时经常这么讲。是这样，准确地说，此刻与两年前不同的还有营门卫兵。这小子正在盯着他，钢盔下一双小眼睛闪闪发亮。去北京之前，马小光从来没在出入营门上遇到任何问题。卫兵都知道他是谁，即便新兵刚下连，带岗的老兵也会告诉他们面前经过的这帮家伙都是何方神圣。营盘是固体，兵却是液体，马小光已经整整两年没有流经基地这条河道，抱着步枪的上等兵当然不可能知道，面前这个穿着羽绒服、戴着墨镜、拖着拉杆箱的家伙曾经在这里待过整整四年并且依然属于这里。

“同志!”不知道就等于不存在，所以卫兵很严肃地冲着正在发呆的马小光喊一句，“营门不许停留，会客请到值班室登记!”

“我不会客。”马小光上前掏出军官证，“我进门。”

“基地政治部干事?”卫兵鉴宝似的查验完证件，又重新打量他一番，“我怎么从来没见过你?”

“我这两年没在单位。”马小光瞅一眼卫兵的领章，“你是新兵，没见过我很正常。”

“新兵？我去年九月入伍，现在都第二年了好吧?”卫兵面露不悦，“两年不在？怎么可能有人两年都不在单位?”

“这个你就不用知道了。”马小光想一想，“要不你给你们指导员打电话核实一下？你们指导员还是那个谁……许锋吧?”

“不是。”

“许锋走了？”马小光愣一下，“上哪去了？”

卫兵看他一眼，没搭理他。

“现在指导员是谁？”

“对不起，无可奉告。”卫兵板着小脸，“我在上勤，不能随便打电话，请你去值班室登记。”

“好好，我自己打。”马小光掏出手机准备翻通讯录，“你们连长是——”

“同志，请你先退后。”

“行行行。”马小光苦笑一下，后退了两步。

“再往后！”卫兵伸手指一下，“退到白色警戒线后面！”

你他妈跟谁说话呢?！马小光差点就这么喊出来了。一大堆沤在心里腐烂变质的破事弄得他胸腔充满沼气，随时都会被目光或言语相撞迸出的火星点燃。轰！整个世界变成一片废墟——仅限于他的世界。他甚至很想冲上去和卫兵打上一架，最好打得尸横遍野、血流成河、水淹七军、火烧连营，全都死光了才好呢。

嘘——制怒，制怒，制怒……很好，对，就这样，保持住。三十岁的人了，何必跟新兵一般见识？他们只是在履行职责，你不知道新兵只认班长吗？几年前，一个刚下连的新兵把军便装混穿在院里散步的司令员给纠察了，这个段子你又不是不知道。换成你，你也不见得会让你进去，那不就完了吗？你要搞清楚自己的处境，你可以感慨物是人非事事休，欲语泪先流，可以悲叹二十余年如一梦，此身虽在堪惊，但千万不要再把自己当成大机关的干事了。你不过是在北京的大机关帮助了两年工作，机关花名册上根本没有你的名字。本质上说，你就是一个正连职临时工，一个穿军装的北漂罢了。正如所有或长或短但殊途同归的人生区间一样，在北京这两年于你而言是一段从希望走向绝望的艰难岁月，你难道不记得自己在机关大院东门外被卫兵拦下的情景了吗？你当然记得，不仅记得很清楚，并且称得上是刻骨铭心。那是去年“五一”假期的第二天，也就是借调到北京刚满半年的时候，你终于有时间去参观向往已久的故宫。你在人堆里挤了几个小时，傍晚赶回来想去饭堂吃饭时却被卫兵告知，你的临时出入证过期了。其实只过期了一天，那也不行，你依然不能进去。到机关帮助工作的干部只能办理有效期六个月的临时出入证，而在编干部的正式出入证是不标注有效期限的。唯一的办法就是以会客的形式登记进门，前提是你要拨打院内的任何一部军线电话并且有人接听。你打了处长和干事们的办公电话，每部电话响了六声，二十四声响完后，你又打了彭处长家、肖干事家、崔干事家和张干事家的座机，同样无人接听。你不敢打扰彭处长，于是再次分别拨打了三位干事的手机，肖干事正带着老婆孩子在古北水镇，赵干事正在外面跟别人吃饭，只有韩干事带着儿子在上跆拳道课。你之所以记得这么清楚，是因为你在东门外的马路边等了差不多两个钟头，其间抽了半包烟，还用打火机烧死了一只又一只爬在树干上的蚂蚁。直到韩干事回家后给值班室打了电话，你才带着被侮辱与被损害的灵魂进了大门。你说什么了吗？没有。你深刻地认识到在这个首脑机关大院里，你没资格说什么，因为你什么都不是，对机关大院来说，你根本就不存在。那你现在生什么气？难不成从北京回到基地你就是什么了吗？好像也不是吧？既然这样，那你还有什么可说的？

马小光没什么可说的。又一次自我评估之后，他闭上嘴转回身，拖起行李往值班室走。他当然知道去值班室登记是最方便的，可是他宁愿不畏艰辛地跟陌生的卫兵在那儿磨嘴皮子。理由非常简单却不便示人，那就是他不想——说害怕也可以——遇到任何一个他认识的人。正如他认识到的那样，任何一个认识他的人都已经认识到，从北京的金山上一脚踏空又滚回了基地的马小光现在只是一个笑话。

他慢吞吞地朝值班室走去，拉杆箱的静音轮滚动在这个寂静的午后，听上去像战斗机起降一样刺耳。当马小光的脚即将踏上第一级台阶时，值班室门被拉开，丁立军正笑嘻嘻地望着他。

“哎哟，这是谁啊这是！”丁立军的表情过于夸张，而夸张本身就是一种不真实。他用力晃完马小光的手，又冲着卫兵吆喝起来，“小伙子看清楚，这是咱们基地组织科的马大干事，以后直接放行，别再有眼不识泰山了啊！”

“……是！”卫兵愣一下，“丁参谋！”

“挺好吧你？”马小光赶紧垫一句废话，“还在军务科？”

“不在军务科我还能上哪去？不像你，大机关都抢着要。”丁立军把马小光让进门，“哎，你们大机关都改完了，基地怎么改？你给透露透露呗。”

“我哪儿知道。”马小光苦笑一下，“肉食者谋之，我算老几啊。”

“这话说得，你不就是肉食者吗？”丁立军略显亲热地拍拍他肩膀，“这次回来是办调动手续的吧？”

“调个鬼。”马小光知道丁立军在明知故问。几天前，他已经在电话里跟基地政治部张主任和组织科刘科长报告过他要回来的事了，而这种消息在基地那栋五层办公楼里的传播速度类似墨水滴进一杯水，“你不知道吗？我被退回来了。”

大概是丁立军被马小光简单粗暴的表述弄得有些凌乱，只好讪笑起来。两人属于那种当面挺热情、平时不来往的同僚关系，不算熟悉也不算生分。去年夏天和今年春天，丁立军两次到北京出差，都打电话约他见面，结果他两次都没去。一次是处里忙着搞会议材料，连着一个来月天天加班到十一二点，他不好意思也不敢请假去昌平找丁立军。第二次人家住得并不远，不巧的是马小光那会儿刚认识孟佳怡，有点空儿都腻在她在魏公村的住处，一个丁立军自然也懒得见了。自那以后，他们就没再联系过。在北京两年间，马小光隔三岔五就会接到基地来人的电话，要么是学习开会，要么是看病转车，他要是个个都陪，那就什么也不用干了，所以看人下菜碟只能是他唯一的选择。那会儿马小光误认为自己留在北京十拿九稳，不免自视甚高起来，像丁立军这种不咸不淡的旧同事也就没怎么放在心上。此刻突然见面，彼此肯定都会想到这件事，虽然谁也不会提起来。

草草扯了几句闲话，马小光逃也似的出了值班室，走进了缓缓开启的电动门。二十四小时前，他打车前往北京西站时恰好经过三里河路，钓鱼台国宾馆东墙外的“银杏大道”正是落叶时节，树下挤满了人在拍那一地金黄。而眼下，通往基地办公楼主干道两侧的杨树叶子几乎掉光了，风吹动干枯的枝杈，在灰蓝的天幕上划刻着看不见的痕迹。他走在这里，却依然想不明白自己怎么就走在了这里。这像个梦，但确然是真的。

二

基地和北京均处在北纬40度线附近，只不过东西相距两千公里，海拔相差两千米罢了。两地年平均气温相差十摄氏度。这一数据表明，马小光正重新面临寒冷的冬天。他现在戴上了大头帽，一是因为冷，二是因为着装要求。而在北京，他从来没戴过这个。北京冬天没那么冷，一顶大檐帽足以过冬，更重要的是北京配发的棉帽栽绒很短，而他从基地带去的则是大上一圈的长绒棉帽，如果戴出去就会立刻暴露出他只是一个帮忙干部的本来面目。不过现在他不需要隐藏什么了。回基地不到一个月，大头帽上的樟脑味儿已经被头油味儿取代，他看上去跟任何一个人都不再有任何区别。

他现在拥有了一间独立的宿舍兼办公室，位置在基地后勤部汽车连宿舍楼二层，门上挂着“政治指导员”的牌子，站在朝南的窗前就可以看到楼下院子里的车库、车场、篮球架和远处灰色的办公楼。一个看得见风景的房间，要是挪到北京该多好！搁三环边儿上，少说也得值个两三百万吧？有段时间，他在手机上下载了好几个房产App，经过一番研究之后，他发现了一个规律：凡是在北京的房子他都买不起，凡是他买得起的房子都不在北京，因此那些手机应用都是用来气人的，于是他三下五除二又把它们删了个干净。他还想过出去租个单间或者卧室，打听了一圈之后，很快放弃了这个不自量力的想法，低下脑袋走进了通往大院角落那栋老楼地下室的台阶。

去北京之前，马小光一直住在基地单身干部楼的宿舍里。宿舍带卫生间和阳台，除了阳台上六盆绿萝之外没有其他多余的装饰。他喜欢简单干净，自认为物欲恬淡，直到他搬进了那间地下室才发现高估了自己。不到十平方米的空间里住着三个帮助工作的干部，三张单人床之间连个脸盆都放不下，床底下像火车硬卧下铺一样塞满各自的箱子和鞋，其他东西只能钉钉子挂在墙上，为此马小光专门上网买了一只带系绳的水杯以便高悬。他们三个一致认为，如果把三张单人床换成两张高低床就能腾出点活动空间，至少能放张桌子或者简易衣柜什么的，哪怕放三张高低床也好啊，起码上铺可以用来放东西。怎奈三个人分属三个机关二级部，而营产营具却归另一个部门负责，作为一个没有身份的帮助工作人员，他们断然不敢向领导提出换床的非分要求。自费买？对不起，原来的三张床往哪儿搁呢？这个时候，他们很像是商量着如何给猫戴上铃铛的老鼠，没办法抓落实。于是他们又互相安慰说，还是不要换的好，假如真换成三张高低床，那还不得住进来六个人吗？思路一换天地宽，大家又庆幸自己还拥有一片从床单到天花板的领空。

对马小光来说，挤点还能忍受，最可怕的是无处不在的蟑螂。大大小小成群结队，会在任何时候任何地方任何情况下出现，弄得他精神高度紧张。自从一只该死的蟑螂半夜爬过他的脸之后，但凡回宿舍睡觉，他都会在楼门前踯躅良久，进了宿舍第一件事就是把被褥揭开反复抖动，如果同屋的李宇轩他们还没睡，他还会不厌其烦地把被罩拆下来检查一番。就算这样，整个晚上他都睡不踏实，时常会因为有东西从他皮肤上爬过——可能并没有——而惊醒，差劲的睡眠令他的头发大面积脱落，却没办法告诉别人自己是被一种低等动物吓破了胆。来北京之前，他只在电影《黑衣人》里见过这种恶心的反派昆虫，汤米·李·琼斯和威尔·史密斯与之进行过殊死搏斗，不过看起来它们并未失败，依然在统治着地球。相比之下，基地营院里最常见的鞋底虫虽说不太正经却也不招人烦，而树沟里的屎壳郎看上去简直就像穿着黑西装的老派绅士。但包括马小光在内这些坚持地下斗争的同志却很少抱怨这些，因为大伙儿都清楚，只要正式调入机关，一切都会立刻改变。他将会办理一张永久的营门出入证，将会分到一间正经八百的单身宿舍，等和孟佳怡结婚后，他还会得到一套小小的公寓房，不出意外的话，胸前的级别资历章将会变成两排、三排甚至四排。换句话说，他抱有虽不远大却触手可及的希望，他是推着石头上山的西西弗斯……得了吧，西西弗斯至少还有重新开始的机会，可马小光没有了。他必须重新定位自己。他只是一只两条前腿已经搭在了井沿上的青蛙，刚刚探出脑袋看到了巨大的世界，紧接着又从井沿滑落，重新坠入了深渊。

那还折腾什么呢？没必要了。日暮酒醒人已远，满天风雨下西楼。回基地当天下午，他在基地政治部张主任办公室已经说了，他只想随便找个地方待到明年三月，然后转业走人。这就是他全部的想法。虽然这想法在知道要离开北京之前压根儿不存在，却并不意味着它不重大。一颗小行星决定去撞击地球，于是恐龙就灭绝了。

从前他以为念头这东西更像植物，从一粒种子开始缓慢生长，现在看来并非如此。转业的念头在不久前那个失眠的夜晚冒出来之后，天还没亮便塞满了他的脑袋，令他想起抖音上看到过的那种化学实验：几个闲得无聊的家伙往罐子里不知倒了些什么东西，立刻就会涌出占满了整个游泳池的泡沫。

“怎么，没留在北京伤自尊了？怕别人笑话？从大机关回来看不上基层了？”张主任坐在办公桌后面扔过来一根烟，从前一起搞材料时，张主任也是这样不停地给他扔烟，“不好意思说？不说也没关系，人嘛，怎么可能没想法？不过转业摸底还没开始呢，你不用那么着急。”

“我也不急这几个月，反正能走就行。”马小光想讨一个确定的答复，“应该能走吧？”

“你这个问题问得不好。走留要听组织安排，我可不能随便给你许愿。”张主任拿根红笔改着面前的材料，“既然回来了，那也别闲着，该干工作还得干。人这个东西，忙忙不坏，闲可容易闲坏。”

“那我上山去吧。”马小光只好退一步，“反正时间也不长，我去训保营打打杂也就过去了。”

“打杂？部队培养你是让你打仗的，可不是让你打杂的！”张主任抬抬眼皮，“还不到三十岁，就想着养老，那怎么行？不管怎么说，你也在高级机关锻炼了两年，思想水平、能力素质还有眼界见识跟在咱们这儿不可同日而语，这都是重要收获，你可别给我浪费了。”

“还不如没去呢。”马小光抽口烟，闷闷地回一句。他想起在基地组织科那几年，他从听见电话响都发怵的新人练成了一个什么材料都敢接的老手，特别是去北京之前那一年，他起草的两篇经验材料被上级转发，跟领导合作——领导主要负责署名——的三篇研讨文章也前后脚在刊物上发表，他自己还时不时弄篇言论稿在报纸上露一小脸。这一来，不光张主任大会小会多次表扬，马小光自己都感觉自己棒棒哒。到了九月，北京的借调电话就打了过来。刘科长用着他正顺手，当然不想放他走，直接替马小光回话说该同志不愿意去。首都和戈壁滩哪儿好傻子都分得清，彭处长自然不相信马小光觉悟能高到甘做戈壁红柳的地步，一个电话又打给了张主任。主任毕竟是主任，格局非科长可比，把马小光叫去谈了一次话之后，便把他放走了。张主任说，他原本打算把马小光放到连队去干个指导员，有了基层主官岗位的历练，以后发展才有后劲。但如果马小光非想去北京，那他也不会硬拦着。现在回想起来，他有点恨张主任当时为什么不把自己拦下。可站到对面想，张主任真要把自己拦下，他不一样恨吗？

“去也没错，人往高处走嘛。现在高处你也走过了，就再换个低一些的地方走一走。”横竖都要被记恨的张主任终于放下笔，双手抱颈靠在椅背上，“去连队吧，去了你就知道了，连队可是个好地方。”

马小光特想纠正一下张主任的说法，考虑到领导权威的不容置疑和自己级别的相差甚远，最终还是闭上了嘴。连队要真好的话，那么多干部干吗都想往机关跑？基地如此，北京更是如此。不然谁愿意天天跟蟑螂住在一起，疯了吗？他可是在北京的高级领率机关工作——准确地说是帮助工作——过的，大机关搞的是顶层设计，几个校尉军官研究的事情很可能就会成为文件规定，然后影响无数的连队。在连队他能影响啥？饭堂的馒头都影响不了，人家该发酸发酸该碱大碱大。连队说到底就是块地，机关想种啥就只能种啥，种啥你也就是根草。而马小光要的是树，一直以来他都想长成一棵树。马小光暗地里想了那么一两下，立刻又痛骂自己无聊。草如何树又如何？都要滚蛋了，还在这里咬文嚼字！

于是马小光就去了连队。带他去汽车连上任的是干部科的邱海青。邱海青和他一起毕业分来基地，跟马小光高中毕业考进军校不同，邱海青是先当了两年兵才考学，年龄长他两岁，说话办事也老成得多。刚来基地报到时，新学员都要在干部科帮个把月忙等待分配，最后其他人都下了连队，只有邱海青被干部科留下帮助工作，半年后下了正式任职命令。马小光在通信连当排长时，邱海青经常给他透露点机关的内幕消息，而他则私下里给邱海青宿舍装了一部军线电话。第一次发表那个豆腐块小言论时马小光还不好意思说，要不是邱海青拿着报纸挨个办公室宣传，他还真不一定能那么利索地调进机关呢。邱海青协调办事能力超强，文字上则弱一点，在政治部时，马小光时不时会帮他改改材料，两个人关系一直不错，调正连时还是一起下的命令。正连干满一年，马小光去了北京，邱海青则从干部科干事任上去了汽车连干指导员。两年过去，邱海青已经升任干部科副营职干事，如果马小光留在北京，两个人依然算是齐头并进。可现在差距拉开了，邱海青戴上了两排资历章，而马小光还是窄窄的一排。那他这两年该怎么算？没法儿算。北京会说，你这两年只是帮助工作，有什么可算的？基地会说，你这两年又没给我干活，我凭啥要算你？两头看下来，马小光只得承认这两年光阴全蹉跎了，白忙一场。他从未遭受过如此重大的失败，颓丧之感仿佛荒漠，不管你如何矫饰，心境依然是无尽灰黄。

“话不能这么说，去了跟没去当然不一样。”去汽车连的路上，邱海青边走边说，“你有两年大机关工作经验，哪天上头再要人，你肯定占优势啊！”

“不可能了。”马小光摇头，“守株待兔的事儿没什么指望。”

“这话你可别说死。远的不说，基地张司令前年都准备转业的，年底不是提了副军吗？”邱海青说，“你现在得继续跟北京那边的领导保持联系，没事就汇报汇报问候问候——对，你这两天跟人家联系过没？”

“没啥可联系的。”

“我就知道。你这人啥都好，就是书生气太重。为啥不联系？发个微信打个电话费你啥劲了？这段时间羊肉正好，你还可以给他们寄点羊肉啊！”邱海青很亲昵地拍着马小光的后背，“关系这东西就跟车一样，随时得维护保养，哪天他们空出位置，你当然还是第一人选，再不济你们处长也可以把你推荐给别的地方啊！”

“真的再让我去，我也不去了。”马小光苦笑，“哪儿也不想去了，就这样吧。一会儿到了连队我就和他们说清楚，我是等着转业走人的，也别指望我干啥。”

“等等等等……这话咱俩私下说说可以，到了连队可千万别这么说。”邱海青停下来看着马小光，“这话可不是你这个指导员该说的。”

“我就是个代理的，过几天就滚蛋了，还管那么多。”

“代理的也是指导员嘛。指导员是给人做思想工作的，你这么说，周俊涛怎么看？战士们怎么看？”邱海青一脸认真，“你听我一句啊，就是装，你也得装出个连队主官的样子来才行，不然的话，有些人就会不把你当回事，你这工作可就没办法开展了。”

“我压根儿就没想开展任何工作。”话到嘴边，马小光又把它含住了。他很少见邱海青这么严肃认真，平时他的那张娃娃脸总是荡漾着笑意，让人看着特别舒服，任谁也不好意思跟这样一张脸发火，马小光只好换了一句，“我也就是那么一说。”

邱海青说的显然是经验之谈。穿过篮球场，就见周俊涛已经带着三个干部等在连队门前。马小光知道这不是冲他来的，因为他身边走着老指导员邱海青。张主任找他谈话时专门讲了，邱海青在汽车连干得风生水起，在官兵当中很有威信，看来确实是这样。遗憾的是，他对这些没兴趣，邱海青的经验在他这儿只能白瞎了。

“欢迎欢迎，马干事来可真是太好了。”周俊涛跟邱海青打完招呼，又过来跟马小光敬礼握手，“邱指导员一走，我正发愁连队没人掌舵呢。”

“这话说得，你不也是党支部副书记吗？”邱海青笑道，“不过你说得也没错，马干事可不是一般人，比我强多了，你们两个打配合，哪个连队也比不过！”

马小光有口无心地哼哈了两句，倒是邱海青笑容满面地把马小光狠狠地介绍了一番。什么“有才华有思想有本事”，什么“工作经验丰富”，什么“基地著名笔杆子”，什么“北京大机关锻炼过的优秀人才”……每提一句，马小光就觉得像扇了他一记耳光，弄得脸都要肿了。上楼进了连部，邱海青又坐在那儿向马小光介绍了一番连队情况，这才起身告辞。

“老邱厉害呀。”一起下楼送走邱海青，又一起往回走时，周俊涛拉长了语调，“前途无量！”

“对，他能干。”马小光随口应一声，“我们关系不错。”

“我们也挺好。”周俊涛看马小光一眼，“晚上点名的时候给大家讲几句？”

“算了，没啥讲的。”马小光犹豫一下，“我也不太会讲话。”

“怎么可能，你们搞政工的哪有不会讲话的？老邱上任的时候，讲了足足半个钟头，要不是有人晕倒了，一个钟头都打不住。”周俊涛耸耸肩，“还是讲一下吧，不亮个相，大家怎么认识你呢？”

“过几天就认识了，又不是演员，还得出席个发布会。”马小光摇头，“真的不讲了。”

马小光认为自己表述得已经足够准确清晰，可晚点名时，周俊涛花了几分钟时间呼点人员讲评工作布置任务后，还是把马小光给拽了出来。

“下面，请咱们连的新任指导员马小光同志给大家讲话，大家欢迎！”周俊涛手一挥，掌声立刻充满了一楼门厅，门外的声控灯泡也应声亮起，把个站在队列最后面的马小光弄得措手不及。这当儿，周俊涛已经往边上走了几步，让出了队列指挥位置，马小光愣在那儿，而几十个兵则纷纷转过头来看他。一百多道目光一齐刺过来，只觉自己被捅成了筛子。

你去讲一下啊！随便讲什么，不就是个意思吗？谁还没听过领导讲话，这有什么难的，说几句场面话好了，谁在意你讲什么？去啊，别傻站着了，人都看着你呢！噢，你不想讲话，那你戳在这儿就牛了是吧？你知道你马小光最大的毛病是什么？轴！去了北京你才学会这个词儿的吧？对，没错，这场子不是你要扎的，问题是场子已经给你扎起来了，你不上去说两句，你以为你能收得了场吗？去啊，去啊，快去啊！

马小光面红耳赤地挪到了队列前面。那感觉像是出去跟别人相亲，眼都不知道往哪儿瞅。而那些只见过一面的姑娘看上去都比他自如得多。他强迫自己抬起头来，努力去面对队列里那几十张面孔。他飞快地扫视了一番，似乎并没有丁立军在北门值班室看他的那种眼神。是的，这都是些兵。新兵还没下连，所以只有上等兵、下士、中士、上士和四级军士长。嫉妒或者嘲讽总是在相同的平台上展开的，而面前这些陌生人没必要对他幸灾乐祸。他绷紧的身体微微松弛了些，一阵风吹过来，腋下的汗水突然冷却，令他微微哆嗦了一下。

“大家好，我叫马小光。”他清清嗓子，可发出的声音依然很小。这是他头一回站在连队面前讲话。从前他只当过一年排长，给全连训话这事儿还轮不到他，所以他掌握不住口吻、语速和音量的分寸，“嗯……我是来这儿代理指导员的，代理嘛，意思就是暂时代替一下，所以呢，在新的指导员上任之前，大家主要还是听周连长的。我呢……我就尽量跟大家……”马小光伸手搔了搔下巴，又自嘲地笑笑，“跟大家相安无事吧！”

“说完了。”他转头走了两步才想起补充一句，“谢谢大家。”

门厅里静得只剩下眼珠转动的声音。不知过了多久，周俊涛突然拍了两下巴掌，紧接着队列里响起了稀稀拉拉的掌声，几秒钟后又归于平静，像极了剧场里的托儿在为一个没抖响的包袱领掌。

三

在基地，时间明显变慢。作为一只正在向井底坠落的青蛙，马小光认为这正符合爱因斯坦的狭义相对论：下落速度越快，时间流逝就越慢。用的虽然都是北京时间，不过北京的时间快如机枪扫射，而基地的时间则慢如张弓搭箭。这意味着他已经从火器时代回到冷兵器时代，彻底实现了人生的大倒退。

这几天，除了一日两餐（早饭不吃）和上厕所，马小光基本都坐在房间里，哪儿也不去，什么也不干。也不准确，他也不可能真的什么都不干，小视频还是刷的。孟佳怡最喜欢窝在沙发上看这些，在一起时还会叫他坐过来一起看不同的人演同样的段子，配着同样的洗脑音乐。彼时的马小光心不在焉，他脑子里大多数时候想的都是手头的材料该怎么弄或者需要各部门会签的请示什么时候才能跑完。现在好了，他有大把的时间可以用来糟蹋，大拇指在屏幕滑动，手机套餐一个月的流量两天就被用光，不得不去单买流量包。军校毕业六年来，他还是头一回这样无所事事。刚毕业那年，他在通信连有线排当排长，日常训练、台站值班、装备维护、线路检修、驻训部队通信保障姑且不论，光是电话报修这一件事都常常忙不过来。他常常带着兵四处爬杆下井，接电缆测线路外加配线架跳线，稍微慢点就会有电话在屁股后面催。就这样，他还在报纸上发了一篇小言论。虽然也就几百字，却成了他进入机关的敲门砖。接下来的几年里，他在组织科如鱼得水，还得了个“二杆子”的绰号。二杆子者，基地政治部第二笔杆子也。再后来，他又去了北京。从前他以为北京的机关就是拿着电话发号施令，到了才明白这活儿不是好干的。工作量比他想象的更大，要求比他想象的更高。早上七点半到办公楼，打扫完办公室卫生，再给处长和老干事们洗净茶杯和烟缸，接着就是一整天的忙碌。白天需要接打电话，上传下达，跑腿办事，搞材料一般只能在晚上，所以他回到蟑螂出没的宿舍时常都在十二点之后，如果遇上急活儿或者大活儿，熬个通宵后接着上班也不是什么新鲜事儿。相比工作日，他最讨厌的反而是周末。周一到周五中午起码可以在办公室小憩一会儿，而周末常常是领导带着加班推材料的时间，常常是从早到晚不休息，中午在会议室铺张报纸吃盒饭，吃完又开始对着投影仪绞起了脑汁。特别是去年认识了孟佳怡之后，好容易逮住个不用加班的周末陪她吃顿饭或者看场电影，坐在那儿也很不踏实，总觉得电话会突然响起，而领导正喊他回去加班。这些年里，他的时间基本都不是自己的，整个人仿佛小时候父亲送他的那只棕色铁皮松鼠，上紧了发条就会一个劲地蹦跶。他的确也一直在蹦跶，从连队蹦跶到机关，从基地蹦跶到北京，他以为自己会一直这么蹦跶下去，却没料到“啪”一声，七岁的他看着父亲用螺丝刀拆开铁皮松鼠，里面细细的发条炸成了一团乱麻。

他现在就是那只动弹不得的铁皮松鼠。他的发条由事业和爱情制成，或者说，由他即将到手的任职命令和孟佳怡构成。可现在发条断了。一只坏掉的玩具只配丢进垃圾桶，但至少是标着“可回收物”的蓝色垃圾桶，而他呢？看上去连回收的价值也没有。买了返回基地的火车票后，他把办公室钥匙移交给了张干事。火车刚过大同，张干事发微信很委婉地通知说，他将被移出置顶了两年的工作群。他当时回了一个貌似轻松的龇牙表情，而夜色涂黑的车窗玻璃却映出一张落寞的脸。北风吹白云，万里渡河汾。心绪逢摇落，秋声不可闻。他正是带着这落寞穿越蒙古高原和河套平原，又翻越乌鞘岭进入河西走廊，最终抵达他曾经的出发地。

马小光在时间的泥淖中感到后悔。早知道张主任不让自己上山赋闲，还不如在北京多赖两个月。那样的话，至少他一回基地就可以直接申请转业，而不是在汽车连半死不活地耗着。树欲静而风不止，他想走而领导不让。他什么都不想管，可他毕竟穿着军装坐在宿舍里而不是戴着草帽隐于终南山，笑嘻嘻的文书依然会一趟趟地跑来叫他接电话。他一边骂着娘，一边抓起电话。听筒那头的人他几乎都认识或者熟识，他们总会先寒暄两句再切入正题，不管他们说什么，对马小光来说都没有好事。每个电话都会通知他要去做一件以上的事情，而马小光只能嗯嗯啊啊地答应着直到电话挂断。他在本子上记下了一条又一条工作，面前这种A5大小的黑色革面笔记本他在北京用掉了好几个。但凡领导叫他，他都会带着本子过去，把领导交代的任务一五一十地记下来。每办完一件，就在前面打个钩，眼下这个本子是他从北京带回来的，已经用掉了十来页，但后面的空白他不想再填写了，只要能拖的他都装作没看见。对他来说，这些事情干不干都没什么区别，他心里曾熊熊燃烧的烈焰已然成了一摊冰冷灰黑的余烬。连他都认为自己的觉悟已然低到了脚踝，可他就是没办法调整自己。他拿自己一点辙都没有，谁能拿一只坠回到井底的青蛙怎么着呢？

所以周俊涛来找他时，他歪斜着的身子是坐正了，情绪却依然是散乱的，像被立直了的沙袋。几句话下来，他听明白了，周俊涛是想请他主持支委会，研究一下老兵退役的事情。

“我什么情况都不了解，你看着定就行了。”马小光漫不经心地看着手机，“我没意见。”

“老兵的情况我是比较清楚，留队的人选也就那几个，不过该走的程序咱还得走。”周俊涛很客气，“上次邱海青也说了，基地明确你负责党支部书记工作，开会还得请你来主持。”

“人我都还对不上号呢。”马小光瞅一眼桌角上那份他翻都懒得翻的连队花名册，“兵里头我就认识个文书。”

“没关系，我一说你就清楚了。”周俊涛递过来一张A4纸，“这次主要就是六个满八年的冬季兵，除了一个想走，另外五个都想留。今年上头只给了三个上士的指标，就这个稍微麻烦点。不过走比留还好办点，不像八月那批义务兵，一多半都要走，做半天工作还没留满。在校大学生当个两年兵回去还要接着念书，你还不能不让人家走。”

马小光只得接过名单看了看。五个申请留队的士官已经排了序，只是那些名字就像公交站牌上陌生的站点，对他没有任何意义。

“我基本上是按考核成绩和平时表现情况排的序。民主测评也搞了，也都大差不差。”周俊涛说，“你像杨林，这个兵各方面素质都不错，一直在汽车一班干班长，上下反映都好，现在又给司令员开车，我就把他排在了最前面。梁壮壮呢，表现也不错，车辆上没出过问题，叫他干啥就干啥，没那么多的事，现在主要保障咱们后勤部仇部长，排第二也比较合适。”

“最胖那个吗？”马小光多了句嘴，“是他吧？”

“对，胖的那个是梁壮壮，杨林毕竟是开一号车的，肯定要精神点。不过梁壮壮胖是胖了点，体能考核人家也是过了的。”周俊涛看一眼马小光，飞快地注解了一下，“再就是米天宝了，这个兵技术倒是真不错，就是牢骚多，爱奓刺儿，我是考虑他一直负责十六吨吊车，走了一时半会没人接，还是留下来算了。”

“你抽不？”马小光点上烟才想起问周俊涛，“我记得你好像不抽烟。”

“我不抽，谢谢。”周俊涛指了指马小光手里的名单，“剩下就是任永富和王宇了。任永富一直开大车，干活也还行，就是各方面都不突出，跟其他三个比还差点。还有一个修理排的王宇，说是修理工，其实也修不了啥，也只能让他走了。”

“修理排一个不留，他们会不会有意见啊？”话一出口马小光才发现没过脑子，这不是他应该管的事，“不过他们也就一个人。”

“对啊，他们有个屁的意见。”周俊涛哼一声，“汽车连现在缺的是司机，就是再给一个指标，也轮不到修理排。”

“挺好，我没啥意见。”马小光把名单递回去，“其他支委都知道了吧？”

“知道，他们没说啥。再者说了，你是书记，我是副书记，咱们两个意见统一了，其他人也就没啥可说的了。”周俊涛停了停，“那咱们上午就把会开了？”

这话听着不太正常。如果其他支委都没意见，那周俊涛的表述就应该斩钉截铁才对。如果搁在两年前，马小光八成会琢磨琢磨这事到底怎么办。他会像所有上任的新官一样把所有考核、推荐和测评记录都拿来一页页看，他会找班排长和老兵一个个谈，他会搞清楚每个老兵都有些什么关系，他会反复思考后排一个顺序，然后再坐下来跟周俊涛讨论这份名单。比如梁壮壮，不要说引体向上和三千米，光是目测体型估计都过不了关，而体能考核第一项就是身高体重，这家伙不到一米七的个子看着像有两百斤，考核是怎么过的？不过这念头只是微弱地闪了一下便消失了。不用说，排在名单前三的显然都是周俊涛想留的人，或者是他必须要留的人，至于什么原因，他才懒得去问。这跟他有什么关系？别说这五个素不相识的兵，就是整个军队也马上跟他没关系了。既然如此，周俊涛想留谁就留谁好了，只要他能顺顺当当地走就好。

“可以啊。”马小光没什么反对的动机和理由。说起来，他跟周俊涛也算熟悉。当初周俊涛在油运科干车管助理员时，基地改造油库设施，有两个汽油罐要换装柴油，油运科从外面请了专业清洗队接这活儿。本来没有周俊涛什么事，只是有一次负责施工的毛助理有事请了两天假，让周俊涛帮着盯一下。他脑袋也不知是哪根筋搭错了——要么就是搭得太好了——也跟着工人钻进了油罐里。清洗油罐要用蒸汽加热，以便让罐壁上的油污层熔化脱落，工作温度至少四十摄氏度，加上厚厚的橡胶防护服和呼吸器，即便受过培训的工人在里面干个十来二十分钟也得出来透透气休息一下，结果周俊涛刚下去没两分钟就晕倒在了罐底的油污中。按毛助理的说法，周俊涛刚从基地卫生队的病床上睁开眼，就被站在边上的郭科长一通臭骂，说他是狗拿耗子，闲得蛋疼。不过郭科长骂得有点早，当他向刚从上级机关下来任职的后勤部仇部长汇报时，仇部长却认为这是件充分展现后勤战线广大官兵责任意识和担当精神的大好事，不仅大加赞扬，还要给该同志报请二等功。二等功是什么概念？马小光刚到组织科干的第一件事就是整理基地组织史，他亲手统计过，基地组建五十多年间，立过一等功的人还没出现，立过二等功的也不过寥寥六人，按照时间顺序分别是学毛著积极分子的指导员，养了上百头大肥猪的饲养员，探家期间舍身救火被烧伤致残的警卫战士，参加全军财务专业比武获奖的助理员，获得军队科技进步奖的高级工程师，以及具体组织协调系列实兵演习任务的军训参谋。相比之下，周俊涛除了晕倒的地点稍显特殊之外，并没什么过硬的事迹，所以组织科拿的意见是二等功不妥，三等功尚可。可仇部长不知怎么说动了基地司令员和政委，这事居然就成了。没办法，领导总是能改变事情的走向。好比他马小光，就在等着下调动命令的节骨眼儿上，老主任达龄退休，新来的主任要求严格落实新编制，超编局处只出不进，硬生生把马小光卡到了门外。马小光吃了换领导的亏，周俊涛却是占了换领导的便宜。这就是命运的辩证法。当时马小光打电话通知周俊涛交一份二等功事迹材料。周俊涛虽然富有责任意识和担当精神，车管助理当得也不错，但拿来的材料却是前言不搭后语。如果把搞材料比作考驾照，周俊涛的水平顶多也就到科目二——因为他根本还没上路呢。材料打回去两回，有天晚上马小光正在办公室加班，门一响，周俊涛进来了，二话不说就把一个黑塑料袋塞进他桌斗里。开始他以为是两条“黑兰州”，等周俊涛走了一看，才发现是两条“软中华”。吃人的嘴软，这下马小光只得自己上手给这个他其实并不赞成的立功对象整了一份十分过硬的事迹材料。到了连队以后，周俊涛虽然没提过这事儿，但对马小光还算尊重——说客气可能更准确，他来这几天，早上不起床不出操，周俊涛都跟没看见一样，反而会叮嘱文书每天把早饭给他打回来放在暖气包上热着。就冲这一点，也足够让马小光卖他个面子了。

于是就开会。马小光和周俊涛坐在连部会议桌一侧，对面坐着其他三个支委。党支部书记虽说是头一回当，不过在组织口干了那么些年，程序规范他还是懂的。尽管嫌烦，他还是在周俊涛召集支委的空当习惯性地打了打腹稿。

“这个会吧，我和指导员已经事先通过气了。”人到齐了之后，马小光正等着周俊涛请他主持，周俊涛却像忘了这茬，自顾自地说上了，“这次老兵的情况大家也清楚，五选三，我和指导员商量了一下，感觉杨林、梁壮壮和米天宝各方面表现都比较靠前，我们的意见是把这三个同志留下。大家看看，有什么意见？”

这跟马小光想的可不一样。难道不该是书记先讲一下会议议题，大家轮番发言，等副书记讲完后再由书记小结的吗？周俊涛一上来就把调子定了，这叫大家怎么说话？的确也是，大家真的都不说话，对面中间坐的是副连长许班迪，正抱臂仰头看着天花板。他左边是修理排排长齐志远，一边抽烟一边看着手机。汽车排排长张炎则坐在会议桌角上，摊开支委会记录本，摆出了随时准备记录发言的架势。

“张炎！”沉寂片刻，周俊涛点名了，“你是汽车排排长，你先说！”

“没意见没意见。”张炎赶紧坐直了身子，“我感觉连长考虑得很全面，杨林和米天宝都很优秀，噢对，梁壮壮也不错。说实话，这几个老同志都够条件，但咱们还是优中选优……我没意见，完全同意！”

“好。”周俊涛转向齐志远，“齐排，你说说？”

“呃……没有，我个人没啥意见。”齐志远吞吞吐吐，“就是担心排里的弟兄们有想法。去年我们修理排就没留人，今年又一个没留下，是不是——”

“是不是啥？”周俊涛接过话头，“留谁不留谁，主要看工作需要。也不是王宇表现不好，他种个菜出个公差啥的也挺勤快，问题是修理不是咱们目前最急需的专业，现在一切都往打仗上聚焦，对咱们连来说，运输保障就是要打的仗，这活拿不下来，啥都是白扯！”

“这个我明白。”齐志远犹豫着，“我主要是考虑工作不好做。”

“有啥不好做的？革命战士一块砖，哪里需要哪里搬，革命战士一块铁，该往哪儿撇往哪儿撇，铁打的营盘流水的兵，一颗红心两种准备，道理该讲就讲啊！”周俊涛敲着桌子，“你做不了，这不还有指导员呢吗？马指导员在北京大机关都干过，应付你这点事还不是小菜一碟，是吧指导员？”

周俊涛这话既像吹捧又像嘲讽，不管成分如何，马小光都没办法接话，只好讪笑一下。他清楚自己只是一个金身剥落、四处掉渣的泥菩萨，主要任务就是来充数的，此刻真让他立在边上当摆设时，心里却又冒出些不快。

“许副，你呢？”跟刚才的口气不同，周俊涛换了副柔和的腔调，同时还动用了少许笑容，“连里情况你最熟悉，说说你的高见呗。”

“我没啥意见。”许班迪把目光从天花板挪下来，在周俊涛和马小光的脸上拐个弯，又落到桌面上，“既然你们两位主官都商量好了，我就不自讨没趣了。”

“老许你这话说得，好像谁不让你发言似的。”周俊涛很放松地靠在椅背上，“有意见直接说，咱们先民主后集中嘛。”

“那我就当个少数派吧。”许班迪扶扶眼镜，“刚才连长说一切向打仗聚焦，这一点我举双手赞成。备战打仗是中心，所有的工作都围着这个中心转。所以司令部才说，打仗打的是谋略；政治部才说，打仗打的是士气；后勤部才说，打仗打的是粮草；装备部才说，打仗打的是科技，说得都对，但有个问题，大家都是站在自己的角度上讲的。我个人理解，打仗打的其实是系统，我们要对这个系统的复杂性有基本的理解，甚至是敬畏。”

“哎哟我的哥啊，你扯得是不是太远了。”周俊涛冲着许班迪笑，“咱们就是商量个老兵留队的事，你看你这调起的，我们都唱不上去了。”

“我的意思是，系统中的任何部分都不可或缺。”许班迪一张白脸微微发红，“就说咱们连的运输保障任务吧。光是司机的事吗？我看不见得。车要在演习区抛锚了，你能请地方修理厂来修吗？恐怕不行吧？我们平时说修理所不重要，那是因为我们不重视。真要重视了，任务马上就会饱满，人的水平马上就会上去。反过来，那修理专业就会越来越弱，最后就真的是形同虚设了。你比如说，咱们的修理工可以送到县城修理厂去学习啊，一人三个月，回来水平肯定不一样……”

“老许你是修理排长出身，向着修理排也可以理解。不过你这个想法我早都给你讲过了，行不通的。人在外面三个月，出了事算谁的？”周俊涛撇撇嘴，“咱们还是言归正传吧，你看看留队人选还有啥意见？”

“我建议有两个：第一，把王宇留下。不光是因为这个兵各方面都不错，还是因为连着两年修理排一个上士都没晋升，挫伤的是整个一个排的士气。但如果两位主官认为必须留司机，那任永富也应该往前排。这个兵任劳任怨，苦活累活谁也没他干得多，这个全连有目共睹，不管多晚回来第一件事就是洗车，就这一条，连里哪个司机做得到？民主测评他排第一，今天还给山上送菜去了，这会儿就在路上。这么好的兵，为什么不留？就算全部留司机，那排名也应该是任永富第一，米天宝第二，杨林第三。梁壮壮从外单位调过来才半年，我没看出他比其他人优秀在哪儿，换句话说，他各方面表现跟其他几个同年兵没法比，如果把他排第二，我保留意见。”

“好吧。”周俊涛手托着下巴沉思一会儿，“那只能少数服从多数了，是吧，指导员？”

“……有意见当然可以保留，这符合组织程序。”马小光发现事情没他想的那么简单，像梁壮壮才调来半年这事儿他还是第一次听说。他感觉自己正被动地陷入一场纷争，想脱身已经晚了，“副连长，你接着说？”

“没了。”许班迪合上面前的笔记本，又开始仰望天花板，“说完了。”

“大家还有什么要说的没有？”周俊涛扫视一圈，确定四下无声后，把脸转向马小光，“那请书记集中一下？”

冬日的阳光照在后背，马小光冒汗了。他说什么？他什么也不想说，他只想远远地站在岸边，任凭时光从面前流走。哪知道脚下打滑，他出溜下去，踩了满脚泥。

四

晚上七点差五分，楼道里照例会响起集合哨音，接着是乱糟糟的脚步声和说笑声。战士们都拥进俱乐部去看《新闻联播》了，马小光却还坐在房间盯着手机发呆。发呆是无计可施的表现形式之一，所以最近马小光经常发呆。他直勾勾地盯着孟佳怡刚发的朋友圈，依然是熟悉的九宫格。顺时针依次是红丝绒蛋糕、瓶中鲜花、小熊咖啡拉花、枝形吊灯、鸡胸牛油果沙拉、指甲上闪亮的贴片、黑色铁艺旋转楼梯和搁板架上陈列的各色马克杯，居中是她涂了眼影和暗色口红，又被长发遮住了的半边脸，带着魅惑的气息。实际上孟佳怡的脸没照片上那么瘦，眼睛也没那么大，鼻梁两边还有若干浅色雀斑，只不过她的面孔和环绕她面孔的事物无一例外都遭到美颜。就算这样，这个同他相处了一年的姑娘依然迷人。

也许正是因为迷人，才让马小光愈加煎熬。他们分手了，虽然并没有互删联系方式。离开北京那天，马小光在北京西站的月台上给孟佳怡发了最后一条消息，告诉她自己马上就要上车了，顺道还发了一张空荡荡的站台照片。火车到了张家口，他才收到孟佳怡的回复。

一路顺风

就这四个字。不带表情、标点和感情色彩的四个字，光秃秃的像是机关公文结尾处的“此页无正文”，要不就是一块水泥墓碑，宣告他们之前关系的死亡。离开北京后，这是她第一次发朋友圈，或者其他的朋友圈对他屏蔽了，什么可能都有。那她为什么不干脆都屏蔽了呢？她难道不知道，她的一条朋友圈就是一块石头，会让他心渊里荡出无数的波纹吗？她在哪儿喝下午茶？跟谁在一起？男的还是女的？吃完以后会去哪里？也是回她租住的那间朝南的主卧吗？这些道理上已经与他无关的问题弄得他异常焦躁。他站在窗前发了会儿呆，最终循着电视声向俱乐部走去。

他有两年没看过电视了。往常这个时候，他早已端坐在办公大楼八层东头那间办公室，继续写白天没时间写的那些材料。彭处长和老干事们如果没什么特殊情况，一般会在七点半以后陆续来到办公室，处理完各自手头的事后，又陆续离开。他们在大院都有公寓房，可以在家看完新闻后再出门。彭处长住靠北门的七号楼1804，那是大院最新的一栋师团公寓楼，他刚去帮忙的头几天，每天晚上都去帮彭处长搬家。肖干事住靠东门的十八号楼三门401，崔干事住肖干事楼下的302，他们住的虽是老楼，但公摊小，套内面积差不多有七十平方米，而且层高足有三米，肖干事给他儿子弄了个很漂亮的双层床，而崔干事则打了一圈储物功能强大的白色顶柜。张干事住十二号楼一门101，那是套营职房，但装修得很精致，实木地板闪闪发亮，卫生间的瓷砖是黑色的。他对这些门牌号异常熟悉，刚去头一年，他每个月都会去帮他们领鸡蛋和蔬菜，然后一家一家送上门。到了第二年，这份在编干部享受的福利被取消了，但这又有什么关系呢？能在北京分到一处住房，那就已经是最大的福利了。

客观地说，并非所有的北京之夜都有班可加。也有一些晚上，马小光会关上办公室的门，在电脑上看上一部电影，或者靠在椅子上打打手机游戏。办公室有饮水机、茶叶和速溶咖啡，更重要的是它宽敞、整洁、明亮、安静——并且没有蟑螂。相比永远泛着霉味儿的地下室宿舍，马小光当然更愿意在办公室待着。在北京的第一年，他几乎每个晚上都待在办公室，以至于开始同孟佳怡约会时，他人坐在餐厅或者电影院里，心里却时常惦记着办公室。他曾把这感觉告诉过孟佳怡，而孟佳怡则取笑他是一只得了斯德哥尔摩综合征的办公室人质。在很长的时间里，他搞不清自己为什么那么喜欢办公室，喜欢到了依恋的程度。这跟他依恋孟佳怡的怀抱——温热、丰满、柔软、光滑，带着令他沉醉的香味——不同。直到他得知自己不能继续在那间办公室待下去时，他才突然意识到，办公室之于他绝非仅是个容身之所，而是有着更为深切的意味。在那间办公室，他可以拿着电话上传下达，可以为首长起草讲话材料，可以同处长和老干事们研究工作……除了不能去财务室报账（这个资格只属于有正式任命的干事），他干的工作和一个在编干事毫无二致，也只有在这里，他才能像一个真正的机关干部那样存在着，他的漂泊感也因此得以减轻。换句话说，那间铺着米黄色地板革的大办公室仿佛母亲的子宫一样抚慰着他，很大程度上缓解了时刻困扰着他的身份焦虑。

遗憾的是，那只是一场海市蜃楼，历历在目却空无一物。张主任说得也没错，这两年他接触的人承办的事走过的地方是在基地时无法想象的，记得有一段时间，他跟着首长工作组频繁下部队调研，飞机坐得几乎都恶心了，而去北京之前，坐飞机还是他未曾实现过的一个小小愿望。这样说来，他的确不再是从前那个马小光了，可他又是哪一个马小光呢？他没留下。他回来了。这两年在他的档案或者履历当中是不存在的，任何一个不认识他的人都无法从他的干部卡片中看到他曾经在北京的大机关工作过两年。准确地说，应该说是二十五个月。更准确地说，是七百五十八天。这么长的时间突然就凭空消失了，除了在他的记忆之海中留下一片沸腾之后又冻结的冰山之外，什么也没剩下。在北京时马小光也反复提醒自己，在得到正式的任命之前不要把未来想得过于美好，事实上他大多数时候也做到了这一点。彭处长和老干事们都给他介绍过对象——他们都认可小马的工作能力，也都认为小马调入机关是迟早的事——他总是会很认真地告诉坐在对面的姑娘，自己只是借调在北京，至于最终能不能留下，只有老天和领导知道。他不想在沙堆上修筑人生的城堡，否则就跟一个两手空空的创业者劝说别人给自己投资一样不靠谱。

相亲靠的是条件，又不是情怀，每次碍于领导的面子硬着头皮去和姑娘见面时，马小光也始终坚持微笑见面、礼貌告别的原则。而孟佳怡却是个例外。她是计划之外的姑娘。她是旁逸斜出的情节。去年国庆节刚收假，彭处长让马小光联系一家从前合作过的广告公司，去做一个五分钟的宣传短片。他去公司商量细节时，接待他的正是孟佳怡。那天她穿着件黑色的V领羊绒衫和紧身牛仔裤，戴着顶红色棒球帽，只用了一个笑容就把马小光迷住了。他坐在公司会客室的玻璃小圆桌边喝掉了孟佳怡给他冲的四杯咖啡，宣传片的事说完了他还不想走，而孟佳怡也没有丝毫想送客的意思。那会儿马小光像是郭德纲附体，一下子变得能说会道起来，随便什么话都能逗得孟佳怡直乐，要不是彭处长打电话催他回去干活儿，他感觉自己可以一直跟孟佳怡聊到海枯石烂。估计是咖啡喝得太多，那天晚上他翻来覆去睡不着觉，连黑暗中爬行的蟑螂也顾不上搭理，只是没完没了地想着那个一笑起来就令他心率猛增的姑娘。在此之前，他从没遇到过像孟佳怡这样漂亮性感、聪明伶俐、活泼有趣、利落大方的姑娘，感觉像是《冰与火之歌》里的“龙母”丹妮莉丝加上《破产姐妹》里的麦克斯再除以二。老干事们都说，北京有许多有学历有能力有长相有身材就是没户口的外地姑娘，找个驻京的军队干部正好可以随军落户，很容易达成双赢的局面。不过马小光倒没想那么多，他只知道基地和基地附近的县城不可能有这样的姑娘。他太喜欢孟佳怡了，喜欢到了不得不撒谎的程度，这澎湃的情感淹没了他的理智，导致的结果就是：他一直没有告诉孟佳怡，自己同她一样，都是没有身份的人。如果——这些天他常想——他早早告诉孟佳怡自己只不过是个借调干部，她应该也不会表现得那么热情，或者等宣传片完成之后，她应该也不会再同他联系了吧！他试图把孟佳怡重新塑造成一副实用主义的形状，努力剥离附着在她身上那浓厚的情感，可这太难了。难得就像从一杯摩卡咖啡里分离出牛奶。而孟佳怡，正是他喝过的这杯北京咖啡里的牛奶。

那么，他到底该不该给孟佳怡的朋友圈点赞呢？他被如此微小的问题困扰着。仿佛一个小小的手机App图标，点下去就会触动背后无数繁复又难解的代码。他走到俱乐部门口停了下来，原本叽叽喳喳的兵们很快安静下来。很多人看他一眼，又赶紧转回头去，一本正经地看着电视。他顺着墙根的过道一直走进去，想在后排角落找个地方坐下，走过去才发现并没有空位。他正犹豫着要不要离开，离他最近的一个下士已经站了起来。

“指导员，你坐这儿。”

“啊，没事没事。”

他本能地客气了一句，而那个兵咧嘴笑笑，跑到前排去了。马小光坐下来，使劲想了想那个兵的名字，可惜什么也没想出来。面前是一排排错落的后脑勺，不时地有人飞快地回头往他这儿瞟一眼，仿佛在确认坐在角落里的那个家伙真的是新来的指导员一样。俱乐部的空气中飘浮着一层薄薄的汗味儿，不过并不难闻。他素来不喜欢人多的地方，每次陪孟佳怡去商场都会觉得浑身不自在。俱乐部里他依然不自在，不过他认为这可以逃离方才独处时的焦灼。他试了试，感觉还行。除了有一丝轻微的紧张之外，他并没有体会到更多不适。眼前这些叫不出名字的兵类似防波堤上的石块，避免了汹涌的情绪淘空他孔洞密布的内心。

“新闻联播”结束时，他认为自己完全平静下来了。踱回宿舍，他决定给孟佳怡的朋友圈点个赞。为什么不点呢？一个普通的同事你尚且会点赞，那孟佳怡为什么不行？是，你点了并不能怎么样，但不点就更不能怎么样了。人家并没做错什么，欺骗她的是你好吗？那就点一个吧，只是点赞，又不是评论，你也不会因为得不到回复而心生苦涩。点吧，点完了就不用再想这事儿了，好吗马小光？

说通了自己的马小光刚拿起手机准备解锁，却听到有人喊“报告”。一抬头，就见一个颧骨突出、带点龅牙的中士正站在门口望着他。刚刚平息的焦躁再度袭来。到连队这些天，起初也有兵来找他聊，可他总是很冷淡，几天后也就没什么人来了。他不想跟这些人打什么交道，也不想在这里建立任何感情——那对他毫无意义，远去的北京就是个明证。然而他也不能把站在门口的兵轰走，所以只得放下手机，耐着性子去应付一下。

“报告指导员，我叫王宇，修理排二班战士。”

“坐，坐。”马小光立刻想起来这个名字正是上午他们讨论过的，不由得紧张起来。在他的感觉中，老兵都是些不好惹的角色，“坐下说。”

“不坐了。”王宇不动，“我们在连长指导员面前都是站着说话。”

“我这儿可以坐啊。”马小光挤出点笑容，“有事吗?”

“没事我就不来打扰指导员了。”这个兵看上去脸色很不好，“我想问一下，我今年是不是留不下了?”

“这个嘛……”马小光本能地抵挡了一句，“你听谁说的?”

“听谁说的不重要。我就是想知道我今年是不是留不下了。”

马小光不知道怎么回答这个问题。说他留不下？这小子可能马上就会闹起来。说他能留下？自己也扯不出这种瞎话。说他不知道？问题是作为一名连队主官，即便是代理的，自己也没有理由不知道。那该怎么说?

马小光心里一阵慌。他陡然意识到，对付一个兵绝不比写一份首长讲话容易。特别是当你对这个兵一无所知而他却已经直挺挺地戳在你面前讨要说法的时候。写材料想不出来还可以上网去搜搜有什么路子，而一个兵的问题没有任何经验可以借鉴。他曾经当过的那一年排长就像他当排长时曾经学过的吉他，根本就弹不成个调。他只能继续保持摇摇欲坠的笑容，从桌上拿起烟盒递过去：“抽烟吗?”

“谢谢指导员，我不抽。”王宇直愣愣地望着马小光，“我就是想来问一下情况。”

“嗯，情况呢，是这样……”马小光飞快地点上烟抽了两口，好让烟雾遮掩一部分慌乱，“我这不是刚过来吗？你们老兵的情况我真是不了解。所以谁走谁留这个事呢，我个人吧……我当然希望你们都留的，不过这事……我觉得你还是去问一下连长，他最熟悉你们的情况，好不好？”

“我问过了，他让我来问你。”王宇说，“他说你是党支部书记，支委会研究的事，也是你来定调子。”

“支委会的决议是全体支委集体研究确定的，我可没什么调子可定。”马小光虽然恼火却也不能发作。他突然想起自己离开北京时彭处长跟自己谈过的话，倒是可以在这里借用一下，“我们当然希望想留的都能留，想走的都能走，但是事情一般都没我们想的那么理想，对不对？如果让你留，那当然好，如果留不下，那也要请你正确对待，你觉得呢？”

“指导员，你是怕我闹吧？”王宇突然咧嘴笑一下，“这个你不用担心，让我走，我还能抱住保险杠赖着不走是咋？好歹我也当了八年兵了，不至于丢那个人。”

“是是是，都是老同志了，我当然相信你的觉悟。”被说穿的马小光不太舒服，然而心虚却是真的，“我考虑的是支委开会也要讲组织纪律，没到宣布的时候，我也不能随便乱讲，这个请你理解。”

“明白了。走就走吧，这个地方再干下去也没啥意思。”王宇咬咬嘴唇，“年年留的都是司机，我不是说司机不该留，只要工作干得好，我都服气。问题是，你们留的就都是优秀的吗？不见得吧！别的我不说，那个……有的人考核成绩真能排得那么靠前吗？”

“你说哪个？”

“算了，不说了。连任永富都走了，我走也正常。”王宇笑笑，

“你忙吧指导员，不打扰你了。”

不等马小光说话，王宇已经消失在门口。马小光不知道是该高兴还是郁闷。高兴的是这家伙发了通牢骚就走了，并没提出什么具体要求，不然他真不知道怎么办了。郁闷的是他被一个兵问得一愣一愣的，几乎招架不住。这几个老兵军龄比他晚两年，年龄也就差个一两岁，而他们却认为自己的走留要由他马小光来承担责任。马小光可不想让他们把这笔账算在自己头上。这感觉非常不好。因为他体会过，此刻仍在体会着走留——这属于命运的一部分——的煎熬，这可不是什么好玩的事情。

马小光坐在那儿抽了根闷烟，起身准备去厕所。还没走出房间，一个兵迎面而来，把他挡在了门口。天哪，又是个中士。只是这个中士比刚才的中士身材高大一号，脸上多了一丝含意不明的笑容。

“指导员好，我是汽车三班的米天宝。”中士冲他敬个礼，“有空吗？我想找您汇报个事。”

“呃……好吧。”马小光只得退回去，“你是来问能不能留队的吧？如果是问这个问题，那我不能回答你。因为我们有会议纪律……”

“我不问这个。”米天宝不等马小光说完，“我是问能不能不留队。”

“什么？”马小光以为自己听岔了，“什么叫能不能不留队？”

“意思就是我不想留了，我想走。”米天宝摸了军装两边的兜，最后从裤兜里掏出张四折的纸，展开递过来，“这是我的退伍申请。”

“你什么意思？”马小光飞快地扫了一眼，“你之前不是申请留队晋上士的吗？”

“是，我原来是想留的。不过现在我又后悔了。”跟刚才直愣愣的王宇相比，米天宝看着很放松，“反正今年留队指标也少，我走了正好给其他人腾个地方，也不影响啥，对吧？”

“你不是开吊车吗？”马小光快被这些兵整蒙了，好一阵才想出这么句话，“你走了吊车谁开？”

“指导员还知道我开吊车呢？”米天宝咧嘴笑起来，这笑声让马小光颇为尴尬，“这没事，任永富也能开，以前我出吊车他经常给我打下手。再说地球离了谁不转啊，我算个屁。”

“为啥突然又想走了？”马小光稳了稳心神，“总有个原因吧？”

“也没啥。就是想走了呗。”

“没那么简单吧？”

“那我就实说了吧。”马小光递根烟过去，米天宝也没客气，抓起桌上的打火机点上，“任永富和我是一个村的，从小光屁股玩到大，一起上学一起当兵，又在一个连队，本来我俩还想着一起再干几年，现在看这样子怕是不行了。我倒无所谓，他不一样，他老爹前几年在郑州干活把腰摔断了，一直在家里瘫着，他老妈一边伺候，一边还得种地，一个弟一个妹又都还念书呢。他在部队一个月还能拿几千块钱，家里全靠他，要是复员回去就不好说了，他那个性格，出去打工都找不到地方。所以我寻思着还是我走算了，让他留下。我也知道这事得你们连首长、得组织上决定，所以我就来给指导员汇报一下这个想法。”

“那你呢？”

“我没事，我家里没那么多负担，在哪还找不到口饭吃。”

“任永富知道这事吗？”马小光沉吟半晌，“你跟他商量过？”

“他知道个屁，他就知道撅着屁股干活，连领导家门朝哪开都搞不清。我当时申请留队是想着我俩应该都能留下——不是自夸啊指导员，就是正常感觉，不过还是没感觉对。就跟我们都感觉梁壮壮一个引体向上也拉不动，结果人家还真在成绩表上拉了十二个似的。”米天宝自嘲地笑一下，“这事就我自己，不对，现在你也知道了。就咱俩。”

“连长呢？”马小光有些意外，“你没跟他说？”

“我跟他说干啥。”米天宝撇撇嘴，“我不用跟他说，他肯定同意。”

“你怎么知道？”

“我知道啊，我当然知道。”米天宝嘿嘿笑起来，“他不是喜欢我才留我，他是怕我闹腾才留我。现在我要走，他高兴还来不及呢，没准得买挂鞭炮放放。”

这话马小光不好接了。身为主官，哪怕是他这样一个心不在焉的代理主官，也不便配合米天宝去吐槽另一位主官，这无关好恶，而是个原则问题。他轻轻吹着缭绕的烟雾，那烟却毫不知趣，扭动着避开，转瞬又聚拢而来。

五

从连队出来，向东直接穿过操场就是卫生队那栋米黄色的二层楼。马小光在基地这些年，统共也没去过几次卫生队。卫生队也就治治感冒，而感冒他自己也能治。不过这次感冒他决定不自己治了，他甚至希望感冒能再重点儿，最好能转成肺炎什么的，好让救护车把他送到六十公里外市里的驻军医院，那样他就可以心安理得地什么也不用管了。只是这讨厌的身体，烧到三十七度八就止步不前，简直跟他这个主人一样不思进取。

掀开军绿色棉门帘，齐队长正好夹着个笔记本从楼梯上下来。马小光去北京时他还是中校，两年不见，已经晋升了上校。见了马小光，齐队长先是一愣，立刻又笑起来："哎哟哎哟，我说谁这么眼熟呢，这不是马大干事吗？"

回基地后，遇上的所有人都是这副口气，好像专门组织过培训似的。每个人都知道他从北京回来了，可每个人都装作不知道。换成他自己，估计也会这么干吧，不然又能说什么呢？你得承认，俗套往往是最好用的。既然大家都心知肚明，那他也没必要废话，只告诉齐队长他正在发烧，来找医生看看。

"看出来了。"齐队长带点调侃，"小白脸都烧红了。"

马小光尴尬地笑笑。当兵十年来，他还是第一次动起泡病号的念头，难怪会脸红心跳。搁从前，他都属于轻伤不下火线的主儿。去年夏天跟着首长工作组去考核党委班子时发烧到三十八度五，照样半夜坐在会议室推材料，直到眼前的电脑屏幕突然模糊起来，然后眼前一黑，整个人出溜到了桌子底下。那次是带队的顾副局长亲自把他送到门诊部，看着他打上点滴才离开。第二天一早烧刚退，他又从病房跑回了招待所，继续坐到笔记本电脑前敲起了字。他记得自己故意把手背上的胶布留着，这下所有人都知道他这个"帮助工作的小马”正在带病坚持工作。这件事顾副局长念叨了好长时间，还向彭处长夸他是“钢铁战士”。那又怎么样了呢？你认为你这么干是值得的，可现在看起来毫无意义对吧？你付出的努力和得到的失望往往成正比。现在你不需要给任何人表现了，那你还脸红什么？

“能在你这儿住两天院不？”马小光说，“我还没在你这儿住过呢。”

“好说好说。”齐队长挥着手朝外走，“我去机关开会，你去内科找下小杜吧，让杜医生给你检查一下。”

两年没来卫生队，来苏水还是旧时的味道，可面前的女军医却完全陌生。马小光站在门口正准备敲门，手机突然响了起来。

“马干事，马指导员，你回来也不到我们这里视察视察啊！”微信语音里，两年没联系过的财务科孙助理的嗓门还是跟广场舞伴奏的喇叭那么刺耳，“这会儿忙啥呢？”

“我还能干啥，等着滚蛋呢。”马小光赶紧把音量放小些，“孙助理啥指示？”

“我哪敢指示啊，是有个事给你报告一下。”孙助理扯了几句闲话，“这两年你不是一直都在北京借调吗？按财务规定啊，人员借调超过六个月，工资里的地区补助是要核减扣除的。我查了一下，北京城区没有地区补助——首都嘛，都是好地方，不像咱们这戈壁滩对吧——咱这儿的地补是按基本工资百分之三十四点五计发，一个月大概一千多点，这样算下来，除掉开始那六个月，你一共要退十九个月的地补，总体算下来是两万两千多块钱，我一会儿把明细发你微信，你看看要没啥问题的话，就尽快补交一下，好吧？”

“我在北京的时候你们怎么没提这事儿?”马小光好一阵才回过神来，身上的血直往头上涌，头皮都被顶得跳了起来，“你们早点说，我好早点回来给你们退钱啊!”

“你这话说得，你在北京大机关，我们咋好意思打扰你嘛。我也不想给你打这个电话，都是得罪人的事。”孙助理一直笑着，“这都是上面的规定，咱们不执行也说不过去。你也别着急，一次退不了那么多，分几次退也没问题嘛。”

“我不急，我急个蛋！我就是个欠债的，欠债的还用急吗?”马小光哼哼着，“这钱我要是不退呢?”

“你看你又逗我，你这觉悟，怎么可能不退嘛。万一巡视组来了发现问题，那大家都难受，你说是不是老马?”孙助理的笑声愈加爽朗，“你看这样行不行，我们每月从你工资里扣除个四五千，这样几个月也就退完了，你觉得咋样?”

“随便你吧，直接从我转业费里扣更好!”挂了电话，马小光感觉自己的体温应该能超过三十八度了。北京的后遗症比他想象的更厉害，从前他以为受损的只是灵魂，哪知道附带的还有财产。这双重的损害令他稍稍平复的内心又动荡起来，弄得他头发晕，鼻腔里喷出热气都感觉发烫。他坐在走廊墙根的塑料椅子上喘了半天粗气，才撑起发软的身体去敲医生办公室的门。

“杜医生吗?”

“是的。”

“我感冒发烧，齐队长让我来找你看一下。”

“挂号单呢?”

“还用挂号?”马小光说,“以前不用的啊。”

“我不知道你说的以前是什么时候。”女军医口罩上方的两只圆眼睛看着他,“就诊前先拿保障卡挂号,这是基本流程。”

“我保障卡忘带了。”

“那只能麻烦你回去取一下了。”

“我是汽车连的。”

“汽车连也得挂号呀。”

“咱们都是后勤部的。”

“哪儿的都得挂号。”

“司令政委来了也挂吗?”

“你不是司令政委。”

“不挂不给看,是这意思吧?”

“我没有意思,我说的是规定,先挂号,后就诊。”

坐在对面这个女医生白大褂翻领里露出来的中尉领章表明,她也就是刚分来不久的新干部,可口气听上去却像个老中医。拂袖而去?还是赔笑相求?他一时拿不定主意。可心里已经开始冒火了。是,你不想遇上认识的人,因为那些笑容都太虚伪。不认识的人你又觉得太冰冷,比如营门卫兵,又比如面前这个圆鼓鼓的女军医。

“你这儿是301吗?”马小光怀疑自己脑袋里有根动脉正一个劲儿往外滋血,“我还得在你这儿挂个专家号是怎么着?”

“那倒不用。”女军医仿佛在口罩背后冷笑,“这儿要真是301,我要真是专家,那您今天还不一定能排得上。”

“找你们不就是开个病假条吗?”机关锻炼的涵养即将见底,马小光开始管不住自己的嘴了,“真要有病你当谁找你看?真可笑。”

“你可以去301看啊。”女军医反唇相讥,“你也不是我请来的好吗?”

“你是叫杜冷丁吧?”

“什么意思?”

“我说你这个态度,不如叫杜冷丁算了。”

马小光猛地起身,迈开发飘的脚往外走,没到门口便觉天旋地转,他本能地去扶门边的检查床,手却从床沿滑脱,一屁股坐在了地上。他喘着粗气,口腔里涌出大股唾液,他想努力站起来走开,两条腿却不听使唤。

“你怎么了?”女军医赶紧跑过来看了看,又飞快地从铁皮柜里取出一个大号牛皮纸信封,撑开后递到马小光面前,“来,用这个罩住嘴和鼻子,好,现在开始深呼吸!”

马小光捧着个信封喘了一阵,也不知是信封还是理智的原因,他渐渐变得平静下来。蹲在面前的女军医瞪着一双圆眼睛正盯着他。

“不好意思。”他吃力地站起来靠在检查床上,“我刚才脑子不太好用。”

“挺好用的呀。”女军医的眼角翘起来,“还知道杜冷丁呢。”

“我这人嘴贱。”马小光晃晃脑袋。

“不用这么自黑。”女军医手插在白大褂口袋里,“这属于精神紧张引发的过度通气。”

“听不懂。”

“简单点儿说,就是你呼吸过快导致体内的二氧化碳浓度降低,引起呼吸性碱中毒。”女军医斜他一眼，“算了，说这个你还是听不懂。”

“我精神可不紧张。”马小光不承认，“我为什么要紧张？”

“那得问你自己了。没准是欠别人钱闹的呢。”女军医走到桌边站定，“现在觉得怎么样？”

“没事了，好了。”这会儿马小光才注意到面前的姑娘每个地方都是圆鼓鼓的，从眼到脸，从肩到腰，从胸到屁股，估计口罩后面的鼻尖也是圆的，看起来比较卡通，“你忙，我先撤了。”

“哎，你不看啦？”

“我没带保障卡，挂不了号。”

“嗯……”女军医歪着脑袋想了想，“你住院是不够条件，留院观察差不多。”

“算了，我知道我用不着住院。”马小光苦笑一下，“我就是想出来躲两天。”

“好躲吗？”女军医眼睛忽闪忽闪，“该你的事儿，恐怕也不好躲吧？”

的确不好躲。虽然就走三个老兵，该走的程序一道也少不了。光是细碎的事情就一大堆：军旅人生纪念光盘找谁做？退伍纪念品送什么？老兵是只戴大红花还是要加上“光荣退伍”的绶带？门前的树上要不要贴上送老兵的标语？宣传科要的老兵广播稿谁负责写？茶话会都买些啥东西？弄得马小光止不住地烦躁。他开始的方式是全部推给齐志远和张炎去弄，结果弄出来的东西狗屁不如。张炎拿来的纪念品小样是从警卫连抄来的，人家弄个水晶的步枪，他也弄个步枪，就不知道弄个汽车吗？齐志远更别提了，一个军旅人生纪念光盘，画面渣得跟老年机屏幕似的，而且同样类型的照片选了一大堆，既没解说也没文字。最可气的是他让张炎在一楼门厅电子屏幕上打个“向老兵学习、向老兵致敬”的滚动字幕，结果“致”还给打成了“志”。

在北京的时候，彭处长喜欢用“连队水平”来挖苦人，意即你还没入机关的门呢。而眼下两个排长拿出来的东西顶多只能算个班排水平。马小光本是想能凑合就凑合，如果一直在基地组织科，他可能真就凑合了。问题是北京机关经历太过害人，不说别的，光是错别字就是件大事，谁要在承办的文电中出现了错别字被领导发现，就会连处室带人名打在办公楼电梯口的大屏幕上示众一个月。所以两年下来，他的工作标准不知不觉就给拔高了许多。刚去时负责带他的肖干事就常说，“一级机关就是一级机关的水平”，还真是这么回事。所以不管马小光怎么提醒自己，只要能甩出去的活儿就绝不在手里攥着，可事情真到了眼前，又成了粘在脚底的口香糖，非但甩不脱，走路还粘脚，他只能想法子一点一点把它们抠下来。抠着抠着，他就恨不得立刻把鞋扔了，光着脚逃脱这些破事。

按说这些活也不是没人能干好。许班迪没事就在修理车间写书法，一个能把楷书写得很漂亮的人，造型修养和审美能力肯定是有的。可马小光去找了一回，却碰了一鼻子灰。

“我一个理工科出身的，哪懂这个啊。”许班迪翻着手里的书，看也不看马小光，“有你和连长，我这个五年的老副连就不出来丢人了，还是老老实实等着转业吧。”

“你比我还小一岁呢。”转业本来是马小光的台词，许班迪抢先用了，弄得马小光一时语塞，好一会儿才说，“你干龄才五年，还没到点儿呢。”

“你干龄也就六年，不也打算走了吗？”许班迪说，“不让转业，复员总可以吧？”

马小光听邱海青说过，许班迪国防生毕业分到汽车连，从修理排长一直干到副连长，都以为他要接连长时，周俊涛却从机关下来把位置占了。这当然是个打击，不过马小光认为许班迪之所以这副态度，跟支委会上自己附和周俊涛不无关系。那天晚上王宇和米天宝找过他之后，他就去找了周俊涛。正如米天宝所言，周俊涛想也不想就同意了。

“他既然想走就让他走好了。这还不简单吗？”周俊涛末了又说，“你看吧，支委会刚开完他们就来找了，你想想这消息能是谁透露的？”

马小光没吱声。他知道周俊涛在说许班迪。平心而论，许班迪在支委会上说的更像是公道话，可在他和周俊涛之间，马小光只能选择后者。跟周俊涛保持一致是最稳妥的办法，因为至少在面上看过去，代表着支部班子的团结，虽然这团结是以马小光心里的拧巴为代价的。出于这种隐秘的心理，马小光擦了擦鼻子上的灰，依然坚持请许班迪写一写送老兵的标语。还行，许班迪终于把手里的书放下，点头应允了。

烦归烦，老兵退伍的事却也按部就班往前走着。宣布退役命令。交接工作。办理退伍手续。组织送别老兵茶话会。参加向军旗告别仪式。一直到离队前一天晚上会餐之前，三个老兵都挺配合，也没人再来找过他。这就好。在马小光看来，只要顺顺当当把人送上火车，那他就可以消停一段时间了。他甚至还想过送走老兵就回家休假，不过想了想又打消了这个念头。他老爹在县城干了一辈子社区书记，退休时才是个副科，一直对此耿耿于怀。自打马小光去了北京，老人家立刻精神大振，逢人就说“我家小光调到北京大机关去了”，从前电话里总是催马小光找对象，这下也不催了，只是让他“好好干，争取干个县团级”，弄得马小光哭笑不得。与其如此，不如等转业的事定下来再回去，那时候木已成舟，老爹再说啥也没用了。

至于转业的事，他一直都在盯着。据邱海青说，裁军三十万的任务还没完成，今年转业指标应该比较富余，不过正式文件还没下来，最终还是要以文件为准。这让马小光稍稍放心了些。人这东西很有意思，搁在一个月前，马小光还雄心勃勃地想在部队干出点名堂呢，这才没几天，却又一门心思琢磨着向后转了。连他自己都觉得这有些荒唐。可他就是这么想的。想法是从自己心里生出来的，可他却管不住，这可能就和他是老爹的儿子，可老爹也管不了他是一个道理吧。

六

在马小光稍显混乱的记忆里，会餐的前半场一切都挺正常。开始时，周俊涛请马小光致辞，马小光本来不想说，但机关派来蹲点的邱海青也让他去讲一讲，他就不好不去了。如果心情不错，他可能会用几句古诗领一领，平时他就喜欢背背唐诗宋词，彭处长好几次表扬他爱学习，搞材料有词儿，指的也是这个。坐在连部饭桌前，他脑子里的确也想出来了几句，比如用“男儿何不带吴钩，收取关山五十州”来回顾老兵参军之初，用“三十功名尘与土，八千里路云和月”来说老兵的年龄和专业特点，用“轮台东门送君去，去时雪满天山路”来说对老兵的依依不舍，最后用“但使龙城飞将在，不教胡马度阴山”来祝福老兵退伍后继续为国效力，听上去也是个不错的套路，还镶着漂亮的花边。想是这么想，真走过去站在饭堂中央，环顾连里的这帮兵时，马小光却犹豫了。他这是干什么？掉这个书袋给谁看？这里没有顾副局长也没有彭处长，有的只是司机和修理工。这帮人听不懂你在说什么，也不想听你在这儿废话。你不是都说了在这儿只是等着转业吗，那还扯什么淡！他站了一会儿，心情越发紧张起来，最终还是用了个中规中矩的套路。一是感动，二是感谢，三是感佩，四是感恩，这是在北京时跟领导出去吃饭时学来的，放之饭局而皆准，哪怕他并不感动也不感谢毫不感佩更不感恩。他说了一分钟就结束了，再多又有什么用呢？能证明他不是一个loser吗？

不能。

好吧，那就少废话，多吃菜。饭堂安排的十二个菜看着挺漂亮，特别是炖了的肘子又切片上锅蒸，配上蘸料味道好极了，各桌不多时便一扫而空。菜不错，可惜没有酒，每个桌上只备了大瓶可乐和雪碧。马小光私下里认为，像老兵退伍这种场合，喝点酒有助于活跃气氛增进感情，不然喊“一——二——干！”的号子时多少差了点儿火候。不过现在他又不这么想了。别说禁酒令谁也不敢违犯，就算真的让喝，他这会儿也不想让大家喝。像王宇和米天宝这样的老兵本来就心里不爽，万一借酒生事那就太麻烦了。

菜吃过一轮，周俊涛起身招呼连队干部们陪着邱海青去敬老兵。敬完老兵，又挨桌敬了一轮，回到桌上，就轮到战士们主动了。全连以班为单位，先去老兵桌上碰杯，又一拨接一拨来连部桌上喝一趟，桌子间人来人往，原本暖气不怎么好的饭堂顿时热闹起来。这场面看上去热烈又和谐，就连思绪一贯游离的马小光也不由得受到感染，跟来碰杯的战士们说话时居然也有了三分热情。在这热腾腾闹哄哄的气氛中，邱海青却突然拉了拉他的衣服。

“你关注一下老兵。”邱海青凑到他耳边，“他们到现在都没过来敬你们，这事你们可得主动点。”

难怪张主任说邱海青的指导员当得出色，看来不是浪得虚名。他要不说，马小光真还没想到这事儿。转头一瞅，三个老兵穿着摘去了领章的迷彩服，远远地坐在靠窗的一张桌上。三颗脑袋不时凑在一起又分开，边吃边喝边聊。有那么一瞬间，马小光感觉好像哪里不对劲，可又说不出哪里不对劲，可能是他们只顾自己吃喝的样子太过旁若无人，来来去去的人跟他们全然无关似的。在马小光仅存的关于送老兵的记忆中，电话班那个山西阳泉的老兵复员时，大伙都是围在他身边一杯又一杯地敬个不停。而眼下三个兵却显得有些孤独。那孤独并非缘于无人上前碰杯——去敬他们的兵着实不少，而是他们表现出的淡漠。特别是想留没留下的王宇和本应该留下却又走了的米天宝，刹那间让马小光想起了自己前不久站在北京西站月台上时的感觉。

“咱们再去敬一下老兵吧。”马小光往自己和周俊涛的一次性塑料杯里加了点饮料，“明早他们就该走了。”

“不是敬过了吗？”周俊涛正夹着一片粉蒸肉，“还要再加强一下？”

“加强一下吧。”马小光端起杯子站起来，“干了八年，都不容易。”

“行吧，你想去那就去。”周俊涛看一眼马小光，又看一眼邱海青，放下筷子和马小光一同往过走。到了老兵桌边，马小光刚举起饮料杯准备说话，一股熟悉的味道突然钻进他鼻孔。

“来，我和指导员敬一下三位老兵！”周俊涛刚说完，手里的杯子一下悬停在了半空，他抽抽鼻子，看看三个老兵，又看看桌上的碗碟，“哪来的酒味儿？”

“哪来的酒味儿？”坐在中间的米天宝学了句舌，又像是恍然大悟的模样，从桌子底下提溜起一个白瓷酒瓶，拧开盖子往面前的塑料杯里倒了些，端起酒杯站了起来，“来，连长，搞一下！”

“米天宝，你这是干啥？”周俊涛沉下脸，“禁酒令你不知道啊？”

“我知道啊。不过那是管你们现役军人的。”米天宝嘻嘻笑着，“我现在是老百姓了，来，为了军民团结干一杯！”

“别闹了啊！差不多就行了。”周俊涛伸手按住米天宝手里的杯子，“都是老同志了，别让大伙儿笑话。”

“笑话？笑话谁啊？是笑话你连长还是笑话我米天宝？”站在旁

边的任永富伸手去扯米天宝的袖子，却被一把甩开了，“这还真是个笑话！”

“米天宝！”周俊涛尽管压低了嗓门儿，可在瞬间安静的饭堂里依然清晰，“复员是你自己申请的，又没人逼你走，你在这儿闹啥？都是一个连队的战友，这么干有意思吗？”

“我申请留下就能留是吧？”

“能不能留要看组织需要。”

“看你需要吧！”

“米天宝，你别太过分了！”周俊涛脸涨得通红，“你别以为宣布了命令你就可以为所欲为，我告诉你，只要在部队一天，你就还是连里的人，违反规定一样可以处理你！就冲你违规喝酒这一条，我现在就可以上报军务科把你看管起来！”

“连长，你是领导，可不好随便血口喷人。谁说我喝酒了？你看见我喝酒了？”米天宝冷笑，“现在可以拿酒精测试仪来测，看我每百毫升血液酒精含量多少。”

“没喝酒你手里拿的啥？”周俊涛厉声道，“这不是酒是啥？”

“是酒啊，正经粮食酒。”米天宝拿起桌上的酒瓶晃一晃，又高举过头顶，“兄弟们，我米天宝在汽车连干了八年，明天就光荣退伍了，也没啥好给大家送的，就把这瓶酒送给大家吧。有禁酒令，咱保证不违规饮酒！”他转向周俊涛，“连长，闻闻味儿不算违反规定吧？”

“你啥意思？”周俊涛紧张地盯着米天宝，“你想干啥？”

“我请大家闻闻味儿！”

话音未落，米天宝猛地将手里的酒瓶摔在地上，“嘭”一声，碎瓷片迸射出去，水泥地面上泛起白色的泡沫，浓烈的酒味儿顿时在饭堂弥漫开来。米天宝扯扯迷彩服，作战靴底踏过满地流淌的酒液向门外走去，地上留下了一串黑色的鞋印。

马小光心惊肉跳地呆在一边，刚才的酒瓶好像砸在他脑袋上似的，整个人都蒙了。他在高度白酒的气味中飞快地回忆了一下，从军十年，他还从来没遇到过这么火爆的场面。除了四年军校和一年排长，其他时间他都待在机关。机关的表情永远都是温良恭俭让，势同水火的两个人也依然表现得富有风度和涵养。就像肖干事和崔干事暗地里都在争唯一的正团职干事位置，可每次到了办公室，两个人依然会拍肩抚背、谈笑风生。马小光自己也一样，当彭处长告诉他必须离开机关时，他也只是强笑着，努力去点他那颗沉重的头颅。他不可能找谁去闹，他只能默默承受他必须要承受的一切。那时候他认为自己已经看明白了一切，可现在他又发现并非如此。至少对于连队，他还一无所知。

往回走的路上，大家都不说话，气氛像此刻越来越黑的天色一般沉闷。

“今天这个事弄得不怎么好。”邱海青远远看着夜色中周俊涛的背影，“米天宝这是在打周俊涛的脸呢。”

“我都被搞晕了。”马小光搓着手说。

“这话别再说了啊！你一个当指导员的怎么能晕？全连都晕了你也不能晕，你是把方向的，知道吧？”邱海青放低了声音，“你跟米天宝谈过话没有？”

“谈过。前两天他突然说不留了，要走。”

“还有呢?”邱海青转头看马小光一眼，“就谈这一次?”

“对。”马小光不太好意思和邱海青对视，“我都准备转业了，还那么认真干啥。”

“这不还没转呢吗?就算你要转业，命令下来之前，这个连队你也得负责呀。”邱海青似笑非笑，“做一天和尚还得撞一天钟呢，光吃斋不撞钟，哪个庙也不能让你这么干啊。”

马小光没吱声。

“你赶紧再找米天宝谈一次。”邱海青说，“我刚来这儿的时候，有个四川兵失恋了整天要死要活的，饭也不吃，啥也不干，天天闹着要回家。他一个义务兵哪能回家?那我怎么办，我只能找他谈。三天两头把他叫过来谈，谈了起码二十回。最后一直谈到他两年兵当满了给他送走。这说明啥，说明思想工作是有用的。你当机关干事那是一把好手，不过当指导员跟当干事不是一个路数。这一点你必须得搞清楚。”

“关键是谈也没啥用了啊。”马小光迟疑着，刚才那一幕让他发怵。一个老兵就像一个潜在的马蜂窝，作为一个过客，绕着走是最佳选择，否则很容易被蜇得满头包，“谈了他还不是留不下?”

“这是两码事!”邱海青在路口停下来，四处看看又说，“我跟那个四川兵谈，能把他对象谈回来吗?当然谈不回来，但我能把他稳住别出事!米天宝也一样，谈了他是照样得走，但你谈了能让他感觉好一点，让他觉得有人重视他。说句不好听的，就是个瘟神，你也得给他礼送出境对吧?他要是今天晚上或者明天再闹出点乱子来，结果你这个指导员连心都没跟人家谈，你觉得你能跑得了？到时再给你个处分，你还转业呢，哪个单位愿意接收你？”

马小光承认邱海青说得有道理，不过真要找米天宝谈话，他还是发怵。来连队半个多月，他没主动和任何一个兵谈过话，一方面是不想没事找事，另一方面是不知道该说什么。他不习惯或者不喜欢跟这帮兵打交道，就像他从小不喜欢做代数一样。人总是本能地逃避自己不擅长的事物，他更喜欢机关的感觉。送走了邱海青，他磨磨蹭蹭地回到连里，又抽了两根烟才狠下心去谈这个话。为了显示诚意，他没让文书去叫米天宝，而是自己去找。推开汽车三班的门，人却不在。楼上楼下走了一圈，都没见到人。找文书要了米天宝的手机号，打了几次也没人接。这下马小光有点慌了。要真是像邱海青说的那样弄出点乱子，那他转业的事可真就麻烦了。他想着任永富应该跟米天宝在一起，可再问一次，任永富也没了人影。

“你们排里就走一个老兵，人都看不住吗？”马小光逮住张炎，“赶紧去找啊！”

他还是头一回这么训人，张炎也紧张了，赶紧答应着去找。马小光回到房间却坐不住，下了楼在院里找了一圈，依然一无所获。他走到院门口四处张望，除了营区路灯，什么也看不见。这时候楼门声控灯亮起来，许班迪出来了。

“许副，看见米天宝了吗？”马小光问，“会完餐就找不到人了。”

“干啥？怕他搞破坏呀？”许班迪的话总是不中听，“还是怕他自杀？”

“那倒没有，就是想找他谈谈。”马小光说，“到处找找不到人，打电话也不接。”

“去大车场找了没？”

“大车场在哪儿？”

“西营区啊。”许班迪眨巴着眼睛，“你没去过？”

“还没顾上呢。”马小光感觉脸热，赶紧岔开话题，“这么晚了，他去那儿干啥？”

“他平时没事就喜欢去大车场鼓捣车。”许班迪说，“要不过去看看？”

两个人在路上走了约莫十分钟，马小光想说点儿什么，却找不到话题。许班迪也不说话，他本来就不是个爱说话的人。到了大车场铁门前，许班迪推开边上的小门径直往里走，一直走到墙角的吊车旁边才喊了一声：“米天宝！”

“到！”一个黑影从吊车后面闪出来，仔细一看是任永富，隔了几秒钟，穿着大衣的米天宝才走出来，“许副，你怎么来了？”

“指导员到处找你呢。”许班迪指指马小光，“我想着你会在这儿。”

“找我干啥？”米天宝嘴里叼着烟，“怕我把吊车烧了吗？”

“没事，想找你聊聊，就和副连长一起过来了。”马小光赶紧胡乱地找着话，“你在这儿不冷啊？”

“冷啊，浑身冷，心更冷。”米天宝笑笑，“不过领导们尽管放心，我不会给你们添麻烦，明天一定愉快地踏上返乡的列车。”

马小光难堪地站在黑暗中。第一次找战士谈话就是这种局面，可见来连队全然是个错误。他想逃开熟悉的同僚，却被一个陌生的兵弄得面红耳赤。还好，夜色遮住了这一切，只有沉默清晰可见。

“你看你，一张嘴就能把天给聊死。”还好许班迪在，“钥匙都交了，你还在这里折腾啥呢？”

“留点纪念啊。”

“啥纪念？”许班迪说，“叫我们见识见识？”

“也没啥可看的。”米天宝后退几步，揿亮手里的强光电筒，眼前的吊车立刻现出了陈旧泛白的军绿色，唯独车身侧面的红白反光条异常醒目。马小光没看出什么名堂，许班迪却叫了起来。

“哟，反光条你刚贴的？”

“下午贴得差不多了，刚才把剩下一点弄完。”米天宝移动着电筒光圈，话里透着几分得意，“怎么样，还可以吧？”

马小光这才明白车上的反光条何以如此醒目，在强光下几乎到了耀眼的地步。要是许班迪不说，他绝不可能看出来，因为从来没见过这台十六吨吊车。

“搞得不错。”许班迪点点头，“也就你能干出这种事。”

“看见没有？”米天宝走上前指着反光条，“还有我的记号呢。”

马小光凑近看了看，只见到商标的字母，并没看到什么记号。

“‘M’就是‘米’吧？”许班迪推推眼镜，“你倒挺会买。”

“就是这个意思！”米天宝得意地笑起来，“本来想早点弄完，快递不给力，中午才送过来，不然我还想把它开出去遛一圈呢。”

马小光插不上嘴，只能在一边站着。刚到北京时他也有过这种感觉，彭处长和老干事们一起对着投影仪推材料时，他很想表现一下，可一句话也插不上，只配坐在那儿打字。后来他虽然还负责打字，却也能不时地提出点儿自己的意见了。两相比较，材料这东西固然有高下之分，至少还在同一语境之内，而此刻面对的这些人却迥然不同。他连人家在说什么都听不懂。从前的经验驱动不了此刻的现实，不禁令他茫然。他脑子像缺了润滑油一般嘎吱嘎吱转着，还没想出该怎么展开谈话呢，米天宝却走过来递给他一根烟。

“指导员，你不用费心了，我啥事都没有。”米天宝冲着夜空吐一口烟，“我这人就这样，气不顺就撒一下，撒完就没事了。不信你问许副。”

“别问我，我不知道你哪样。”许班迪笑，“指导员是专门来找你的，你自己给指导员介绍去吧。”

“没啥说的，挺好。”米天宝仰起脸，“哎呀，下雪了！领导们要回去吗？”

话说到这个份儿上，马小光也不好再说什么。原本担心谈不拢，突然不用谈了，他却又有那么一丝失落。米天宝挑起了他的好奇心和好胜心，不料又虚晃一枪，拨转马头扬长而去。即便如此，他这一宿也没能睡踏实，每隔一会儿就会醒来。凌晨四点多，他索性爬了起来。拉开窗帘，外面白茫茫一片，雪还在下着，窗缝里透进来细细的寒风。在北京的时候，夏天的暴雨见过好几次，像这么大的雪却是没有。他想起自己给孟佳怡讲过这里的雪和县城的小吃，孟佳怡很爱听他讲戈壁滩的事情。这有点像商界精英回忆自己创业之初的故事，前提是他们已经成功地拥有了财富。而他呢？他其实没资格讲这些故事。他离开了戈壁，又重新回到了戈壁，孟佳怡怎么可能再愿意听他讲这些呢？

吃过早饭，老兵们准备乘车去火车站，按机关要求，每个连队出五个代表去车站送老兵。连里报的是周俊涛带人去，可老兵登车后，周俊涛却改了主意。

“指导员，辛苦你去送一下他们吧。”周俊涛双眼布满血丝，看样子也没睡好，“我有点不舒服。”

“好，我去。”换了马小光，他估计也没办法去，“你休息会儿吧。”

几十号戴着大红花的老兵在月台上跟战友话别，几个兵正起劲地在一边敲锣打鼓。这批退伍的全是八年以上的冬季兵，比只当两年的义务兵稳重得多，基本保持在眼含热泪的程度。他们跟留队的战友和老乡三五成堆说着话，哪一堆马小光都凑不上去，只好远远地站在一边。不过也不算坏事。真要他面对几个老兵，除了“路上注意安全”和“回去好好干”之类，还真想不出什么可说的。他就一直站在水泥柱子边上，看任永富低头不停地抹着眼泪，而米天宝一直在拍他的肩膀。

“指导员，谢谢你来送我们。”快到发车时间，米天宝才朝他走了过来，“没给你留下啥好印象，你也别介意。”

“没有没有。”马小光还不习惯这种过于直接的表述，“你还是很有……很有性格的。”

“摔酒瓶子摔的，哈哈。”米天宝吸吸鼻子，在人声嘈杂的站台上说着，“不过也无所谓了，谁也不可能在连队干一辈子，早走晚走都得走。”

“是是，时间太短，我也没来得及向你们学习。”马小光说着哪儿都能使的场面话，“老兵都是连队的财富嘛，对吧？”

“财富？这个有点过了。”米天宝哂笑一下，“可能对你们领导来说，我们这些兵就是个名字，就是个数字，但其实呢，我们也是个人。人这个东西他是有感情的，反正我觉得连队这地方是应该有的，但有时候你又觉得……算了，我也不知道自己要说啥。”

马小光没想好怎么回话，只好掏出烟递过去。米天宝拿出打火机点烟，打了几次都被风吹灭了，马小光赶紧把自己的打火机打着递过去。

“这东西不错。”米天宝看着马小光手里的ZIPPO打火机，“不便宜吧？”

“别人送的。”马小光看着手里的打火机。黄铜外壳上有一个表盘似的圆圈，十二点和六点位置分别刻着“YES”和“NO”，他和孟佳怡没事时会依偎在一起，乐此不疲地问一个同样的问题：“你爱我吗？”他们轮番拨转表盘上的指针，有时指向“YES”，有时指向“NO”。如果是“YES”，他们会相视一笑；如果是“NO”，他或她总会要重新问一次，直到得到一个肯定的回答。他很喜欢孟佳怡送他的这个生日礼物，只不过他现在只剩下一个“NO”。

“喜欢吗？”他把打火机递过去，“喜欢就送你。”

“那怎么行？”米天宝往后缩缩，“我就是随便那么一说。”

“你都给吊车贴反光条了，我代表连里送你个打火机也正常。”马小光伸着手，“留个念想吧。”

米天宝犹豫一会儿，接了过去。这时候，火车咣当咣当驶进站台，离别的时刻到了。

七

横幅摘了，锣鼓收了，电子屏幕换成各类通知，老兵床铺上带着照片的姓名卡被取下，门外树干上的标语用不了几天也会褪色剥落，一切都将恢复原状，跟什么事都没发生过一样。再过些日子新兵下连，如果有人说起米天宝或者王宇，他们能听得明白吗？正如马小光在北京时听他们讲处里出去的老人们，有的当了将军，有的成了老板，有的出了车祸，有的进了监狱，那些故事听上去异常传奇，可对他来说，也只是种与己无关的遥远想象而已。

老兵走了，也就走了。对走的人来说或许是个开始，而对留下的人则只能是种结局。这个马小光懂。离开北京时，处里专门请他吃了一次饭。他原以为会安排在周末，这两天是可以喝点酒的。不过彭处长说周末他还有安排，所以他们选了周四晚上去大院附近吃涮肉。这倒也没什么，因为马小光都不确定自己会不会借酒撒疯，更不用说彭处长了。彭处长在这个位置上已经干了五年，比他资历浅的两个处长，一个提了副局长，一个下部队提了政委，只有他还原地不动。这个时候，焦虑难免，谨慎更必要。何况这送行饭还是彭处长自掏腰包请的，这一点也让马小光颇为感动。遗憾的是，围着冒热气的铜火锅，马小光没什么食欲。他依然像刚来时那样，不时地给大家杯子里续茶。席间大多数时间，彭处长和老干事们都在兴致勃勃地聊着下一步的工作——这些马小光不用再关心了——间或夸赞一下小马干事的工作表现，以及对他的离去表示爱莫能助。

“小马在处里辛苦了两年，给我们帮了很大的忙。我代表全处向你表示感谢。”快结束时，彭处长冲张干事使个眼色，张干事赶紧从包里掏出一个小纸盒递过来。

“本来是想给你买个手机啥的，不过现在财务制度比较严格，报个账程序又复杂，这你也知道。”马小光真是想推，可彭处长坚持把那块华为智能手表放在了他面前，“说明一下啊，这可不是公款，是我们几个共同的一点意思，礼轻情意重，你就别客气了啊。”

那顿饭吃了大概一个钟头，宣告了马小光机关帮助工作两年的结束。这两年倒真的像火锅一样，起初汤锅热气腾腾，食材新鲜齐整，吃着吃着，不觉间汤水混浊，碗盘堆叠，粘在锅壁上的碎肉变得焦黑，沉在锅底的食物混杂一处，最终冷却下来，凝成一层黏腻的白色油脂。

嗯，一个无法挽回的熵增过程，这才是宇宙的真理。马小光从卫生间出来经过三班门口，看到米天宝的铺上剩下的那条军绿色床垫时想，他得再给邱海青打个电话。这几天转业摸底已经开始了，据说指标比较富余，尽管如此，他也得赶紧把这事儿给落实了。

“我正准备给你打电话呢！”电话刚响一声，邱海青就接上了，“你都知道了吧？”

“知道啥？”

“命令啊！”邱海青的声音很轻快，“你命令下了。”

“啥命令？”马小光还在自己的思路上飞奔，“转业命令这么快吗？”

“啥转业命令。我说的是指导员命令！你的汽车连指导员命令下了，这两天就宣布。”

“你逗我呢吧？”马小光一脚踩死制动踏板，被中断的想象在他脑子里摩擦出滚滚黑烟，“给我下什么毛命令，你不知道我要转业吗！”

“别扯了，领导正重用你呢，还转啥业！”邱海青嘿嘿笑，“祝贺你啊，马指导员！”

马小光僵在了原地，脑子却失控般飞转，飞速地空转，带不动任何有效思维。你就是一只蠢猪！这个评价非常中肯，因为所有人都能把你耍得团团转，而你却还一直以为自己挺聪明。彭处长和老干事们至少一个月之前就知道你不可能留下来了，有谁提前告诉你了吗？没有。非但不告诉你，还拍着你的肩膀，把四份经验材料交给你去搞，外加一个首长讲话的初稿，而会上交流的全部经验材料也就十二份。你每天晚上熬到一两点钟，早上还要去给他们打扫卫生，清洗茶杯和烟灰缸，他们对你拿出来的材料赞不绝口，说你为这次座谈会的圆满召开做出了重要贡献，然后就通知你可以卷铺盖滚蛋了。你总是不愿这么去想，可事实难道不是这样吗？邱海青是干部科任免干事，不可能不知道常委会研究干部的事，干部调整方案他们肯定早就有了，可前些天问他能不能转业，他还口口声声说问题不大。还有张主任，你在他手底下当了两年干事，自从给他写过一个讲话之后，他至少百分之六十的讲话、发言、授课稿和研讨文章都归了你，而你求他让你转业他都不肯！他给你下一个指导员命令，意味着你起码一年之内都不可能离开了，而你把箱底的勇气全部扫出来，也不够你度过这个冬天。世间的美德已经荡然无存，所有的人都不会对你吐露半句实情，那你应该怎么办？

由于激愤和奔跑，到张主任办公室门口时，马小光的棉帽衬里湿了整整一圈。他喊了声“报告”，没等允许，便已经冲到了张主任办公桌边。马小光当然知道，邱海青告诉他这个消息时，常委会都已经开完了，红头的任职命令这会儿肯定已经从干部科的激光打印机里吐了出来，一切都已经无法挽回。但他还是要来，他要不来，肯定会被自己憋得五脏破裂而死。

“没错，是我主张让你去干指导员的，因为我认为你去干最合适。”张主任这次没扔，而是递过来一根烟，马小光本想断然拒绝，可手却不听使唤地接了过来，“不客气地说，你转业对我来说无所谓，但对你来说可不是件小事。”

“我真想走。真不想干了。”

“为啥不想干？”

“没啥意思。”

“啥有意思？”张主任斜了马小光一眼，“天天窝在宿舍，大门不出二门不迈，早上不起晚上不睡，谁也不理啥也不管，这样就有意思了？”

马小光看着脚尖不吱声。

“不要随便赌气，更不要轻易放弃，年轻人最容易犯这两个毛病。我在营里当教导员的时候，本来该提副团了，结果提了别人，我也有情绪啊，去找政委说要走，结果政委把我批了一顿。他原话是这么说的：你要是真正地、彻底地、冷静地考虑清楚了，我可以让你走，否则的话，你就给我继续好好干。”张主任靠在椅背上看着他，“我觉得把这句话送给你也很合适。”

马小光拿起主任桌上的打火机点上烟，沉默了。

“命令既然下了，就好好干。你知道你最缺的是什么？最缺的就是基层经历。我在基层干了十来年，形成了一个观点：带兵就像种庄稼，你得老老实实地翻地、除草、捉虫、浇水、施肥，一年下来才能有个好收成。等你把连队的事搞明白了，把兵带好了，那以后什么事也难不住你。”张主任的手轻轻拍着椅子扶手，好像在给自己的讲话打节奏似的，“你现在是指导员，是党代表，把一个连队交给你，那可比给你交代个材料重要多了，明白吗？”

马小光垂头丧气地往外走，这时张主任又在背后问了一句：“哎，忘了问你，在北京谈对象没有？”

“……刚分了。”

“噢，这个问题没问好。不过也不着急，先把工作干好吧。”张主任说，“没事多找战士谈心啊，没事就谈，多多益善，这是我的经验，免费送你。”

这下总该掉到井底了吧？马小光想。他突然羡慕起刚走的那三个老兵了。留不下，那就走，可他呢？想留留不下，想走走不成，“求生不得求死不能”说的大概就是这个意思吧？他怎么也想不明白，一直顺风顺水的自己怎么就沦落到了这步田地。他以为前面不远处的连队只是一个候车室，这会儿才明白那是个终点站。前头的铁路还在修着，至于什么时候修好，修到什么地方，没人能告诉他。

回到宿舍，他抽了筋似的倒在床上，又把脑袋塞进被子缝里，像一条绝望的鱼，连挣扎都懒得挣扎了。也不知躺了多久，他昏昏沉沉地听到敲门声。

“指导员。”文书走到床边，“有人找你。”

“谁啊？”

“卫生队杜医生。”

“不认识。”马小光的声音在被子的两折夹缝中闷响，“说我不在。”

“人家已经来了。”文书把嘴凑到被子缝上小声提醒，“就在这儿呢。”

马小光从被子里抽出脑袋，只见一个迷彩服上戴着个白底红十字袖标的女中尉正站在门口，两只圆眼睛正望着他：“马指导员好，卫生队杜依然，还有印象吗？”

“噢，你好你好。”马小光赶紧坐起来，又搓搓脸。他发现没戴口罩的杜依然鼻子和嘴唇果然也很圆，“有什么事吗？”

“我来给你们移交一个病号。”

“什么病号？”马小光莫名其妙，“病号不应该在你们卫生队吗？”

“没错，他是在我们卫生队观察了几天，现在情况比较稳定，不需要继续住院了。基地卫生科通知我们把他送回连队。”杜依然递过来两张纸，“这是患者平时的注意事项，你们连队干部也要掌握一下。”

“这事我不知道啊。”马小光说，“你确定是我们连的吗？”

“他去年新兵下连分到你们这儿，接着就去沈阳那边学汽车修理了，今年八月发病，正好我刚分到基地，领导就派我去接他到北京治疗，肯定错不了。”杜依然笑笑，“你要不放心，现在可以给卫生科打电话问问。”

“不是那个意思，我也是刚到连队，没听说过这事。”马小光努力把思绪集中起来，“他得的什么病啊？”

“慢粒白血病。”杜依然说，“慢性粒细胞白血病。”

“啊？”马小光禁不住叫了一声，旋即又放低声音，“这……这不是癌症吗？”

“是的。”

“那他应该住院啊！放在连里我们怎么弄？”马小光着急了，“这我们怎么搞得了？”

“他前期做了化疗，白细胞数量还比较正常，现在主要是口服白消安片，平时注意作息和营养，正常生活都没问题。”杜依然说，“关键是他主动要求回连队的，基地首长也同意了。”

“这不行，这肯定不行。”马小光来回走了几步，“这么大的事，我起码得跟连长商量一下吧？”

“这还需要商量吗？”杜依然盯着马小光，“他是你们连的兵，现在病情稳定了要回到自己的连队，你作为指导员是要把他拒之门外吗？”

“我不是……”

“那是什么？”

马小光一时语塞。他当然不能说自己嫌麻烦，虽然他确实是嫌麻烦。他连自己屁股上的屎都没擦干净呢，哪儿还管得了什么病人！

“他才十九岁，长期待在病房里很容易导致抑郁。他主动要求回到连队，说明他对自己的状况认识很清楚，正常的连队生活和人际交往对他的治疗也是很有帮助的。”

“我是担心我们照顾不好他。”马小光憋了半天，“万一出什么纰漏，我们也没法给他家里交代啊。”

“有什么问题随时找我，反正我把人交给你了。”杜依然说着，把手里的大号牛皮纸信封递过来，“病号的供给关系都在这儿，还有他后面的一些治疗和生活的注意事项，我也给你们整理了一份。”

“他人呢？”

“在外面呢。”

“华亦实！”

“到！”

走廊里应了一声，紧接着一个高瘦的身影出现在门口。和马小光想象的不同，一身迷彩服穿在身上虽然显得肥大，棉帽下苍白的面颊上却微微泛出血色，两道浓黑的眉毛下面，一双大眼睛正闪着光。

“报告指导员！”他磕一下鞋跟，向马小光敬礼，“修理所战士华亦实归队！”

第二章　春

破额山前碧玉流，骚人遥驻木兰舟。

春风无限潇湘意，欲采蘋花不自由。

——［唐］柳宗元《酬曹侍御过象县见寄》

一

马小光在狭窄昏暗的楼道里逡巡，这地方看着熟悉却怎么也想不起是哪里，仿佛某个走到面前却一下叫不出名字的旧相识。直到一扇贴着“1804”门牌的棕红色防盗门移入眼帘，他才反应过来那是彭处长家。

他搞不懂自己怎么跑到这儿来了。他手上并没有帮彭处长取的快递，也没有彭处长让他送来的材料。他迷迷瞪瞪地进了电梯，记不清到几楼时电梯停了，一个姑娘走进来，居然是孟佳怡。她穿着灰色的西服裙装，白衫衣的小尖领翻出来，项链在她脖颈上闪着光。马小光从来没见过孟佳怡这副打扮，她向来都喜欢穿得紧绷一点，不论裙子还是羽绒服都不得辜负她曼妙的身材。问题是他怎么可能认不出孟佳怡呢？他熟悉所有模式下的孟佳怡：欢笑的哭泣的，乖巧的蛮横的，盛装的赤裸的，浓妆的素颜的……这不会有错。可孟佳怡像不认识他似的，扫了他一眼便把目光挪开了。他俩一前一后分站在电梯对角线的两个角落里，马小光很想去拍拍孟佳怡的肩好让她转回头来，他还想跟她说点儿什么，不知出于什么原因，他并没有这么做。两个人就这么一言不发地坐到了一楼。“叮”，电梯门开了，孟佳怡率先走了出去，马小光听到高跟鞋在空洞的楼道里发出节奏分明的脆响，又看着她美好的背影从楼门消失，并没有生气或者伤心，他只是感到木然，那种吃力感很容易让他想起每次想读却从来也读不下去的《存在与时间》。

从楼里出来，刺眼的阳光让他前额隐隐作痛。他开着车——自己什么时候有了一台黑色的轿车？——想从东门出去，到了门口却发现门外的马路上积满了水，积水没过了许多车辆的轮胎，司机们进退不得，一个劲儿地按着喇叭。他赶紧掉头直奔西门，奇怪的是西门外那条对向六车道的宽阔大街不知何时变成了沙石路，两边林立的高楼不知去向，取而代之的是两排枝干扭曲、叶片发白的沙枣树。他停在西门口不知道该不该出去，突然间车门被拉开，一张熟悉的面孔探进车里。“嗯？”他不由自主地用抖音里听过八百遍的那个怪声给自己的意外配了音，又不由自主地挪到一边，把方向盘让给了李宇轩。李宇轩将车驶出西门，从后视镜里他看到车后尘土飞扬，笼罩了整座城市。

李宇轩在沙石路上开得飞快，而四环以里的北京无论如何也不该如此颠簸。他只感觉耳旁生风，这时候猛然一个急刹车，幸好他的手抓着车门上方的拉手，不然很可能会从挡风玻璃里飞出去。他定睛一看，光秃秃的土路尽头，一股混浊的水流正顺着坡朝他涌来。马小光一转头，发现李宇轩不见了，只剩下他一个人坐在车里。他本能地想弃车而逃，车门怎么都打不开。泛着白沫的浪头汹涌而至，瞬间没过了引擎盖和前风挡。他侧过身子用脚去蹬车窗玻璃。咚、咚、咚！被水淹没的车窗纹丝不动。他惊恐万分地喊起来，可却听不到自己的声音。

醒来的那一瞬，马小光的腿又在被窝里踢了最后一下。他长出一口气，庆幸自己并没有被来路不明的洪水淹死。带队出早操时，他站在篮球场边上看着战士们走队列，脑子里还想着刚才的梦。他似乎没做过这么复杂又清晰的梦，所以从前读《梦的解析》时还怀疑里头关于梦的讲述都是弗洛伊德自己瞎编的。按弗洛伊德的说法，梦是现实的伪装，这话听上去简单，可如果伪装得太深，自己都找不到被伪装的究竟是什么。

他想了想，整个梦里最容易理解的显然是李宇轩。昨天下午去机关开会时，马小光在上级工作组名单里看到了李宇轩的名字。毫无疑问，这个李宇轩就是梦里那个李宇轩，就是曾跟他一起在北京机关大院地下室里住过一年的李宇轩。同屋的三个人里头，马小光来得最早，同屋的人换来换去，马小光也从门口的床换到了里面的床。接着他靠门睡的是郑向前，这家伙跟自己一样也因为领导体制改革被卡在了机关门外，不同的是，人家的处长并没有知难而退，而是动用自己的人脉关系四处推荐，最后还真给郑向前找了个地儿。去延庆的新单位报到时，郑向前专门请哥儿几个吃了顿烧烤。那会儿马小光并不知道自己很快就要滚蛋了，喝着“牛二”时居然还在那儿同情郑向前，现在想起来，自己差点儿就活成了个段子。

也不知道是自己不如郑向前，还是自己的处长不如郑向前的处长，但要说起运气，谁也比不了李宇轩。睡在马小光对面的李宇轩按说是最不可能留下的那一个：他们处里原本六个编制都是满的，新编制又裁掉了副处长和一个干事，原来的老人都有可能无法纳编。谁承想李宇轩刚帮了半年忙就形势大变，短短几个月时间里，他的处长提升，下部队任职去了，副处长接了处长，一个副团职干事交流到了国防动员系统，去南方某县当武装部政委，还有一个正营职干事被选去给首长当秘书，超编一下成了缺编，李宇轩顺理成章留了下来。这不是命运又是什么呢？知道马小光要走，李宇轩说了几回要一起吃个饭，马小光都借故推托了。吃这种饭对他而言不啻一种折磨，连去了延庆的郑向前都令人同情，那滚回戈壁滩的他除了被人可怜还能得到什么？到他走的前一天，李宇轩死活要请他坐一坐，想到两个人一直关系不错，马小光也不好再推了。好在那天下午，李宇轩很抱歉地发微信说局长晚上要带他们推材料，马小光才松了口气。那阵子他认为最理想的状态便是相忘于江湖，小舟从此逝，江海寄余生，想想倒也不错。怎奈江湖如此之小，庙堂之上的李宇轩拔腿就能过来。他来了基地，自己要不要去招待所看望呢？他是不想去的，去了只会徒增烦恼。可要不去，岂不是又显得太小家子气呢？昨天开会回来，他就一直在纠结这件事，但直到此刻他也没想出个结果。

接下来，是梦里不容易理解的那一部分。比如孟佳怡，她出现的意义是什么？他们已经三个多月没有任何联系了。嗯，也不是那么绝对。春节时他收到过孟佳怡的拜年微信，他把那条布满了表情符号的信息翻来覆去看了至少一百次，然后才小心翼翼地回了一条“祝你新年快乐、万事如意”。对于一条群发的信息而言，这么回复应该算得体吧。不过也无所谓，反正孟佳怡没再回复。在她眼里，自己差不多算个现役骗子吧，或者说，一个正连级渣男。她一定是希望跟马小光结婚后能随军落户到北京，虽然她从来没这么说过，却并不代表她不这么想。现在她寄托在马小光身上的希望完全破灭了，正如马小光寄托在彭处长身上的希望一样，那还有什么好说的呢？马小光宁愿如此揣测。自从离开北京，他一直努力把自己和孟佳怡的关系视作一次合作而非一场爱情。他甚至反复暗示自己，他只是迷恋孟佳怡的身体罢了。相比晦暗幽深又难以捉摸的灵魂，他更愿意去探索她饱满多汁的身体，似乎只有这么想，只有证明光彩夺目的钻石其实只是一文不值的碎玻璃，心底里的焦灼感才会减轻一些。

然而这个梦又让他不那么确定了。他依然想念孟佳怡，他不记得自己如此想念过一个人。特别是想到曾与自己无比亲密的姑娘突然间形同路人，甚至不能像很多只吃过一次饭就添加成微信好友的人那样闲来无事给她点一个赞时，更让他生出巨大的虚幻。或许爱情——假设这东西真的存在——总量恒定，马小光有时会这么想，那么属于他和孟佳怡的情感额度已经用完且无法透支。这样说来，每个人都像个一次性打火机，燃料耗尽就该丢弃了，不论它曾给过你多少光和热。他从来没对另外一个人说过那样多的话（特别是在北京，大多数时候都轮不到他说话），仅仅是他们初次见面的那个秋日午后，他就向孟佳怡复盘了无数次。她当时的穿着、表情、说过的话和端来的咖啡，每一个细节都被他拎出来细致地描述，回忆切片被他言语的透镜放大数百倍，能清楚地观察到一粒粒纤毫毕见的爱情细胞。话说回来，若不是孟佳怡爱听，他可能也不会一遍又一遍地讲。他们彼此融入，互为因果，如果他们之间仅仅是一种精心算计的合作关系，她目光中那灼人的热情又该怎么解释呢？

马小光解释不了。他在晨风里眯着眼，脑子里默诵梦醒时读过的诗：

> 水纹珍簟思悠悠，千里佳期一夕休。
>
> 从此无心爱良夜，任他明月下西楼。

唉，多好。上中学时他就喜欢背唐诗宋词，背完了忘，忘了又背。军校和刚毕业时也一直保持着这个习惯，只是去了机关后便荒废了。特别是北京，他总睡不够，周末要是偶尔不加班，他一觉能睡到下午一两点钟。从黑漆漆的地下室醒来时，会油然生出不知今夕何夕之感。现在这个问题得到了妥善解决。他的作息异常规律，晚上十一点前查一次铺后就上床睡觉，凌晨三点闹钟把他喊起来查第二次铺，然后能接着睡到六点多，再加上午休一个钟头，有时离起床哨响还早，人却已经醒了。这时候他会拿起床头柜上那本封面有些破损的《唐人绝句选》来转移一下注意力，不然的话，孟佳怡准会闯入他正在恢复还未及设防的意识中，扔下一连串凝固汽油弹，弄得满世界都是一片火海。不看唐诗，就会忍不住去看手机里孟佳怡的照片。和孟佳怡在一起时，他给她拍了很多照片，回基地后，他一直试图把它们删掉，可每次都狠不下心来。那些照片常会让他身体隐秘的突出部蠢蠢欲动，他不得不亲自动手将这些顽固的欲念镇压下去。不过今天有工作组要来，他不太想在这个工作组将要到来的节骨眼儿上制造事端，于是强行掀开被子坐了起来。料峭春寒即时赏给他一层鸡皮疙瘩，他赶紧穿衣起床，站在窗边把那诗来来回回读了十几遍，可孟佳怡依然如孤帆远影般在他脑海中漂浮。

"指导员，有个事。"站在篮球场另一侧的周俊涛走过来，"今天上午那个工作组的座谈会，你是不是安排了巨星辰参加?"

"对，座谈会嘛，我想着巨星辰挺能说的，让他去比较合适。"

"他那叫满嘴跑火车，从来也说不到点子上。"

"机关专门说了要安排老一点的兵，他们也怕去了都坐那儿不吱声，那座谈会没法儿开。"

"上午他得修车。换个人去吧。"

"我昨晚专门问了齐志远，他说巨星辰今天上午没啥事，我就安排他了。"马小光有点奇怪，"我就是担心司机随时被叫走，特意找了个修理工。再说人员名单我都报给保卫科了，这会换人可能不太合适。"

“46号勇士车这两天老是开锅，你又不是不知道。”

“我看巨星辰他们不是在修吗？”

“就他们那几块料？我昨天都给油运科报了，今天去县城修理厂看一下，叫巨星辰跟着去。”

“换个人去也行吧？”

“换谁啊？巨星辰去了还能看着点，其他人更不行。”

“那让他开完会去吧。”马小光开个玩笑，“反正修理厂又不是医院，晚点也无所谓吧。”

“修理厂确实不是医院，不过按规定，车有故障不过夜，咱们都过了两天了。万一出了问题没准就是大事了。”周俊涛却没笑，“以后像这种事，咱俩最好提前通个气，这样有啥情况咱俩都掌握，领导问起来也好说，要不然会搞得我很被动。”

“哪个领导会问你这事？”

“谁问的不重要，重要的是咱俩得多通气。像今天这个事，要不是齐志远说那么一嘴，我到现在还不知道呢。”

周俊涛话里透着明显的不满，这对马小光来说已经不是第一次了。最近一次是周三下午，军训科林参谋来要车，正好马小光值班，刚准备把那台广汽传祺给他，仿真大队的李高工后脚也来了。考虑到李高工年龄大级别高，又是去市里机场接工业部门专家，而林参谋是去县城火车站接家属，马小光便改了主意，把轿车给了李高工，林参谋则派了那台剩下的46号勇士车。这车虽然老了点，跑短途按说没问题。谁知道快到车站时水温告警，司机只能停在路边等着温度降下来，耽误了点时间。

“林参先来的，就应该把轿车给人家用呀。”估计是林参谋向周俊涛抱怨来着，周俊涛来找马小光时一脸不高兴，“总有个先来后到对吧？”

“去机场来回一百五六十公里，又要跑高速，轿车去了比较安全一些。”马小光认为自己的安排没什么问题，却还得解释一番，“再说李高工那么老同志了，办的又是公事。”

“他老不老跟我们没关系，林参可是管着地面训练呢。”周俊涛说，“连里的单双杠全都不行了，我本来还想问他要几套，这下我还怎么张嘴？”

再往回想，就是春节前研究年度党员发展对象的事。周俊涛原想把梁壮壮列到第一季度发展，但马小光考虑梁壮壮去年五月才调过来，入党申请书是来了汽车连才交的。当时的支委会记录里确实把梁壮壮列入了入党积极分子名单，问题是入党积极分子考察期必须满一年，这是个硬杠杠。换了别的事，马小光可能也就睁一只眼闭一只眼了，入党这事他却不敢胡来。且不说梁壮壮兵当了七年半还没入党（通常情况下只能说明该同志在原单位表现不咋样），就算要入，最快也得安排在二季度。他把规定拿给周俊涛——按说他不可能不知道——看了一遍，周俊涛没再说什么，但不高兴依旧是写在脸上。

周俊涛的不快里包含着某种戒心，马小光也不知道为什么。他有时倒想跟周俊涛聊聊天儿，可每次去周俊涛房间待不了三分钟就尴尬而逃。周俊涛除了说事，平时也不会找他。马小光想来想去，最后确定可能是因为去年年底年终总结时，他们开支委会研究评功评奖人员，他突然想到米天宝把留队指标让给了任永富，嘴一滑就冒出一句："是不是给米天宝评个优秀士官？"

"优秀士官哪够，应该给他立三等功！"话音未落，周俊涛脸已黑了，"不立个功，怎么对得起他摔的那瓶酒？！"

周俊涛扔下这句话便摔门而去，弄得马小光面红耳赤傻在那里半天缓不过劲儿来。是，他承认自己的提议刺伤了周俊涛，可就是派巨星辰去开个座谈会这样芝麻绿豆的事，周俊涛为什么还不高兴？主官之间通气理所当然，但按照集体领导下的分工负责制，派谁开会纯属琐碎的行政事务，他不太理解周俊涛何以如此较真。但也不用多说。虽然他和周俊涛提正连的时间差不多，可人家已经是干了两年的连长，而他还是个新指导员，他不可能为了这种事情去和周俊涛较真，也不想为这种事较什么真。较这个真有什么意义呢？

"我可没有瞒你的意思啊。"马小光主动笑一下，"主要是感觉这也不是什么大不了的事情。"

"连队能有什么大事啊，没有大事。"周俊涛看看表，"差不多该收操了，你盯一下吧，我有事先走一步。"

周俊涛没说什么事，马小光也没问。他只是看着周俊涛解下外腰带握在手里，一边拍着腿一边往连里走，而一阵小小的旋风正左摇右晃地从他们之间穿过。

二

风，是戈壁滩永远也改不了的毛病。尤其是在别处均受好评的春风。春风送暖入屠苏。春风又绿江南岸。夜月一帘幽梦，春风十里柔情。这儿没有。戈壁滩的二十四节气倒是一个不少，只是永远慢上半拍。怎么也得等到四月，树梢才开始泛绿，麦田才开始播种，上山路边沟壑里的积雪才开始融化，有一年五月甚至还下过一场大雪，覆盖了所有的麦苗，军务科不得不通知把刚换的春秋常服又换成了冬装。在戈壁，所谓春风仍固守着严冬的传统，冰冷生硬且无休无止，永远挟带着迷眼的沙尘。

不过北京的春天来得好像也挺晚吧？离开四个来月，记忆像蒙尘的车窗，看得不再真切。北京的好处在于，它是座水泥浇灌出来的城市，风没有那么多可供调用的沙尘。不像河西走廊，坐火车经过时常常是一望无际的灰黄，远远看见一道绿线，才意味着前方是一片绿洲。经过之后，无尽的沙土与砾石又将统治视野。马小光记得刚到北京不久的一天上午，他正在办公室忙着，肖干事突然叫了一声："沙尘暴来了！"他转头一看，天色是有些昏黄，却也只是昏黄而已。

"哪儿呢？"

"这不是吗？"

肖干事指着窗外很确定地说。他这才明白，北京的沙尘暴与他概念中那遮天蔽日滚滚而来的沙尘暴并非同一个沙尘暴。北京只有沙尘而无"暴"，真正的"暴"在戈壁。风声中，一道土黄色的尘潮从地平线涌起，海啸般席卷而来，飞舞的沙石击打在窗玻璃上发出噼里啪啦的声响，室内的日光灯管发出幽蓝的光。不管你怎么紧闭门窗，都逃不开呛人的土腥味儿。床和地面不消说，就连桌子抽屉里都会落进一层土。基地吃的是粗粮，北京吃的是细粮。这像是又一个证明两者截然不同的证据。可这还用证明吗？

好在这个春天，沙尘似乎没从前那么厉害了。通往县城那座水泥桥下的干河床如今竟也有了水流。只是风依然从早到晚地刮着，让马小光心烦意乱。昨天下午去机关开会，安排了一堆迎接工作组检查的事，尽管烦琐，却也不算复杂，可他在桌前坐到快十二点，都没把需要准备的那些拉拉杂杂的材料理清楚。上了床也迟迟睡不着，暖气刚停，房间里四处冰凉，风吹得窗棂不停抖动。他费了好大功夫才把思绪的火苗一处处踩灭，好让整个脑海都沉寂下来，结果还是做了那么一个难解的梦，令他无来由地不安。

吃过早饭，保卫科来电话通知说工作组先开座谈会，大概九点半到连里，让他做好迎检准备。马小光把“七本五簿三表一册”整齐地摆放在连部会议桌上，又把准备的汇报材料小声念一遍，最后又把连队走了一遍，进行临阵磨枪式的检查。

——俱乐部哪个班负责的，电视机上面全是灰没看见吗？

——你们班这桌上的杯子怎么回事，还有床底下的鞋，赶紧摆好！

——乒乓球拍胶都掉了还放这儿干吗，快去换一副！

——“学习园地”上的“心得体会”都快掉了，赶紧再粘一下！

——卫生间怎么还亮着灯，电费不让你们出是吧？

马小光走一路说一路。几个月下来，他已经熟练掌握了这种吩咐的口吻。这东西根本用不着学，在机关时领导吩咐他，在连队他吩咐战士们，套路完全一样。他唯一没掌握的是跟周俊涛说话的口吻。在机关一般用不到这样的口吻。一个科只有一个科长，一个处只有一个处长，一个局只有一个局长，机关各部也只有一个参谋长、一个政治部主任、一个后勤部长和一个装备部长，至于司令员和政委这两位首长，马小光离他们太远，还没机会学习他们之间的沟通方式。这样一来，全连唯一需要他去斟酌口吻的人就只有周俊涛了，而他到现在也没找到一种恰当而稳定的沟通方式。早饭时，他问周俊涛工作组到连队后谁来报告，周俊涛却说他吃完饭要带车去市里给基地油库换灭火器。市区离基地六十多公里，光路上往返就要两个钟头，也就是说，周俊涛压根儿没打算跟他一起迎接检查。按道理，油库换灭火器这种事归油运科管，他们自然会派人带车，根本用不着连长亲自出马。不过马小光差不多已经习惯了，凡是政工口来检查，周俊涛基本都会有事，所以他什么也没说。

九点一刻，马小光已经扎着外腰带站在了楼前。一直等到快十点还没见工作组的影子。从前在基地组织科，上级对口工作组来检查，马小光的主要任务是起草汇报材料和布置会场，然后给工作组打打前站，给基层通风报信之类，总之都在幕后。去了北京就不一样了。只要跟着领导下部队，他是天然的工作组成员，“马小光”三个字会和“李宇轩”一样印在发给部队的通知上。虽然级别最低又是个帮忙的干事，但依然会跟带队首长坐在会议桌同一侧，煞有介事地听着对面部队领导的汇报。用彭处长的话说，这叫“萝卜不大长在辈儿上”。他特别喜欢下部队的感觉，尽管大多数时候会比在机关办公室更忙，常常通宵达旦为领导准备次日的讲话材料，有几次下去考核党委班子，连部队营区都没出去过，哪怕那些名胜和景点就近在咫尺。他在意的不是这个。他在意的是下部队期间可以和领导们同住招待所，同桌开会，同席就餐，哪怕领导放下筷子他就算没吃饱也不好意思再往下吃，然而作为一个没有台词的小配角，能站上前台就足以填满他浅薄的虚荣心了。而眼下，他从工作组成员走到了工作组的对面，变成了被工作的对象。他得安排连队做好迎接检查的各项准备，打扫卫生、整理内务、补写教案、抄写笔记、出黑板报、清洗车辆、检查军容风纪、收拾菜地和猪圈……这些琐碎又缺少技术含量的事情令他不胜其烦。在机关，他只需要把自己的事情做好就万事大吉，在连队，所有的人或者事情都要算到他的头上，而他并不知道接下来会发生什么。

太阳出来，风也跟着变大，卷起一波波沙土，吹得他睁不开眼。他又一次踅回前厅，刚点上一根烟，巨星辰低着脑袋从卫生间出来了。

“你怎么在这儿？”马小光问，“不是让你们八点半去开座谈会的吗？”

“齐排昨天说开会。”巨星辰大大咧咧地扣着裤扣，“早上张排又说我不用去了。”

“那谁去了？”

“不知道啊。”

“那你怎么没去修车？”

“修啥车？”

“不是说46号车老开锅吗？”

“噢，那个我都搞定了。”巨星辰把湿手在裤子上擦擦，“连长非说是节温器的事，换了节温器以后照样开锅，水泵风扇也不转。后来我摸了摸散热器水管，感觉里面水不流，应该是水泵的问题。昨晚把水泵拆下来一看，里面的轴断了，回头换个新水泵就行了。”

巨星辰说的这些东西马小光根本听不明白，他脑子里想的只是为什么周俊涛吭都不吭就把他安排好的开会人员给换掉了。他气冲冲地上楼去了学习室，在门口冲着正组织大家学习汽车理论——工作组来检查总得装出点儿样子——的张炎招招手。

“巨星辰为什么没去开座谈会？”把张炎叫到走廊里，马小光劈头问，“谁让你换人的？”

“早上连长让我换人，我就换了呀。”张炎嬉笑着，根本没把马小光的气恼当回事，“我也搞不清咋回事。”

“换谁去了？”

“连长说让任永富去，我就叫他去了。”

“连长没说为什么换人吗？”马小光强压着火气，“怎么跟你说的？”

“他就说巨星辰嘴巴大，又是什么座谈会，怕他去了乱讲话。”张炎搔搔下巴，“其他也没啥说。”

马小光还没想好怎么往下说，文书跟看见了鬼子兵的儿童团员似的，扯着嗓子在楼下一迭声地喊他。跑下楼去，只见几个人正穿过篮球场往这边走。他赶紧整理一下着装，快步走到院门口等着。他很想找个地方躲起来，可惜没的选。他只能站在这儿，眼睁睁地看着李宇轩跟着领导们朝他走过来。越来越近，越来越近，等距离门口十来米时，马小光小跑几步上前立正站定，向带队领导敬礼报告：

“上校同志，基地后勤部汽车连正在组织业务学习，请指示！指导员马小光。”

“按计划进行！”

“是！”马小光再次敬礼，报告结束。其实他认得面前的这位上校是李宇轩的处长，他以前去九楼办公室找李宇轩时见过他，只是处长并不一定记得他。马小光的视线越过处长的肩膀想和李宇轩碰一下，可站在处长身后的李宇轩正转头同保卫科苏科长小声说着什么。这时陪同的张主任催了他一句，马小光这才转身在前面引导工作组往楼里走。

楼上楼下转完后，工作组进了连部。处长问了几个问题，马小光自感答得还可以。这时候在北京待过两年的好处就显现出来了——在机关，处长算不了多大的官儿，彭处长就常说自己是个“大干事”——马小光并不会觉得紧张。此刻占主导地位的是尴尬，因为李宇轩除了在走廊里用几乎察觉不到的动作冲他微微点了点头之外，任何人都不可能看出来他们本是熟人或是朋友。很正常，工作又不是请客吃饭，对不对？马小光先替李宇轩解释起来。他相信等中午或晚上去招待所看李宇轩时，一定不会是这个样子。

“小李，怎么样？”处长转头看看坐在桌边埋头查阅资料的李宇轩，“该记的都记了吧？”

“按规定，连队每月要开一次思想工作骨干会，汇报情况，分析形势，研究问题，但是没看到会议记录。”李宇轩赶紧抬头，“就一张思想骨干名单，其他记录都没有。”

“我们记在支委会记录本上了。”马小光没想到李宇轩突然来这么一下子，几个领导的目光都集中到他身上，他才想起解释，“这个会我们每个月都开的。”

“支委会是支委会，思想工作骨干会是思想工作骨干会，这是两回事。”李宇轩翻着支委会记录本，“就说你们的支委会记录吧，也没办法看。像今年一月和二月都没记。三月就写了一句‘分析了连队安全形势’，具体怎么分析的？分析了什么？重点在哪里？怎么做工作？这些都没有体现。”

马小光盯着李宇轩微微发红的侧脸，再往上是整齐的鬓角。在北京时，他俩经常结伴去大院南门外的那家夫妻理发店，老板娘的寸头理得比老板要好，李宇轩宁肯排队也要等老板娘来理，所以每次马小光总会把老板娘让给他。理一个头三十，马小光每次都充三百块钱的卡，这样可以理十二次。每次理发都是刷马小光的卡，回基地前，他把刚充过的卡留给了李宇轩，而这个用他卡理过头的家伙此刻正在挑他的毛病，更令马小光悲愤的是，这个家伙自始至终都不肯看他一眼。

“支委会尚且这样，思想工作骨干会可想而知。”李宇轩再次望向处长，“完全看不出开过没有。”

“我们每个月都开。”马小光倒没撒谎，他清楚地记得自己每月总会找个时间开这个会，但都是听大家说，从来没记过。因为他发现只要自己拿起笔，战士们就闭上了嘴。而且他还认为，只要他认为重要的人和事，根本用不着往本子上写，自然会记在脑子里，至于不重要的事，既然不重要，那还记它做什么？但混乱的脑袋组织不出条理清晰的语言，而且他开始发急了，“没记录并不等于没开会吧？”

“不记录，怎么证明你们开过会呢？”李宇轩终于把脸转了过来。阳光从侧面照进来，他额头上一片晶亮，“没记录就没办法判断。”

“开了没记算没开，那没开随便写几句就算开了吗？”马小光终于没管住自己，“是这个意思吧，李干事？”

“马小光！”张主任低喝一声，“怎么跟上级领导讲话的？开会没记录本来就不对，你强词夺理什么？”

马小光喘着粗气，盯着桌上的烟灰缸沉默了。如果换作一个陌生人，他十有八九不会这样，他会不住地点头称是，就像彭处长或者肖干事指出他材料里的问题那样。可李宇轩不是陌生人呀！他难道不是那个跟自己住了一年地下室，被自己视作朋友和兄弟的人吗？这猝不及防的痛苦仿佛背后一刀，不禁让马小光在心里悲鸣起来。他赶紧仰起脸，小心翼翼地眨着眼，以免让涌出的泪水滑出眼眶。他不想搞得那么丢人，虽然他此刻就是在丢人。

三

树坑是营房科按各单位实有人数分的，每人五个。汽车连的任务是二百三十五个。纸面上没错，但要刨掉出车的、值班的、探家的、培训的和生病的，每个人少说得多挖两到三个。地点是山脚下的军用公路两侧，放眼望过去尽是戈壁滩。但营房科也不是吃干饭的，他们很清楚越靠北边山口，石头就越多，所以机关都分在南边，而新兵多又天天练块儿的警卫连就分在最北边。接下来是通信连，然后就是汽车连了。

吃过早饭又坐了半小时车，到了地方一瞅，营房科已经派人用石灰标出了树坑的位置。清掉地表砾石，底下还是一层又一层的石头。铁锹基本没啥用，全得靠镐头刨。按说种的都是杨树苗，往年植树都挖六十厘米的坑，可后勤部仇部长说，石头堆里种树要多填土，坑太小了不好活，大手一挥，把标准提高到了长宽高各一米。

“按零点六米的话，一个坑只有零点二一六个立方。”本来马小光还感觉六十厘米和一米差不太多呢，结果被许班迪这么一算，脑袋顿时也变成了一米见方，“要是按一米算的话那可就是一个立方，约等于挖原来五个坑。”

这下好了。大伙儿一边往地上吐唾沫骂仇部长的娘，一边往手心吐唾沫，抡起镐头开始刨坑。除了当排长那年铲过基地家属院废弃的垃圾池——主要就是脏，累倒没多累——还真没正经干过这种重体力活儿。在基地机关，每年也会去植树，每人名义上也是那些个坑，可没谁真的挖完了，最后都是叫连队来帮忙。北京就更不用说了，别说铲垃圾挖树坑，营区卫生都用不着他们打扫，甚至连早操都没出过。机关干部们整日坐在电脑前堆积脂肪消耗脑细胞，两年里马小光头发掉了不少，视力明显下降，并且新增了一颗痔疮。他的两只手能在键盘上飞舞，却在镐柄上瘫痪。身边的战士一镐头下去不偏不倚正好能刨进石头缝里，再向前一撬，石头便松动了。他呢，身子被抡起的镐头带着乱飘，落点永远没有准头，常常砸在石头上，震得他浑身发麻。才上午九点钟，他已经把后半辈子的力气都使完了，头晕目眩地坐在挖出的那个连腿都放不进去的浅坑边上，胳膊抖得连个军用水壶都拿不住。

马小光四处看看，发现自己的进度稳居全连倒数第一。这倒跟他的军事体能考核成绩有得一拼。三月初军训科组织基层体能测试，他除了爸妈给的身高体重合格之外，其他课目全都惨不忍睹。按二十八岁男军人通用标准，单杠引体向上他连蹬带踹还差三个，仰卧起坐离及格差十个，三十米蛇形往返跑差将近两秒钟，最可怜的是三千米跑，他比及格时间整整多出两分钟。如果没有梁壮壮，他肯定给全连垫了底。这也怨不了别人，从前他就不爱运动，北京两年最大的运动量也就是每天从饭堂走到办公室，再从办公室走到饭堂。机关每年也组织考核，只不过他这号帮助工作的不在考核之列。那阵子他还感觉占了便宜，现在报应来了，虽说也开始每天跑步，可一楼门厅里公示的体能考核成绩一时半会儿却变不了。他本以为自己不会在意这种事，可每天进门时都看见那行标红的数字，他才发现脸皮并没自己想的那么厚，一时半会儿还达不到死猪不怕开水烫的境界。

马小光目测了一下，全连的人均进度差不多是一个，大部分人第一个树坑已经见底，有几个兵已经开始挖第二个了。动作最快的是张卢语泽，第二个已经挖了一多半。马小光的迷彩服里还穿着毛衣，而这小子脱得剩下个体能训练短袖，胳膊上一条条肌肉绷着，体育学院果真没白念。他坐在那儿，身体的疲惫令他沮丧。疯子才愿意干这活儿，他根本不是干这活儿的料，他难道不是一个脑力劳动者吗？他更喜欢也更适合坐在办公桌前写材料，或者抱着一摞桌签去布置会场，而不是在野地里挖坑。在他看来，挖坑的感觉相当于自掘坟墓，但现在想这个已经晚了。他已经掉进了坑里，至少一年之后才能爬出来。此刻他是个该死的指导员，倒霉的连队主官，他的任务是教育管理手底下这帮兵，虽然这帮兵跟他半点儿关系也没有……他不能再这么想下去了，否则他很可能真的会把自己给埋了，他强迫自己打起精神往起站，屁股刚离地没多远，忽觉眼前一黑，一屁股又跌坐回去。

“你没事吧？”不远处的许班迪走过来，“喝点水。”

“没事。”马小光咧咧嘴，“这破坑，真难弄。”

“你刚才挖得太猛了。这活儿急也没用，欲速则不达。”许班迪摘下眼镜吹吹灰，又眯起眼向远处张望一阵，“看，领导们准备走了。”

马小光转头顺着公路往南瞅，远远地看见几个小小的人影正往考斯特上走。早上坐车过来时，靠风力发电场的那一段路边已经整整齐齐挖好了几十个树坑，一看就是营房科头天找工人干的。基地几位常委主要负责往里填土就行了，所以马小光一个还没挖好呢，领导们都已经大功告成。对此马小光并不认为有何不妥，领导们都四五十岁的年纪了，真要让他们抡着镐头去刨上五个大坑，高血压犯了怎么办？就跟在机关一样，首长三天两头都要上会讲话，不让下头准备，自己怎么可能写得过来？

“仇部长定的标准，他应该给我们起个范儿嘛。”许班迪望着开走的考斯特，“不过话说回来了，如果领导真的跟我们一样，那这领导当得也就没啥乐趣了，是吧？”

马小光笑笑，知道许班迪在发牢骚。他跟自己一样想走，结果跟自己一样没走成。军队就是这样，走留都由不得你。哪怕许班迪打定主意申请了复员——作为一种退役方式，干部复员意味着退役后将失去所有的待遇——也没走成。为了这事，许班迪还跑去办公楼找唐政委。不想唐政委前一天刚去北京开会了，这家伙转头又跑去了张主任办公室。也不知道张主任是怎么跟他谈的，反正他前脚刚回连里，马小光后脚就被张主任叫去一顿好批。中心思想是他这个指导员不仅没把全连扭成一股绳，反而弄得军心涣散，就一个副连长还闹着要复员走人。

“我没想干这个指导员。”马小光不服，“是你非让我干的。”

“没错，是我让你干的。我让你干好，可没让你干坏！军队以后都是你们年轻人的天下，把你们都放走了，以后靠谁？”张主任边批评还边给他扔烟，“我已经给你们那个小许讲过了，我再给你讲一遍。你们都把眼光放远一点，别老盯着脚底下。这就跟你们汽车连开车一样，稍微堵一点你就把车扔那儿不开了？你们得往远处看，得看到前面的大路是畅通的，明白没有？”

不知道是张主任的话说动了许班迪，还是许班迪自己想通了，反正没走成也没再说什么，该干啥还干啥，只是情绪依然不高罢了。这个马小光倒很理解，因为回基地之后，他自己的情绪也从来没高过。

“你信不信？”许班迪的眼睛在镜片后面眨一眨，“仇部长一走，他估计也该走了。”

“谁？”马小光一时没反应过来。

“还能有谁？”许班迪笑一声，“他呀。”

“没那么夸张。”马小光明白了。可能是因为害得马小光挨批有点不好意思，这段时间许班迪倒是跟马小光走得比较近，说话也比从前放开了不少。大多数时候，马小光认为这是件好事，唯独说到周俊涛时，马小光会比较为难。他是指导员，不便附和许班迪的嘲讽。于是他抓起镐头，“继续干活儿吧！”

还没刨几下，一辆勇士车开过来停在他身边。

“指导员！”周俊涛从车窗探出脑袋，“梁壮壮的车坏在路上了，我过去看看啥情况。”

“你亲自去啊？”许班迪果然说中了，虽然马小光并不希望这样。

“换别人我才懒得去。关键是仇部长家属今天出院，部长交代说早点过去接。”周俊涛说，“我现在去看一下，要是梁壮壮的车一时半会儿弄不好，我就得直接开车去市里接嫂子了。”

“行，那你快去吧。”马小光认为这种事根本用不着周俊涛亲自去，可他认为自己要亲自去，那马小光也无可奈何，“我盯着就行。”

“那就辛苦你了。噢，对了，油运科老郭刚才找我，说让帮他们把树坑挖一下，他们就二十个，也不多，你看谁先干完了先过去帮他们挖一下得了。”

没等马小光接话，周俊涛手机又响了起来。他一手接电话，一手搓方向盘，勇士车掉个头开走了。马小光一转头，目光正和许班迪撞在一起，他苦笑一下，又抡起了镐头。

本来连里的树坑就够呛能挖完，现在又多了油运科的二十个，马小光不由得烦躁起来。更烦人的是，周俊涛车还没开远呢，整个连队的节奏立刻就慢了下来。新兵相对好点，好几个老兵干脆坐下来抽着烟闲聊起来。这个变化如此明显，马小光想假装没看见都做不到。到连队这几个月，就是个白痴也能看出来大伙儿都怕周俊涛。

对不听话或者犯错误的兵，周俊涛最常用的方法是停车交钥匙。司机几天不让摸车就毛了，十有八九会主动跑来承认错误。要么就是停用手机。按规定连队战士周三晚上和周六周日可以取用手机，但如果哪里没做好，周俊涛也喜欢拿这个当惩罚措施。还有最后一招是调整车辆，谁不听话，那就从小车换大车，而小车司机最怕的就是这个。不过这些办法对修理排不太管用，所以这会儿坐下休息的差不多都是修理排的老兵，外加几个大车司机。

“休息一下就接着干吧。”马小光见几个兵一直坐着，就招手把齐志远叫了过来，“你去给大家说一下。”

“好的好的。”齐志远抠着手上的泥，“我刚才已经叫他们了，我再去说一下。”

过了一阵，几个兵还在那儿坐着，有的干脆捧着手机开始“吃鸡”了。马小光犹豫一下，扔下镐头走了过去。

“咱们先把活儿干了再玩吧，好不好？”老兵这个物种的习性，马小光也摸不准。尤其是修理排的老兵，感觉个个都是浑不吝，不过也能理解，平时司机都在外面跑，公差勤务基本都归了修理排，这情绪怕是从连队组建开始就有了，所以他话里透着客气，“今天任务挺重的，不抓紧够呛能干完。”

坐在地上的几个兵互相看看，又低下头，没人应声。

“这活儿我也不愿意干。谁喜欢干这个谁脑袋有病。”马小光又说，“不过既然分给咱们了，这就是任务，不干也不行，咱们一起快快干完，该休息休息，该吃饭吃饭，要不在这儿耗着大家都难受，你们说呢？”

“指导员，干活儿我们不怕。我们修理排从古到今都是出苦力的，啥活儿少过我们？连里的杂活儿不都是我们干的吗？”巨星辰把手机放回口袋里，仰头看着马小光，“我们分内的事，不用你说，肯定干完。退一步，汽车排的坑，我们也能帮着挖了，谁让人家是给首长给机关服务的呢？我是想，油运科的那二十个坑算谁的？凭啥随口一句话，就把我们拿去卖人情？”

你瞧，他们根本不怕你。他们根本没把你当回事，没错吧？周俊涛在的时候，他们怎么不说这话？事实上只要周俊涛在场，他们从来连屁都不放一个，为什么偏在你这儿满腹牢骚？这儿可不像机关，在基地机关你回答不了的问题可以马上说“我去请示一下刘科长”，在北京机关你回答不了的问题可以马上说“我去请示一下彭处长”，现在你请示谁？你没人可请示，你是书记、主官、连首长，是这拨人里头职务最高的那一个，你还想往哪儿躲？你没处躲了，现在你只能靠自己。那你就赶紧想辙吧！大发雷霆跟他们吵吗？这个你不擅长，而且很可能让自己下不来台。因为人家说得有道理啊！周俊涛凭什么把油运科的活儿接过来，自己倒拍屁股跑了？可现在你想这个没用，你得想怎么回答巨星辰！这个第七年的中士从来没有去过你房间，每次见了你都躲着走，在走廊里擦肩而过实在没处躲了，也只是低着头侧身而过。为什么？因为他们不信任你，因为你说什么都没用，因为你上任第一天就告诉他们你没打算在连队长待，结果呢？你转业没转成，先把自己的底给露了。这充分说明你自己就是个大傻瓜，活该一个兵都敢这么跟你说话！

“这样，油运科的活儿我们几个干部负责，你们不用管。”马小光舔舔发干的嘴唇，“你们只干连里的活儿，这样行吗？”

“……那可以。”巨星辰大概没想到马小光会这么说，愣了几秒才开口。

“好，那大家继续干吧！”马小光转身回到自己的坑边，又刨了起来。他脑子乱糟糟的。连队跟他想象的不一样，至少从一个指导员的角度看过去是不一样的。几个月前，连队对他还只是个抽象的概念，关于连队的一切都只在电脑屏幕和A4打印纸上，那些用来“指导基层”的文字背后究竟是什么，他其实并不清楚。他站在坑里往外捡着石头，努力让自己专注于这种简单重复的劳动。慢慢地，他开始摸到了一点窍门，镐尖落地的频率有所下降，但准确率渐渐提高，臂、腰、腿的协调性也不断增强。快到十点，第一个树坑总算完工了。他摘掉落满了灰尘的墨镜，坐在刨出来的土石堆上欣赏着自己的作品，居然和写材料异曲同工，都是折磨得死去活来，然后才能得到一个比较满意的结果。抽完一根烟，马小光正准备启动第二个，眼一扫，突然在一个穿着迷彩大衣的背影上停了下来。

“华亦实！”马小光高喊一声。

“到！”华亦实答应着，快步跑了过来，手里还提着一大桶“农夫山泉”，“指导员，要加点水吗?”

“加个屁!”马小光瞪着他，“谁让你跑来的?”

“我自己来的。”华亦实赶紧把笑容收走，“全连都来了，我也想着过来帮帮忙。”

“你到底是帮忙还是添乱?”马小光上下打量一番，“野地里这么大风，你要是弄个感冒发烧的怎么办?”

“我穿了大衣的。”华亦实说，“再说今天也不冷。”

“等你觉得冷就晚了!”

华亦实抿抿嘴，站在那儿不说话。阳光照在他白瘦的脸上，能看到薄薄皮肤下蓝色的血管。马小光猛然意识到自己的话说得不妥，于是缓了缓口气:“今天干的是体力活儿，确实不适合你。你的任务就是把大车场给我看好，把你自己照顾好，这儿就不用你操心了。”

“我可以给大家倒倒水，发发盒饭之类的。”华亦实的声音听上去总是有点飘，用许班迪的话来说就是“元气不足”，“吃完了我还可以替大家收饭盒，这个不算体力活儿。”

“算了，你赶紧回去吧。”马小光犹豫一下，“你怎么过来的?”

“打车。”华亦实微微笑着，“不过这儿就叫不到车了，只能跟连里一起回去。”

“我们还不知道干到几点呢!昨天不是专门跟你说了留下值班的吗?”马小光又烦躁起来，“你现在啥也别干了，给我到驾驶室待着去。”

“指导员，我真的没事。上周杜医生带我去复查，各项指标都挺好，都跟你汇报过的。”华亦实也像是急了，“当兵之前我还是我们学院网球队的队长呢！”

“那是，你出生之前还是游得最快的那个精子呢！”马小光哼一声，“你少废话，马上回车里待着去！”

“那我给大家拍照行不行？”华亦实解开大衣，露出一台单反相机，“留点素材，复员的时候还可以做光盘用。”

“……行吧。”拍照似乎不算是体力活儿，马小光想不出反对的理由，“反正你把大衣穿好，帽子戴好，绝对不许感冒，听到没？”

“是！指导员。”华亦实生怕马小光反悔似的，拎着桶跑开了。

第二个坑快挖完，手机突然响了起来。马小光一看，组织科刘科长。他心里暗暗叫苦，却又不能不接。

“后天又有工作组，我们还得回去弄材料，这事你最清楚，又得熬更守夜。一共二十个坑，我们每人已经挖好一个了，你们帮挖十六个就够了。”刘科长的声音在风里呼啦呼啦地响，“我估计油运科也找你们了，你就让连里弟兄们一起帮着给挖了吧，辛苦了啊！”

“科长，不是我不想帮忙，实在是……那什么……干不过来。”马小光吭吭哧哧着不知道如何组织语言，这可能比他写的所有材料加起来还费劲，“我们算下来平均一人得挖八九个，现在最快的也才挖了三个……实在是没办法搞。战士们也是人，再拼命干也不可能快到哪里去。再说——”

“行了行了，不麻烦你了！”刘科长一口咬断了马小光的话头，“我找别人吧！”

马小光抓着手机发了阵呆。他从来没这么拒绝过领导。在他看来，领导本身就意味着服从。哪想他头一回拒绝的就是对他有知遇之恩的刘科长。当初刘科长还是组织科正营职干事，看到马小光写的稿子后，力劝科长把他要到机关。可现在呢？自己居然把刘科长给撑回去了，这到底算怎么回事儿啊！

马小光心烦意乱地揣起手机，这才发现周围的兵们都停下手看着他。

“看什么看，干活儿啊！”他吼一句，捡起镐头撒气似的刨了起来。第二个坑还差十几厘米，如果说今天的树坑相当于领导讲话，那他现在连第二部分都还没写完。他拼命地刨着，仿佛劳累能置换平静似的。不知刨了多久，华亦实捧着一份盒饭过来了，马小光摆摆手，让他先给别人。

“全连都吃上了，就差您了。”

“你不也没吃吗？”马小光用力抡着镐头，“放这儿就行了。”

“一会儿该凉了。”华亦实还捧着饭盒站在一边。

“我说放一边你听不懂吗？”马小光没好气地说着，又一镐头抡下去，也不知怎么回事，只觉得脑门一麻，像被人打了一拳似的，“嗡”一声把他震蒙了。

“血！指导员你出血了！”听到华亦实惊叫，马小光本能地伸手一摸，满是泥土的手指上沾了一片暗红色的血迹，接着就有热乎乎的东西从眼皮上流过，他赶紧弓下腰，就见血滴在了坑壁上，粘着土滚落到坑底。

“别摸！手上有细菌！”华亦实跳进树坑，飞快地从装盒饭的塑料袋里取出餐巾纸按住他的额头，这会儿马小光才感觉到疼。

“肯定是碎石头崩到了！”一伙人都跑过来围着他，七嘴八舌地叫嚷着。

“幸亏没崩到眼睛！”许班迪凑近了看看，“感觉咋样？”

“没啥事。”马小光眨眨眼，一切看着都很清楚。

“卫生队就在那边。”许班迪说，“快去看看他们带药箱了没。”

“我去！”华亦实说着跑开了。

“还是我把指导员背过去吧，背过去快！”张卢语泽挤进来，“我能背，我劲儿大，真的指导员！”

“你行了吧！离死还早着呢！”马小光觉得好笑，他知道张卢语泽想干吗，“你们都赶紧吃饭去！”

“我背你呀指导员！”张卢语泽不死心，“我四个坑都能挖，背你没问题！”

“不行，我怕你把我扔坑里埋了。”马小光仰靠在土堆上闭着眼睛，手按着湿乎乎的纸巾，感觉额角一跳一跳地疼。不过听着身边的人被自己逗出的笑声，感觉踏实了不少。

“把手拿开。”不一会儿，一个女声在他旁边响起来，他睁眼一看，杜依然正蹲在他面前，一把将他的手从额头上拽了下来。

“还好，不算太严重。”杜依然看一看，打开医药箱。也不知是用的酒精还是什么玩意儿，痛得马小光倒吸一口凉气。

“有那么夸张吗？”杜依然麻利地处理着伤口，“离打杜冷丁还差得远呢！”

马小光尴尬地笑一下。他发现杜依然耳垂上有颗痣，上面还长着一根细细的毛。这姑娘皮肤微黑，防晒霜抹得有点多，圆圆的鼻子边上弄出一块白。不像孟佳怡，妆化得总是十分细致，绝不可能出现这样的纰漏。

“你防晒霜没抹匀。”马小光忍不住提醒她，“鼻子旁边。”

“我把你药抹匀就行了。”杜依然斜乜一眼，“可以了，今天不要洗脸，明天到卫生队换一下药。”

“会不会留疤啊杜医生？”巨星辰在边上问，“我看伤口还有点儿大。”

“你们男人留个疤不挺好吗？出去还可以吓人。”

“还有，你们怎么让华亦实来干这种活？”马小光正要说谢谢，杜依然又说，“不是都给你们讲了吗？他不能过度劳累，饮食作息要规律，可以适当运动，但绝对不能过量。他的身体状况刚稳定了，你们就让他来挖树坑？”

“是我要来的，指导员让我在家休息，我自己跑来了。”华亦实赶紧解释，“指导员刚还批评我呢。”

“噢，这样啊。”杜依然捋捋黏在额角的头发，“那还不是没管住？反正你们别让他感冒，不然你当指导员的要负责。”

“我的兵当然我负责。”马小光笑笑，“难不成还能让你负责？”

“杜医生，你到底想让谁负责嘛！”巨星辰在一边坏笑，“我们指导员怎么样？”

“说话注意点儿啊！”杜依然翻个白眼，背起药箱走了。等大家散开后，马小光打开手机摄像头对着自己照了照，看见左边额头包了块纱布。他自拍了一张，突然很想发给孟佳怡，可想想还是算了。他和孟佳怡曾有那么多的联系方式，电话、微信、QQ、淘宝，甚至还有唱吧，他俩还经常在支付宝的“蚂蚁森林”里互偷能量，他每天都比孟佳怡起得早，所以孟佳怡总是偷不上他的，气得捏着他的脸让他还回来。他用攒的能量在离基地不远的阿拉善种了三棵梭梭树，他说这是跟孟佳怡一起种的，这下孟佳怡才高兴了。只是不知道，那些树现在还活着没有。

说来也怪，脑袋包了纱布之后，接下来的几个坑比之前的都要好挖一些。上面三十厘米左右的石头刨开，底下用铁锹都能挖得动。下午快五点，连里的任务进入扫尾阶段。马小光自己居然也挖了七个，而早上刚开始干活时，他认为挖完一个都像是不可能完成的任务。

“指导员，你还剩几个？”张卢语泽又跑过来，“都给我吧！”

“你帮别人挖吧。”马小光再次拒绝，“我这儿用不着。”

“我都帮他们挖了好几个了。”张卢语泽不走，“你就让我帮你挖一下嘛。”

“给你个任务。”马小光可不想让张卢语泽帮忙，他最近被这个新兵蛋子缠得头痛。这小子越热情，马小光就越头痛，“你现在去清点一下咱们连一共挖了多少坑，至少清点三遍，数清楚了来给我报告。”

“是！”张卢语泽“噌”地跳起来，一溜烟地往山口那头跑去了。

收工时，太阳也快落山了。马小光和许班迪又从南到北把连里的区域走了一遍，数清楚了二百三十五个树坑，这才让齐志远吹哨集合队伍。

“指导员同志，全连列队完毕，是否带回，请指示！”

“干部留下去油运科那边，巨星辰带大家登车返回吧。今天同志们很辛苦，但干得很不错，我代表党支部向大家表示感谢！饭堂今晚吃火锅，吃完大家好好休息。”马小光在队列前敬个礼，“解散！”

队伍却站着没动。

“指导员，你还当真了啊！”停了几秒钟，站在排头的巨星辰说，“我那是胡扯的。”

“你不知道军中无戏言吗？何况你说得很有道理。”马小光笑笑，“行了，赶紧带队登车吧。”

“要不……我们老兵也留下？”巨星辰搔了一阵头皮，“反正不可能叫你们四个人挖二十个坑，那不得干到后半夜去了？”

“我也要留下！”张卢语泽在后面叫起来，“我比老兵挖得快！”

“一边去，轮不到你说话！”巨星辰转头瞪一眼，“老兵留下，新兵吃饭，这可以吧指导员？”

“说了不用，你们赶紧回。”马小光说，“再不回天黑了。”

“别啊指导员，我这人说话不过脑子你又不是不知道！”巨星辰急了，“我也听到了，你把组织科刘科长都给撑回去了，就冲这个我也得留下，兄弟们，你们说是不是？”

“是！”

“那咱们留不留？”

“留！”

“那就赶紧三下五除二挖完了咱们一起回去涮火锅！”巨星辰嚷嚷完了才转向马小光，“指导员，你看见了，这总不是我说的吧？”

马小光想笑却没笑出来。他感觉到心正颤着，不敢笑也不敢说话，像是端着满满一杯水，生怕稍不小心就会洒出来。落日余晖中，原本灰头土脸的战士们像是镀了一层金，一个个站在那里，宛如一座群雕。

他紧抿着嘴唇向大伙儿点点头，扛起镐头正准备出发，手机响了起来。

“指导员，油运科的坑挖好了吧？”周俊涛的声音在电话里显得很遥远，“我看其他几个连队都回来了，你们也快了吧？”

“快了。”马小光说，“梁壮壮的车怎么样？没啥事吧？”

“没事，没啥事，一点小毛病。”周俊涛在电话那头停了停，“我等你们回来吃饭啊！”

四

“马哥，就差你们连的了！”八点刚上班，宣传科付干事的电话又追了过来，催马小光赶紧上报本季度官兵思想反映，“其他单位报的啥也不是，你今天上午一定给我啊，我下午得拿出来，不然科长要骂死我。”

“关键是我这儿也没啥新情况。”马小光说，“不知道写啥啊。”

“所有人都不知道，你也不可能不知道。你一出手就是材料界的茅台酒。”付干事一顶高帽子甩将过来，“今天上午啊，我就靠马哥了！”

放了电话，马小光只得打开电脑。机关安排的事，顶多能拖两天，想赖却是赖不掉的。愁的是不知写什么。机关要的是改革期间的官兵思想反映，但思想这东西可不是那么容易反映出来的。改革是浪潮，千淘万漉虽辛苦，吹尽狂沙始到金。可惜自己是沙不是金，要不然，哪儿轮得到付干事催他要材料？他去催别人要材料还差不多。但自己这种情况代表不了广大官兵，就不要写上去现眼了。接下来就是像许班迪这样迟迟提不了的副连职上尉，基地他认识的就有好几个。马小光刚毕业的时候，可不存在什么上尉副连，那阵子副连撑死是中尉，而上尉起码是正连。这事儿也用不着他写，他在北京的时候机关都已经注意到这个问题了。再有就是齐志远和张炎，有消息说改革以后，很多排长岗位都会改由士官担任，他们两个现在也有些发毛。特别是齐志远，总担心干着干着位置没了，而他一直等着提了正连好让老婆随军呢。不过这个事儿，上季度的情况反映里已经写过了，总不能再抄一遍吧！

正犯着愁，周俊涛敲门进来了，顺手把一盒白色包装的烟扔到马小光桌上。

“我一个战友在烟厂做销售，这是他们内部的样品，春节探家吃饭的时候他给了我几包，我刚才收拾东西才翻出来。”周俊涛拉开椅子在马小光对面坐下，“我也不抽烟，放我那儿都浪费了。”

马小光脑袋转速瞬间上了三千。他不明白周俊涛干吗这么热情。印象里除了自己刚来连里报到那天得到过一次笑脸之后，其他时间周俊涛都表现得生分甚至冷淡。起初他认为那是因陌生造成的距离感，后来又把这归咎于性格。像在北京时，肖干事会让他比较放松而崔干事则让他感觉紧张，直到他离开时依然如此。听许班迪说，邱海青刚下连队那段时间周俊涛也是这样，“十一”长假，邱海青准备在连里搞些文体活动，为了要不要买奖品的事两个人在支委会上争执不下。邱海青说要买，周俊涛说不买，两个人大吵一架，最终奖品也没买。这种状况持续了差不多半年多，后来不知道什么原因，两个人突然又不闹了，每次开支委会，周俊涛都表现得十分配合，一直到邱海青离任，都没见两个人再闹过任何矛盾。可惜这一点马小光学不来。一则他没打算在连队干出什么花样来，他不过是在熬时间罢了；二则邱海青当干事时就很高调，别说政治部内部，就连司令员政委都很喜欢他，自己可没有他那样的本事。事实上他已经习惯了周俊涛的冷淡，所以面对突如其来的示好，他竟周身都不自在起来，只好拿起那盒写着“敬请专业人士品鉴”的烟，一本正经地端详起来。

“你有空尝尝，好的话我让他再寄点来。”见马小光把烟放回桌上，周俊涛笑笑，“刚郭科长把我叫去，说新司机复训这两天就结束了，让咱们把司机调整一下。”

“好啊。”马小光合上电脑，“你定就得了，司机的情况你最了解。”

“那倒是，这帮司机没撅屁股我就知道他们要拉什么屎。”周俊涛笑笑，“其实调整面也不大，主要是让新司机补补大车的缺。”

“大车是不是得多留几个老兵？”马小光一张嘴又觉得自己多事，“党委扩大会上都讲了，今年演习任务差不多是去年两倍，到时候保障主要还得靠大车。”

“这个不影响。不像地方驾校一般都学小车，司训大队学的都是大车，他们回来办的都是B照，大车都能开。”周俊涛说，“小车就不一样了。出去得跟领导机关打交道，还是选机灵点的比较合适，要不然你就天天等着挨批吧。”

马小光本想说可以开和开得好是两码事，想了想又没说。周俊涛就是司机出身，这个道理用不着他讲。

“我是这么考虑的。”见马小光没言语，周俊涛又说，“首长还是那些首长，现在说是不让配专车了，其实车和司机基本还是固定的，这个咱们就不去动他了。主要是机关用车这块，去年九月走了一批兵，年底又走一批，三四辆车都扔在那儿没人开，他们要车时车出不去，老打电话说我，不补司机肯定不行。这批新司机里头我看了一下，张卢语泽和范笑天不错，他们两个都是带着驾照来当兵的，我跟过他俩的车，开得都不错，这两个兵看着也灵光，给机关开车应该没啥问题。”

“行，你看着安排吧。”马小光点点头。周俊涛这么说，意味着他已经拿定了主意，那就随他去好了。那些车谁开不是开，他管那么多做什么？他干的事都是别人硬塞在他手里没办法不干的，比如应付工作组，比如挖树坑，比如交材料，无一例外都是被迫的，其他的事情，他可没有主动去干的动力和热情。他甚至连知道都懒得知道。即使知道他也懒得去说。像范笑天，全连都知道他是孙副司令员的外甥，他自己也天天把“我舅”挂在嘴上，现在刚单放就安排小车，其他新司机姑且不论，大车班的老司机们不可能没有想法。在汽车连待了几个月，连里的鄙视链马小光也能看出个差不多：首长司机第一，机关小车司机第二，考斯特和大轿车司机第三，运输车司机第四，垫底的则是修理工。但哪儿不是这样？机关局与局之间、处与处之间、科与科之间默认的你高我低，以及在编人员和帮忙人员的云泥之别。还有那个张卢语泽，一下连就想调走，怎么这会儿又想开小车了？

“那正好，就在你电脑上直接把调整方案写一下呗。”周俊涛把椅子拉到马小光旁边，“我一写东西就头大。”

“不就一个车型车号加司机姓名吗？”马小光不太习惯周俊涛跟自己坐这么近，“也没啥吧？”

“我本来也是这么写的，刚才拿给郭科长看，他说太简单了。说要把这批新司机的整体状况、复训情况……”周俊涛挠着耳朵，“他说得把这批新司机的整体情况、司训大队表现情况、回连队复训的情况，还有车辆分配方案都写清楚，还说连有多少大学生士兵，有多少带驾照入伍的都要写……叫我干活行，这玩意儿我哪整得了？”

“那这就不是新司机调整方案了。”马小光一愣，“这是新司机培训情况报告啊。”

“对对，老郭说的就是这个意思。”周俊涛说，“我问他写这个干啥，他说他要拿着去给仇部长汇报。我说我写不了这个，他说谁让你写了，你们指导员不是基地的大笔杆子吗？守着个金饭碗你还要饭吃，说得我还没话说了。”

“下午给你行吧？”马小光笑笑，难怪周俊涛要给自己拿烟呢。

“可以可以，那就辛苦你了啊！”周俊涛也笑起来，“你头上不疼了吧？我看都结痂了。”

“对，马上就好了。”

马小光摸摸额角，目送周俊涛离开。写就写吧。这对他也不算什么难事。到了连队他才发现，跟文字打交道比跟人打交道的成本终究要低一些。机关材料固然不那么容易，好歹有其套路，付出的只是时间和思考。人则不同。每个人都和别的人不一样，每个人你都只知其一，不知其二，不仅耗费脑力，而且浪费心情。熟悉的人总不免在某一刻陌生起来，从这个角度看过去，他对丹妮莉丝的了解可能都比对孟佳怡多，对王昌龄的了解可能都比对彭处长多，对特朗普的了解可能都比对李宇轩多，而对连队后面水塔顶上那只大猫头鹰的了解可能都比对周俊涛多。说到底，马小光发现他并不真的了解任何一个人，包括他自己。以他从前对自己的评估，他怎么可能一天挖八个一米见方的树坑呢？绝不可能。刚回到基地时他就想好了，谁不让他转业他就跟谁斗争到底。这事他有先例可循。当排长时，连里的程控技师曲大头研究生刚毕业就闹着要转业，按规定这事绝对没戏。但曲大头可不这么想，他隔三岔五晚上就去家属院敲参谋长的门，强烈要求向领导汇报思想。参谋长本来就有些神经衰弱，天天靠褪黑素睡觉，问题是深夜来访的曲大头表现十分谦恭，他说领导白天事多不便打扰，夜深人静来登门汇报，领导一定有空。条令条例虽然连帽子怎么戴腰带怎么扎都做了要求，却对部属找首长汇报思想的时机没有任何规定，哪怕参谋长知道曲大头毫无思想只有情绪，却也不能因为曲大头半夜敲他的门就给人一个处分，所以只能拿连长指导员撒气，说他们连个人都管不住。如此折腾了两个月，最后指导员和卫生队齐队长带着曲大头去市里驻军医院做了一次精神鉴定，一从医院回来，曲大头精神就好多了，直到年底转业都没再上过参谋长的门。这段奇事全基地妇孺皆知，操作程序也不复杂，以马小光的学历和智商完全可以做到，那他为什么没这么干？他非但没有这么干，反倒每天早上六点半起来带队去出早操，回来蹲在床前整那床好几年没被整过的被子，然后站在队列后排跟着战士们一起唱着歌去饭堂吃饭。一个闹转业的干部怎么能是这副样子！他难道不应该半夜去敲张主任的门，好用实际行动抗议张主任强行把他留下的野蛮行径吗？

马小光也没想明白。也许他要走的愿望并没他想的那么强烈和不可动摇。好比他想好了事不关已高高挂起，可周俊涛来找他写个报告，他明明不想写却还是立刻应承下来。好吧，既然答应了，那还有什么说的。他冲了杯挂耳咖啡，坐在电脑前敲打起来。大标题二号小标宋，抬头三号楷体，正文三号仿宋，而三个黑体字的标题必须要对仗工整，唯其如此他才写得下去。他很快地沉浸在敲打键盘的声响之中，只有电脑屏幕是归他治下的领地，也只有在这里，他才能呼风唤雨，说一不二。

只可惜好景不长，马小光第一段还没写完，就听到张卢语泽在门口喊报告。

“又干吗？”他头也不抬，“你们今天不复训吗？”

“复训呢，不过要九点才开始。”张卢语泽嘿嘿笑着，“我过来看看指导员。”

“谢谢，我好得不得了，用不着你看。”马小光指尖还在键盘上，思路却已经乱了，“九点开始你就不能先去擦擦车吗？”

“擦完了，任班长说我擦得不错。”张卢语泽好像一点都听不出马小光的不耐烦，“指导员，你的头还疼不？”

“我的头本来不疼，你一来就开始疼了。”马小光使劲想把思绪拢到文档界面中来，“擦完车学学理论不行吗？我这儿正忙着呢。”

“指导员，您跟我们一起挖树坑，还要写文件，真是太辛苦了。”张卢语泽说着，欠身把一个塑料袋放在马小光电脑边，“我让家里给我快递了一点茶叶，我爸公司自己产的，我们县里的书记县长都喜欢喝我家的茶呢，您要觉得不错，我再让他们多弄点过来。”

“我告诉你啊张卢。”马小光推开电脑，“第一，别给我拿东西，这玩意儿属于微腐败，你别害我。第二，我跟你讲过三十多遍了，你想干什么跟你该干什么是两回事，你想当航天员也没问题，那是你的理想，我不能说不对，但你现在是个新司机，你得好好复训，等单放了好好开车，这是你的现实，你别搞混了，听懂没？”

“懂啊，我懂的指导员。”张卢语泽眼珠转一转，“可是指导员，我没有想当航天员啊，我这个水平也够不上。不过我念的是体育学院，身体素质又好，我就是想去当个特种兵，我觉得这不能算是好高骛远吧？要说开车，我念初中的时候我爸就教会我开了，早知道来部队就开个车，那我真不一定愿意来呢。”

“问题是你已经来了，后悔也得等到明年九月。”马小光说，“而且开车也是保障作战啊，打仗没车你试试，没准到时候特种兵还得坐你的车呢，你的岗位一点都不比他们差。”

“特种兵现在都是坐飞机的。直升机呀，伊尔-76，还有运-20，人家坐的都是这种。”张卢语泽说，“我觉得我天生就应该当特种兵，真的指导员。”

“早都跟你讲了，你要那么想摸爬滚打，我们可以跟领导反映，把你调到警卫连去。”马小光说，“你又不愿意，那就没办法了。”

“警卫连水平还差点儿。上次考核的时候我在边上跟着跑过，要不是他们排长把我赶走了，我绝对甩他们两条街。”张卢语泽撇撇嘴，“指导员，我绝对是块特种兵的料，真的！”

“行行行，我没说你不是。可就算你是特种兵的料，那也只能怪你投错胎了。”马小光被这个新兵缠得真开始头疼了，“我早说了这事你找我没用，你还是该干吗干吗去吧。再说你不都准备开小车了吗？好多老司机都还没轮上呢。”

“啊？为啥让我开小车？”张卢语泽愣一下，“我给任班长说了几次了，要开车的话我也想跟他开大车啊！”

“那可能我记错了。”看张卢语泽不像是装的，马小光才发现自己说多了，“到时看连里怎么分吧。”

“开小车我在家就能开，还用得着跑部队来开吗？”张卢语泽说，“其实什么车我也不想开。我打听过了，咱们旁边市里就有一个特种作战旅，离咱们基地也就几十公里。”张卢语泽又开始扯他那扯了好些次的淡了，“我调到那里最适合。”

“我跟你说过多少遍了，人家跟我们没有隶属关系！你爸能随便从别的茶叶公司调货吗？”

“能啊。”张卢语泽想一想，“不过我爸说他们的茶叶品控没有我们的好，他们想供货我爸还不想要呢。”

“行了！”马小光心里的火直往上蹿，“你是真听不懂还是故意捣乱呢？”

“指导员，我知道您能帮我，您就是不肯帮。”张卢语泽嘟哝着，“我就知道。”

“你知道个屁！特种兵又不归我管，我怎么帮？”马小光哼一声，“来，你给我说说怎么帮？”

“指导员，您不是在北京的大机关干过吗？”张卢语泽双手撑着桌沿，脑袋探到了笔记本屏幕上空，“我听他们说，你认识好多大领导，你跟他们讲一下，这事绝对能搞定！”

“你听谁说的！”马小光电打了似的站起来，桌子被带起来又落下去，杯里的咖啡溅得到处都是，“我告诉你，我谁也不认识，也不想认识！”

张卢语泽吓得往后跳了一步，脸色煞白地站在那里。

“这话你最好别再让我听到。”马小光恶狠狠地瞪着张卢语泽，“听懂了没？”

“……是。”张卢语泽嗫嚅着，“听懂了。”

“听懂了就好。”马小光抽张纸巾擦着桌子，“我要干活了，你先回去吧。”

张卢语泽敬个礼正要走，又被马小光叫住。

“把你东西带走。”马小光指指桌上的塑料袋，“谢谢。”

瘫坐在椅子上，马小光突然间什么也不想干了。多么讽刺！一个下连没几天的新兵都知道你在“北京的大机关”待过，那老兵们还用说吗？他们还不知道在背后怎么嘲笑你呢。而你还天真地以为在连队就能躲开周遭的嗤笑，却不知这嗤笑就像戈壁的风一样无处不在。刚回基地时，你会放任自己的思绪飘回北京。现在你为什么开始管束自己的回忆了？嗯，因为李宇轩刺激到你了，没错吧？要是没有李宇轩这事儿，张卢语泽来找你，你还真没准会给肖干事甚至是彭处长打电话呢！不管怎么说，你心底里还是认为自己跟他们“并肩战斗”过——彭处长总喜欢这么说——两年，他们多少会买点儿你的账，何况一个兵要求去特战部队服役跟找关系调到一个舒服的单位并不是一回事，恰好说明了破除和平积弊、时刻准备打仗的意识正在基层深深扎根……瞧，你连理由都想好了。而结果呢？李宇轩给了你当头一棒，让你发现你对自己的评估存在重大失误，你在他心目中其实一文不值、什么也不是，他随时就可以把你垫在脚下，踩着你的时候他非但没有任何歉疚，甚至还表现出一副义正词严的模样，于是你气急败坏的嘴脸显得更加可笑。是的，温情脉脉的外壳被敲碎了，你终于看到了生活的真相。“贵易交、富易妻”,《后汉书》里早都写了，你不是读过吗？当然，那天李宇轩的处长并没批评你。

“小伙子别激动。我们来基层是为了促进工作，不是来给基层挑刺的。”你记得处长说这话时还笑着，像一个安抚哭闹孩子的幼儿园老师，“工作痕迹只是一方面，并不能代表工作本身，就像子弹打出去，你看不到弹道，但能命中目标就行。”

这话说得多么温文尔雅，但你很清楚，处长绝不可能心情愉快。至于李宇轩，他离开连队那天中午给你发过八个字的微信：“职责所系，请兄见谅。”你思忖良久，终于什么也没回。因为你很确定自己同李宇轩的交情——如果曾经存在过的话——已经告终。如果换作你，你会像李宇轩这么干吗？你认为你不会。但谁知道呢？决定你的脑袋的是你的屁股，而你的屁股现在只属于连队，它再也不会坐到北京那座机关大楼八层东头的办公室去了！

马小光有气无力地坐了一阵，又拿起床头柜上的《唐人绝句选》翻了起来。相比诗句本身，他更爱看作者生平和注释，每每看到那些写出千古名句的诗人一个个混得也不咋样，他一个平庸之徒又有什么不爽的呢？

五

窗外照进来质地上乘的阳光，睁开眼是金色，闭上眼是橙色，让人想起刚出炉的面包。本来不想动的马小光也忍不住把迷彩服给洗了。从楼后晾衣场回来，他正准备换上便装出门，忽然楼道里哨音急响，紧接着便听见周俊涛在门外一迭声地喊："换迷彩服楼下集合！动作搞快！"

马小光不知出了什么事，赶紧扔下手里的牛仔裤，快步跑了出去。

"噢，你还没出门啊。"周俊涛正站在走廊里催促着，一见马小光显得有些意外，"我以为你已经上街去了。"

"还早呢。"马小光问，"集合啥事？"

"没事，我带他们去弄一下菜地。今天天气不错，正好可以把土豆种一下。"周俊涛边说边往楼下走，"你忙你的，我去就行了！"

马小光站在楼梯口，看着战士们三三两两地跑下楼去。按说周末要安排工作，他和周俊涛一般都会通个气，他仔细想了想，之前周俊涛确实没提今天要种菜的事儿。正纳闷他为什么搞得这么着急，许班迪从他身后走了过来。

“上午种菜你知道吗?”马小光问。

“我要知道还约你一起上街啊?”许班迪朝楼下努努嘴，“我去看看他啥意思吧，估计用不了多长时间，不影响咱们吃羊肉面卷。”

正常情况下，集体活动马小光不会不参加，不过既然周俊涛都说了他不用去，那他也没必要那么上赶着。回到宿舍刚看了几页书，许班迪发来了微信。就一张菜地干活儿的照片，放大了马小光才看清楚站在菜地中间叉着腰的是基地唐司令员，孙副司令和仇部长则陪在两边，而周俊涛伸着手，看样子正在向首长汇报。

正如许班迪所料，不到一个小时，队伍又被带了回来，还真没耽误他俩出门。马小光对上街没多大兴趣，他从来也不喜欢热闹。在北京时，孟佳怡喜欢拉他去西单或者三里屯这类地方，排老长的队去吃那些很难吃的网红店。马小光宁愿去玉渊潭公园散步，看看樱花或者冬泳的老男人。

不过天气好，出来走走倒也不错。两个人沿着柏油路往县城走，路两侧的麦田泛出一层绿色，杨树叶在阳光下鱼鳞般闪动。去北京前，县城边上的河床多年来一直干着，这个春天却注了水，他们在刚竣工的亲水步道上走了走，新鲜的青草气息在鼻翼间浮动。县城的变化也挺大，通往钟楼的街道两侧多了几处酒店和商场，从前挨着菜市场、最为脏乱的南街被拓宽了几乎一倍，两侧修了花坛铺了地砖，望过去倒也赏心悦目。

“这算好的了。去年种菜的时候才搞笑呢。”许班迪边给马小光介绍县城的变化，边在说周俊涛，“仇部长开会讲农副业生产的时候，随口说了一句自己刚当兵的时候为了种菜，就拉着架子车去院子里的旱厕弄大粪来肥田。这下好了，回到连里他也叫大家蹬着三轮车去西营区驻训楼那边的旱厕淘大粪。问题是驻训楼都有抽水厕所，只有人多住不下的时候，才有几个人去墙边上那个旱厕。我专门去看过，根本没几泡屎，而且还得下到坑底下去挖，弄得大家几天吃不下饭。”

“农家肥不也挺好吗？”马小光想表现得客观一点，“老乡好像还用吧？”

“那你可错了。”许班迪说，“为这事我还去旁边的村子里问过，人家老乡还笑我呢。他们基本上也都不这么干了，都用化肥。我也不是说农家肥不好，真想要肥料，派个车去山上牧民家拉一车羊粪回来什么事儿都解决了。仇部长知道他去淘旱厕，专门在会上表扬他艰苦奋斗、因地制宜什么的，他哪儿知道去年菜地最后靠的还是羊粪，还是我上山去牧民羊圈里拉回来的。”

“那邱海青什么态度？”马小光看着一辆毛驴车走远了才回过头，这倒是许久未见的景观，“他没说啥？”

“这种事老邱不管。”许班迪笑，“因为他根本不去菜地。”

虽然属于私聊，马小光还是不太想背后说周俊涛的不是，便拐进了路边新开的商场。两年前这里才刚拆迁完，眼下已经立起了一座小号的“mall”。在一楼的书店里，两个人不约而同地走了进去。马小光习惯了网购，好几年没进过书店，在书架间乱转了一番，再找到许班迪时，他正站在考研资料那儿发呆。

“怎么，准备考研?”

“不考。”许班迪摇头，“前年想考，说我工作不满四年，去年想考，上面又没批，我也不想考了。”

“为啥?”

“过了那个劲儿就没劲儿了。”许班迪把手里的书放回去，“你不觉得是这样吗?”

出了书店，两人又上钟楼待了会儿。这座明朝万历年间的砖木建筑最近刚维修过，散发着一股油漆味儿。

“把吴钩看了，栏杆拍遍，无人会，登临意。”马小光拍拍红漆栏杆，“怪不得古人喜欢拍栏杆呢，原来还真能拍出点儿感觉。”

“我拍不出感觉，我只想拍屁股走人。”许班迪靠在栏杆上，“今年再熬一年，应该可以走了吧?”

“我还没走呢，你急啥?”马小光笑笑，“我现在都活成了个笑话，不还在这儿待着呢吗?”

“我才是笑话呢。”许班迪的眼镜片在阳光下透着淡淡的绿光，“毕业的时候本来要把我分到天津，结果我哭着喊着要到祖国最需要的地方去，来了才发现是我想多了。这儿不少我一个拔草的人。”

“着啥急，你还比我小两岁呢。咱们不都还没走呢吗?没走就先好好待着吧。”马小光拍拍许班迪的肩膀。在机关，他不论年龄级别总是最小的那一个，而在连队，他却成了兄长的角色。如果他不是指导员，十有八九会跟许班迪一起吐槽，可此刻却又认为那样并不一定对。他指着钟楼下的柳树，“你看那树枝，是不是很像方便面?”

“这个比喻……”许班迪笑，“你饿了吧！”

下得楼来，两人向东一拐，直奔文化街而去。他从前最喜欢去的那家“大西北食府”还在，店面重新装修过，一进门，久违的香味儿就让马小光馋出了口水。

“呀，马干事！”漂亮丰满的老板娘居然还认得他，“我问了好多人，都说你上北京去了，今天咋个又来了？”

“我想羊肉面卷子了。”马小光开玩笑，“也想你啊。”

两年没吃羊肉面卷，马小光要了一大份。相比羊肉，他更喜欢吃里头的面卷，筋道又多汁，在基地时，他每周差不多都要来吃一次。他曾给孟佳怡讲过好多次这种美食，还说等有时间带她一起来这里尝一尝，然后去嘉峪关看长城，然后去敦煌看莫高窟，然后去新疆看喀纳斯湖。他俩窝在孟佳怡住处的沙发上想过去很多地方，其中有腾冲、漠河和嵊泗列岛，到头来他们去过最多的地方是西单大悦城，而远的地方也不过是八达岭奥特莱斯。现在想想，人还真不能把事儿想远了。

按惯例，羊肉面卷之后怎么也得来碗酸奶。不像北京，在哪儿吃饭点的酸奶都只有那么一丁点儿。县城的酸奶大多来自祁连山下的马场，从大桶里舀出来盛在只比牛肉面碗略小的白瓷大碗内。醇正的酸奶当然很酸，得用面前那个装满了白砂糖的奶粉罐来加入甜味。马小光像从前一样，拿勺一个劲儿地挖白糖，直到酸奶上堆起一个小山尖儿，这才猛搅一气。吃一勺进去，混合着砂糖粒的酸奶在齿间咯吱作响，那粗粝又甜蜜的味道忽然让马小光想起了从前在基地的日子，那时候他常常是快乐的，不是吗？

“许副!”

正在大快朵颐，身后突然冒出个声音。马小光回头一瞅，只见一个穿着牛仔夹克的小伙子正穿过桌子朝他们走来。来人看着眼熟，却一时想不出是谁，直等上前冲他敬个礼，又叫一声“指导员”，他才猛地反应过来。

“米天宝?”马小光赶紧起身还礼，“你怎么在这儿?”

“他女朋友在这儿。”许班迪笑着招呼米天宝坐下。这家伙不哼不哈，却什么都知道，这让马小光生出些嫉妒，“该同志准备支援边疆，在本县倒插门儿呢。”

“许副你能好好聊天不?”米天宝也笑，“这叫与爱同行好不好?”

“我以为你还在陕西呢。”在马小光的概念里，老兵复员自然就是回原籍去了，从没想过他们还会回来，当年他排里的老兵早都没了联系，所以他从来也没跟一个认识的退伍老兵打过交道，“现在在忙啥?”

“给人开挖掘机呢，瞎混。”米天宝说着给马小光递根烟，“反正在哪还不一样打工?”

“这儿让抽吗?”马小光刚接过烟，又赶紧四处看看。

“抽！又不是北京，随便抽。”米天宝掏出打火机给马小光点上，又把打火机在许班迪面前晃晃，“许副你看，这个打火机是我走的时候指导员送我的。”

“说明你素质不咋样啊，给连长摔酒瓶子，还蹭走了指导员的打火机。”许班迪说，“给你要点啥吃的?”

“我吃过了，我丈人的车空调有点问题，我在旁边修理厂让他们检查一下。刚才看着好像是你们二位领导，我就过来瞅一眼。”闲聊了几句，米天宝突然想起什么似的，“梁壮壮的车是不是撞了？”

“开啥玩笑，车撞了我们还能不知道？”许班迪说，“是吧指导员？”

“那就邪门了。”米天宝盯着烟头看了几秒，“我刚才在修理厂院子里看见一台帕萨特，右前角、大灯都撞得不像个啥了，前机盖也翘起来了。我闲得没事过去瞅了一眼，还真是梁壮壮的车。”

“不可能！”许班迪撇嘴，“刚才出门的时候，我和指导员还在楼上看见梁壮壮在院子里洗车呢。”

“是啊。”马小光心里一动，“你为啥说是梁壮壮的车？”

“刚开始我也没往这边想，因为车挂着地方牌照嘛。再说这车卖得多，好多单位都有，咱连里不都有两台吗？我就是想看看这车撞成啥样了，才走过去，一眼就扫到驾驶座靠背侧面有两条黑道子，我才反应过来这肯定是梁壮壮的车。”

“那两条黑道子有什么说法？”

“因为这车我开过一阵。有一回我去家属院接李副参谋长，他叫我上楼帮他搬东西，我想着马上下楼嘛，就没锁车。等搬了东西下来，他儿子正拿根记号笔在我座椅上画呢，过去一看，就是两条黑道子。回了连里我怎么擦都擦不干净，后来也懒得弄了。周俊涛当了连长以后我换大车了，这车给了杨林，后来杨林去给司令开车，正好梁壮壮调过来，才交给梁壮壮开的，但那两条黑道子一直都在，要没这个，我也认不出来。”米天宝显然也被弄迷糊了，“不过你们要说车就在连里停着，那也可能是我看花眼了。说不定哪家的熊孩子也拿个记号笔画过车哩!”

“上次咱们去挖树坑，老周提前走的时候不是给你说梁壮壮的车坏在路上了吗?”许班迪和马小光对视一眼，“后来他说没啥事是吗?”

“后来他说没啥事。”马小光想了想，“回连里我还问过梁壮壮，他说是熄火以后打不着了，换了个火花塞就好了。”

“瞎扯。”米天宝拿根吸管正在从许班迪的碗里吸着酸奶，闻言马上把嘴巴收了回来，“火花塞最少跑个两三万公里，有的四五万公里才换，就算两万公里吧，15号车去年八月装备检查的时候刚换过火花塞，哪那么快就坏了?”

马小光大一放寒假时就考了驾照，不过十来年都在部队，除了探家时开一开，平时基本不动车，所以米天宝说的技术问题他一点儿也不懂。不过许班迪大学读的是机械工程，又当过修理排排长，汽车上的事他应该明白。

“这倒好办，查一下车架号不就完了吗?”许班迪说，“这个不会有错。”

“我正想说这个呢。”米天宝说，“车就在对面，直接过去看一下不就知道了?”

六

有些事，知道还不如不知道。就像马小光当初追问孟佳怡的历任男友一样，问着问着便郁闷起来。他总会不时设想孟佳怡和她的前男友在一起的情形，而那绝不是什么令人愉快的感觉。于是又暗暗埋怨孟佳怡告诉他这些。不知道对他而言就等于不存在，他就不会在同她最亲密的时刻，心里突然像乌贼似的喷出一股墨汁，弄得四处沾满了难以处理的嫉妒与失落。讨厌的是他最终还是知道了，知道就是存在，他得用自己的意志力来一点点磨平这些坚硬而锐利的凸起，而且不论他如何努力，都将留下显眼的痕迹。

但那毕竟只是没有观众的内心戏，连素材提供者孟佳怡也无从知晓。然而梁壮壮的15号帕萨特却没办法停放在他心底里永远不再驶出。有那么一阵，马小光很后悔遇到米天宝，要是他不出现，自己就不会面临如此棘手的问题。周六中午在修理厂院子里，他看着许班迪用手机拍下车架号，回到连里又从调度室翻出装备登记册核对时，主导他的是亟待满足的好奇心，可当他确定车辆真的被调包时，才意识到这事不好收场了。

“开玩笑吧？车不是在楼下停得好好的吗？”从县城回来的路上，许班迪建议他马上找梁壮壮问个清楚。起先马小光觉得有道理，很快又发现问题的核心并不在此。两台车究竟是怎么调的包尚在其次，重要的是周俊涛在这件事里头的角色。如果他不知情，那就好办，他们可以一起商量怎么处理。如果周俊涛早在植树那天就已经知道了却一直瞒着自己——马小光心下几乎这样认定了——那就必须得让他承担所有的后果。不过看到周俊涛那双瞪圆了的眼睛时，马小光又变得疑惑起来，“米天宝是不是给你吃啥药了？”

“照片我发你手机上了，这是15号车的登记，你自己看吧。”马小光把装备登记册扔到周俊涛面前，“楼下那台车的车架号根本不一样。”

“什么，这他妈是什么操作?”周俊涛抓着手机和登记册核对了好几遍，“真不是一台车啊!”

“植树那天梁壮壮车坏在路上了，你不是亲自开车去看的吗?”马小光努力把语气放淡些，“你应该知道啊!”

“这事儿我得给你说清楚啊。”周俊涛咽口唾沫，“那天我是准备去的，快到高速路口梁壮壮又打电话说车弄好了，他直接去接仇部长家属，我这不准备回来跟你们一起干活呢吗，结果财务科段科长打电话叫我派个车送他家属去趟机场，他家属把航班日子记成第二天了，那会儿你们都在挖树坑，我一看时间，再派人回去开车也来不及，他又火急火燎地催，我就直接去送嫂子了。”

“航班日期也能记错?”马小光揶揄道，“这我还是头一回听说。”

“你要不信，现在就可以给老段打电话!”周俊涛也像是急了，“车的事你要不说，我真不知道！我去，你那么看着我干啥？我真不知道，骗你我是孙子!”

话说到这份儿上，马小光也不好不信了。两人当即下楼去车库看了一回，才又发现不光是车架号对不上，挡风玻璃右上角原本贴着的制式车检标和环保标也都不见了，至于行驶里程，跟连里的记录差了将近两万公里。

周俊涛绕着车走了好几圈，马小光能听到他鼻孔里粗重的气息声。好容易停下来，他径直出了车库门，马小光以为他要在楼下大叫梁壮壮滚下来，不过他走到楼门时又折回了车库。

“你现在马上到车库来……哪个车库?”周俊涛对着电话吼起来，“你自己是哪个车库你不知道吗，猪脑子!”

这次梁壮壮的速度远超任何一次体能测试。一楼的体能测试公示表格里，他跟马小光是为数不多的那几栏红色。马小光此前跑三公里，开始一公里的配速在四分三十秒左右，但越跑越慢，特别是最后一公里——每次跑到这儿都觉得自己即将倒毙——撑死也跑不进五分钟，而他这个年龄段的平均配速只要超过四分四十秒就及不了格。不过自打请教了张卢语泽，他把头一公里的速度放慢了些，后两公里就感觉体力能跟上，最近居然已经跑及格了两三次。相比之下，梁壮壮好像没什么进步，每天下午饭前的一小时体能锻炼要么就出车，就算在操场上，大多数时候也是在溜达。最要命的是他看着一点儿也不着急，有一次马小光在操场上让他多跑跑，这小子却来了句："跑不跑还不都那样！"

不过眼下梁壮壮没了平时那浑不吝的劲儿，一见引擎盖上摊开的装备登记册，再看一对主官的两张黑脸，立刻就招了。话虽然说得磕磕巴巴前言不搭后语，但好歹算能听明白。怪异的事情很像魔术，谜底揭开后大都通俗易懂。据梁壮壮说，那天他出了县城，离高速路口还有个几公里的地方被十几台工程车队给挡住了。工程车走得太慢，他就一台一台往过超。超到车队中间的时候正好是个弯道，突然冒出来一台大货车，正占着对向车道的梁壮壮想往右边并线，可右侧的两台挖机前后挨得太近，没给他留下避让的空间。眼看大货车就要冲到跟前了，他情急之下只能向左猛打方向，车就冲下路基，撞在了树上。

"你就是个笨蛋！就你这二把刀，还玩弯道超车？"周俊涛朝着梁壮壮就是一脚，不过这家伙的屁股把肥大的迷彩裤都绷得紧紧的，踢上去也没啥感觉，“我说那天部长家属打电话问我几次车咋还没到，搞半天你跟我玩狸猫换太子呢！咋换的，赶紧说！”

“车一撞我也蒙了，又不敢跟你说，就给我叔打了个电话。然后他叫我拍了个照片给他，然后他就把他们单位的那辆帕萨特开过来了，他们单位有好几辆这车，他就找了辆颜色内饰都差不多的，他说不仔细看谁也看不出来，然后就把牌照给换了，换牌照换了半天，那个螺丝弄不下来，我叔的司机专门又跑回去找的工具，后来仇部长家嫂子打电话问我咋还没到，我叔才叫我给你打电话先说车出了点毛病。”梁壮壮哭丧着一张满是油汗的胖脸，“等牌子换上了我又把车里的东西收拾完，我才去接的嫂子。”

“你叔？”关于梁壮壮，马小光只知道他是去年调来的家门口兵，“你叔是干啥的？”

“我叔是……”梁壮壮瞟一眼周俊涛，周俊涛却把头转开了，“他是银行的。”

“银行多了，哪个银行？”

“建行的。”

“建行干什么的？”

“行长。”

“你调到基地也是你叔给办的？”

“是。”

“你什么事他都管是吧？”

“我爸死得早，上学、当兵都是我叔一直管我。车撞了以后我说我要给连里汇报，他不让。他说我要是说出去，挨处分算轻的，年底肯定得叫我退伍，九年兵退伍不给安排工作，他就没办法把我弄到他们单位上班了。”梁壮壮勾着头，“然后我就……我就不敢说了。”

“除了你叔他们，”半晌没吱声的周俊涛突然问，“连里还有谁知道这事？”

“还有我。”

“废话！”周俊涛怒道，“我问你还跟谁说过这事！”

“没有没有，谁也没说过。”梁壮壮赶紧摇头，“这又不是啥好事，我咋敢跟别人说。”

“你知道就好。”周俊涛恶狠狠地说，“滚！”

“那现在就是咱们两个，还有许副和米天宝知道。”等梁壮壮出去，周俊涛走到车库门口张望一下，“梁壮壮肯定不会说，咱俩也不会，现在就是许副和米天宝这两个人，他们要说出去，这事就不好办了。”

“什么意思？”马小光调整了一下思绪的频率，“你是说这事不往上报了？”

“我没说不报，我是说报上去的话……太麻烦。”

“这么大的事，不报恐怕不行吧？”

“这事吧，说小不小，说大也不算大。你想：第一，咱没伤到人，对吧？第二呢，车也用不着咱们修。还有一个就是没啥人知道，只要咱们不说，其他人不可能知道。”周俊涛掰着手指条分缕析，有那么一小会儿，马小光感觉自己都要被说服了。他怎么会怕搞材料呢？他明明可以成为一等一的材料高手。材料这东西最重要的是能自圆其说不是吗？而周俊涛顷刻间已经圆得差不多了，只剩下一个小小的缺口，“现在唯一的问题就是让许副和米天宝别乱讲。我看他们两个跟你关系不错，要不你跟他们说一下？”

“嘴长在人家身上，你觉得这事儿能瞒得住吗？”马小光感觉自己的方向盘被周俊涛拽住了，止不住地跑偏，“我是认为可能性不大。”

“这要看谁说了。米天宝对我有意见，这你都看到了。许副呢，认为我顶了他的位置，他肯定也跟你讲过。我去找他们说，他们够呛会买账。你不一样。你来得晚，跟他们没啥过节，你说他们肯定听。我听说米天宝走的时候你送他一个打火机，他还美得不行呢。许副跟你关系也不错，你跟他说说应该也没问题。反正这事跟他们也没啥关系对不对？”周俊涛的舌尖在下唇上左右舔了一阵，“再者说了，这事要是传出去，今年的先进连队百分之百泡汤，那一年不白干了吗？而且就算现在报上去，领导会怎么说？领导会说，你们为啥不第一时间上报？我们咋回答？能说我们根本没发现吗？那领导更会说了，车被换了都没发现，那你们这连长指导员一天到晚是干啥吃的？就这么说吧，这事只要报上去，咱们就等着挨收拾吧！”

“要是报了，这顶多就是个事故，损失也不大。”马小光努力想把方向拉回来，“要是隐情不报，这不就成欺骗组织了吗？那事情的性质就变了。如果上面知道了，那可就不是一个事故那么简单了。”

“咱们不说，上面怎么可能知道？我开了那么多年车，又管了那么多年车，我都没看出这车哪儿不对。”周俊涛踢一脚轮胎，“说实在的，要不是拿出登记册核对过，我都觉得这像个编出来的段子。谁这么巧，车一撞，马上就有人给送一台一模一样的过来？给谁说谁也不信啊！既然梁壮壮他叔把车换了，那这事情不就等于已经抹平了吗？当然，我也知道，许副他们不可能一直不说这事，但只要他们暂时不说，等过个三五天事故车修好了，我们也换回来了，他们再说也没用了，上头来查我们也不怕，因为车还是原来的15号车啊，对不对？就好比明明有个屎盆子可以绕开走，咱们非得扣自己头上，这不没事找事吗？而且领导——就说仇部长吧，汽车连是他手底下的，出了事他不也脸上没光吗？你说是不是这个理儿？”

“这事不好说。前年我刚去机关，我们旁边局里有个副处长，他当指导员的时候私自给一个义务兵填了党表，估计也是拿了人家的好处。那个兵复员回去安排在政府工作，都过了十来年了，这家伙是犯了什么经济问题被抓了，按规定是要开除党籍的，结果人家单位一查，发现他党表有问题，查来查去，把那个副处长给扯出来了。本来该提升也没提成，给了个处分自主择业了。”马小光迟疑了好一会儿才开口，“所以我觉得该上报还是要上报，要不然这事永远都是个定时炸弹，没准哪天就会起爆，真要那样，咱们更没法收场。”

“是是是，你说得对，你说得都对！”周俊涛沉默半晌才冷笑起来，“不报就是欺骗组织，就是对党不忠诚，你们搞政工的手里大帽子多，一顶一顶地都保准拿不过来，我太知道了。”

你们搞政工的——周俊涛总喜欢这么说，就像孟佳怡总喜欢说“你们这些男人”如何如何一样。

“这跟搞不搞政工没关系。”马小光不喜欢听这个，他认为这是种无差别攻击，“这是个原则问题，换了谁都一样。”

“你坚持原则，你是正义的化身，就我是隐情不报欺骗组织对吧？”周俊涛脸涨得通红，“好啊，你报吧！反正车辆安全是我这个连长抓的，出了问题也是我这个连长负责，横竖不会影响到你！”

“你知道我不是那个意思。”

“我不知道你是啥意思！”

“连里出了事，咱们两个谁也跑不了。”马小光望向周俊涛，试图缓和一下气氛，“我是不想把小事变成大事。”

“问题是你现在就在把小事变成大事。”周俊涛却把头扭开了，“本来没什么事情，报上去它就是个事情，领导开会就会天天点你，我们一天到晚辛辛苦苦为了啥？还不是为了这个连队吗？”

“咱们这不是在商量吗？”马小光笑一下，“别那么急嘛。”

“我不急，我高兴得很。大不了撤职呗，正好省得天天轮子一动就担惊受怕，还能多活两年。”周俊涛说着往外走，“你要报，那你就报吧！”

马小光呆立在墙根，脑子乱得像是西单的人流。在他看来，出了事上报是天经地义的事，没承想周俊涛的反应会如此激烈。他在记忆中检索着，找不到如此两难的先例。或许是多年来他习惯于被人安排，不论是当学员当排长还是当干事，总会有领导来告诉他该干什么以及怎么干。眼下却没有任何人来安排他，那他该怎么安排自己呢？

他站在车库门口心烦意乱地抽了一根烟，这才拔腿往外走。经过楼前时，张卢语泽抱着个篮球跟他打招呼他也懒得理睬。直到他敲开家属院四号楼二单元202的门，看见邱海青正系着围裙站在餐桌前拌凉菜，他才稍稍踏实了些。

“这事是有点麻烦，不过也没你想的那么严重。”邱海青招呼马小光坐下，很熟练地淋罐烫杯倒茶，“别人送我的武夷岩茶，来尝尝看。”

“我是感觉这事应该上报，但周俊涛死活不干。”马小光嗅嗅茶香，又轻啜一口，“他就是对搞政工的好像挺有看法，要是报上去，我担心以后工作更不好开展。”

“具体问题还得具体分析。”邱海青仔细地摆弄着手里的杯盏，“像你说的这个事，要出在其他任何一个人身上，你不报也不行，因为你想瞒也瞒不住，只能上报等着挨批就完了。但这事出在梁壮壮身上，就又不一样了。车换了别人不知道，那你们就有的选了。有的选总比没的选好嘛。”

“还不如没的选呢。”马小光嘟哝着，“还是在机关好，一个人吃饱全家不饿。”

“机关培养的是参谋水平，基层锻炼的是领导能力。几十上百号人你都得管，什么事都得你来处理，哪一个人出问题都得你担责任。为啥上面一直强调基层主官经历？因为组织领导能力只有在连队才能练出来。王阳明都说了，人须在事上磨，方立得住。连队就是一天到晚拿事情磨你，像今天这事，是不是在磨你？”邱海青笑，“磨得你脸都变了。”

“真烦。”马小光一口喝掉一杯茶，“这事到底怎么办？你说我到底报还是不报？”

“你那是牛饮，茶得品。”邱海青啜口茶，“别看梁壮壮那个三叔就是一个小县城银行的行长，但属于小地方的大人物，折腾起来能量真不小。梁壮壮原来的单位在东北，跟基地八竿子打不着，他硬是能给调过来。我跟他打过交道，此人脑子极好使，你看他怎么处理梁壮壮这事就知道了。当然，他自己没孩子，一直把梁壮壮当儿子看，花那么多心思也可以理解。”

“咱们就事论事啊。”马小光还没回过劲儿来，邱海青又说，“如果我是你，那我估计就不往上报了。我个人感觉啊，不管你是什么连队，不管你连队有多少人，往深里说，其实一共就两个人，一个连长，一个指导员，或者说一个他周俊涛，一个你马小光。你们两个就跟《无间道》里的刘德华和梁朝伟一样，整部戏就要你们两个，其他人都是配角，都可以忽略不计。只要你们两个配合好了，连队这个舞台随你怎么演都是好戏，你们要是配合不好，互相把台给拆了，那这戏肯定演砸，到头来都没好果子吃。”

“问题是，这是违反规定的啊。”仿佛树坑底下那块石头开始松动了，但马小光并不知道它埋在土里的部分究竟有多大，“要是不报，下次再有这种事怎么办？不能总是和稀泥吧？”

“那当然不能，我刚才不都说了具体问题具体分析嘛。”邱海青说，“这事可以不报，但要让周俊涛知道，这事归他管，你不报是给他面子，不是怕他。他这个人我了解，性格比较强势，做事情比较霸道，我刚去的时候他也没把我放在眼里。后来我也是想了一些办法的，慢慢把这个局面扭转过来了。”

“什么办法教教我啊！”马小光说，“我现在就是觉得跟他不好沟通。”

“也没什么，主要得你自己找感觉。”邱海青说，“我觉得梁壮壮这个事就是个机会，你得让他知道，有些事情不是他一个人就能搞定的，他也没那个一手遮天的本事。而且他的话你也不能全信，你以为他真不知道梁壮壮车换了？反正我是不相信。”

“说多了说多了。我这是站着说话不腰疼，主意还得你自己拿。”见马小光不说话，邱海青又补一句，“你嫂子带孩子上街买菜去了，一会儿在家吃饭？周末可以喝点，我这有好酒，怎么样？”

马小光知道邱海青喜欢喝酒，一喝就没个完，而连队不比机关，弄一身酒气回连队不太好看，于是告辞出来了。他的确是被邱海青说动了，可还是没下定决心，只好在营区里瞎转。周六下午营区里很安静，他闷头走着，不知怎么就转到了大车场门口。他犹豫一下——平时每次来这里他都会犹豫那么一下，因为他总是没想好如何跟一个白血病患者正常地交谈——才走了进去，推开了值班室门。

华亦实正坐在桌前敲打着笔记本电脑，见马小光进来，赶紧起立敬礼：“指导员好！”

“又写诗呢？”马小光走过去，“笔耕不辍嘛。”

“瞎写着玩的。”华亦实不好意思地笑笑，“只能算是胡乱分行。”

“上次我给你那个李编辑的电话，你跟人家联系了没有？”

“还没有，我觉得我写得不行。”

“行不行让编辑看看嘛，他管报纸副刊的，自己也写诗，我在北京的时候跟他聊过几次，感觉他水平还行。”马小光说完又后悔不该提什么北京，“你可以选几首满意的发给他，最好多写点部队生活。你这写的是啥？”

马小光说着走到电脑前，只见诗是这样写的：

直播梅里雪山

透过屏幕，是梅里雪山的雪峰
我正在和雪豹交换身份信息
雪山如复仇者，长久地一动不动
我已经在路上了，已抵达深处的岩缝
睁开梅花鹿注视溪水一样的眼睛
等待与你纵身一跃，雪便融化了所有

“怎么想起写梅里雪山了？”这东西跟唐诗宋词不同，马小光也没看明白，“你去过？”

“没有。上学的时候一直想去，后来想着当完兵以后再去。”华亦实摇头，“不过看样子是没机会了。”

“屁话，当然有机会。”马小光四处看看，华亦实的内务整得比连队那帮老兵的还标准，被子棱角分明，床铺一丝不皱，唯一与连队宿舍不同的是窗台上那四盆绿萝。按内务要求，宿舍不允许摆放花草，所以开会时齐志远还专门请示过这个问题，马小光担心周俊涛不同意，那他就不好说话了，好在周俊涛并没反对。不过马小光发现这次床头柜上多了个华为平板，拿起来一看，屏幕上是一座蓝天下的雪山，左下角近景处是一座白塔，长得跟北海公园那座很像。起初马小光以为这是张照片，再仔细一看，屏幕右上角却显示着变化的时间。

“这是梅里雪山?”马小光明白过来了，“你写的就是这个?”

“是。”

“直播它干啥?”马小光还是头一次见直播山的，“它会跳舞?”

“我也是住院的时候玩手机偶然看见的，正好是上午八点多，整座雪山都是金色的，看了觉得特别壮丽又特别神圣，会感觉在它面前，人活得长点短点也都是一瞬间，也就容易想通了。”华亦实想了想，“挺治愈的，所以有时候心情不好的时候就会看看。”

“就是费流量。”马小光认为自己应付不了这么形而上的话题，“你哪来的网络?”

“我用手机热点上的。”华亦实摸摸刚长出一层绒毛的头皮，“今天周六，可以用手机的对吧?”

“没关系，想看就看吧，你一个人值班也会无聊。只要别让上面来检查的看到就行了。”马小光说着，突然又想到了梁壮壮。既然华亦实养花上网你能睁一只眼闭一只眼，为什么梁壮壮就不行呢？你不是已经打定主意在连队混日子的吗，这会儿干啥又那么较真？较真完了你就达到人生的高潮了？屁！就跟那次顾副局长带着在会议室推首长讲话，肖干事说你弄的那一套标题太跳了，还是按从前的套路比较妥当。你非要说自己的路子有新意，就跟肖干事两个在会议室争上了。是，顾副局长最后还是用了你的套路，那又怎么样了？不是连着几天都没给你好脸看吗？肖干事是处里的资深老干事，虽然材料上弱了点，但协调办事这方面连彭处长都比不了。如果你当时顺着肖干事，没准人家帮你推荐推荐，你也能像郑向前那样在北京找个去处呢！较真这事要真有好处，大家早都抢着去较真了，还轮得到你？

马小光正盯着平板上的雪山出神，门突然开了。转头一看，进来个穿着掐腰皮衣和牛仔裤、戴着鸭舌帽的姑娘。

“哎呀，马指导员在呀。”马小光愣了几秒，才认出卫生队的杜依然。她笑嘻嘻地把手里的纸袋递过来，“华亦实，你的药。”

“谢谢杜医生。”华亦实上前接过药，又拉出椅子请她坐。

“华亦实你招呼杜医生啊。”马小光冲杜依然点点头，“我先撤了。”

“我一来你就走，什么意思啊？”杜依然看他一眼，“我那么讨人嫌吗？”

“没有没有。”马小光赶紧摆手，“连里还有事。”

“那正好一起走吧。”杜依然说，“华亦实说他值班不敢乱跑，我就给他送过来。”

马小光不好再推托，只得跟杜依然一起出了大车场。

“哎，我听他们说，你在北京待了两年。”走了一段路，两人都没说话，马小光正琢磨着找个话题来清理尴尬，杜依然先开口了，“为啥又回来了？”

“你还真挺会聊天的。”

“直击灵魂嘛。”

“水平不行，混不下去了。”

“哈。”杜依然笑起来，露出两颗兔子般的门牙，“跟我想的一样。”

“什么跟你想的一样？”马小光觉得这姑娘有点二百五，“咱俩很熟吗？”

“我想着你就会说自己混不下去了呀。”杜依然仰脸望着他，“感觉有才的人都这么说话。”

“没错，我是个蠢材。”马小光没好气地说，“通俗点说，我就是一傻逼。”

“这话你以前说过了，也跟我想的一样。”杜依然大笑起来，弄得马小光有些不知所措，只好等着她笑完，“不要这么自黑好不好，我看华亦实很崇拜你。”

“那只能说明他脑袋也不太好使。”

“他说植树那天你把组织科刘科长给撑回去了。”

“那是，司令政委我不敢撑，只好撑他了。”最初的尴尬过后，马小光的舌头似乎又灵活起来，可以轻松地搅拌出一些好玩的语言。他看着身边哈哈大笑的杜依然，这个姑娘像是变了个人似的，显露出被迷彩服伪装的身材，印象中圆圆的模样居然也凹凸有致起来。他强迫自己把目光挪开，正想恢复到一本正经的状态，手机却响了起来。

“请问是汽车连马指导员吗？”一个十分欢快的中年男声钻进耳朵，“我是梁勇，咱们连队梁壮壮的三叔。有个事想给马指导员汇报一下，不知道马指导员现在方便吗？”

七

睡了一冬的草尖纷纷探出头来，把操场染成了淡绿。全连几十号人一字排开趴在地上，在警卫连一帮老兵的指导下，抱着九五式步枪对着远处的胸环靶练习瞄准。

基地主要负责组织保障防空兵部队驻训演习，玩的都是导弹高炮这种大家伙，除了警卫连，其他单位平时没什么摸枪的机会。马小光也一样，他读的是技术院校，除了入校新训时用五六式半自动步枪和五四手枪分别打过八发子弹——其中一半子弹都没上靶——之外，就再也没摸过枪。北京的机关倒是每年都组织轻武器射击、手榴弹实投和车辆驾驶培训，可惜他只是个帮助工作的干事，不在机关花名册上，这些训练都没他的份儿。鸡蛋不发也就算了，手榴弹也不让投，还把帮忙干部当人吗？每次实射实投，处里只有他一个人在办公室怨妇一般独守空房。他记得彭处长打靶回来带了几枚弹壳和一根八二式手榴弹拉环，还兴致勃勃地讲了半天自己如何用十发子弹打了八十三环的壮举。一想到彭处长和老干事们过足了枪瘾，马小光自己简直像被乱枪扫射似的，那滋味儿就别提了。

枪大家都盼着打，真要连着几天趴在操场上瞄靶，这帮家伙又待不住了。平时汽车连最大的问题就是到课率低，不论是出操吃饭还是开会学习从来都没凑齐过人，即便按规定一律不动车的周五上午车场日，派车命令还是照来不误。还有政治教育，马小光每次点灯熬油弄好讲课稿和PPT准备大讲特讲，中间准会被跑来叫人出车的文书打断，弄得他十分扫兴。最多一次，一个小时的课文书来喊了四次人，气得他把文书臭骂一顿。可没用，下次上课依然如故。从前他在组织科时，要了车总会提前给汽车连打电话，让司机早点到办公楼前等着，至于连队此刻在干什么，他可从来没想过。现在想来，连队的教育训练计划都是机关审核过的，可让你经常落实不了的也是机关。瞄靶也是这个德行。文书照旧不负众望，一会儿一个电话，才训练了半个上午，他就叫走了七八个司机。被叫走的司机一个个都在偷着乐。说起来，瞄靶的确是件非常枯燥的事情，趴久了起来，浑身上下都硌得疼。

当然也有例外。马小光仔细观察过，抱着枪最不愿撒手的是张卢语泽。他现在开那台老桑塔纳3000，这是公用车，也是一天到晚忙个不停。为了多摸会儿枪，这小子每次来瞄靶都故意不带手机，害得文书不得不给张炎打电话叫他出车。其他司机出车回来，没几个会主动回操场，只有张卢语泽，把车往连里一放便飞跑回来再抱一会儿枪。前两天训练手榴弹投掷也是这样，警卫连的士官教员对着挂图讲解完原理构造之后，又示范了一下立姿、跪姿和卧姿投弹动作，接着给每人发一枚橙色教练弹，只让大家练习拔拉环。教员八成也认为对汽车连这帮兵油子来说，投准和投远根本谈不上，能顺顺当当把手榴弹拉环拔出来，再扔到防爆墙外面的沟里就万事大吉。张卢语泽听了很不服气，当即一个助跑，居然把手里的教练弹甩出了六十多米，把个教员都给搞蒙了。只可惜教练弹还没捡回来，文书的电话又追过来，张卢语泽只得气鼓鼓地离开。

今天上午也是一样，正瞄着靶，油运科郭科长要去县政府协调维修战备公路的事，张炎又把张卢语泽叫了起来。

“瞄个靶都不让瞄，还打个毛仗啊?”张卢语泽很不情愿地从地上爬起来，“真受够了!”

“你别得了便宜还卖乖啊!”张炎教训道，“多少人想干你这活儿还干不上呢!”

“谁爱干谁干好了，反正我不想干。”张卢语泽顶一句嘴，“当回兵，干的净是滴滴司机的活儿。”

“你个新兵哪儿那么多事！我说一句你十句等着!”张炎不高兴了，“出车是命令，是任务，叫你去你就得服从!”

张卢语泽梗了梗脖子，好像还准备说什么，可眼神正好跟刚从地上爬起来的马小光撞在一起，于是又缩回脖子低下脑袋走开了。

马小光起身活动了一下筋骨，正准备继续瞄一会儿，却听见周俊涛站在操场边上喊他。

“指导员，梁勇刚又给我打了半天电话。要不周末咱们还是去一下吧。”等马小光走近了周俊涛才说，“都推了好几回了，再这么推下去好像也不太合适，咱们就去坐一坐，不喝酒，怎么样?”

“这跟喝不喝酒没关系。他也给我打过好几次电话，我都推掉了。”马小光说，“实在不好推的话你去一下好了，我就算了。”

“人家想请的是你，我去算怎么回事啊。”

“你代表我就行了啊。”

“我算是知道他怎么当上行长的了，心理素质真好。换别人早就拉倒了，你看他，就能一直给你打电话。”周俊涛看来真被难住了，“他刚才说他还叫了仇部长，仇部长也答应了，你要不去，是不是不太合适啊？”

“那我更不能去了。仇部长要看到咱们两个主官一起跑出去吃饭，那还不得骂人？”马小光笑笑，“你就跟他说我值班嘛。”

“你这样弄得我很难办啊指导员。”周俊涛沉默了一会儿，“梁壮壮的事你搞得太认真了，真的没必要。”

“不是认不认真的问题，这是个底线问题。”马小光望着周俊涛，“上次撞车的事没报本来就已经违规了，再让他入党，那我这个书记还当他干啥，没法儿当了。”

“算了，我也不在这儿啰唆了。”周俊涛脸色变得很难看，“你见多识广，站位比我高，你自己看着办吧。”

瞧，这就是两个主官相处的难处。你们的观念或者动机不同，在很多问题上的想法和选择也就无法一致。而不一致的时候该听谁的？在机关的时候这事好办，谁官大听谁的，但此刻你和周俊涛是平级，不存在大小。那好，谁对就听谁的，这听上去很容易，但到了连队你才感觉到，当你和周俊涛都认为自己是对的，这事就不好往下走了。这样吧，你再仔细反省一下，在梁壮壮这件事情上，你究竟是对还是错？上周日中午，梁壮壮拿了四条软“中华”来找你，你让他走了。前天晚上他又跑来，递给你一份两页纸的检查，你还没翻开呢，纸里先掉出一张面值五千的京东E卡。你勃然大怒，恶狠狠地把卡摔回梁壮壮脸上，又把他的检查撕了个粉碎。你把他痛骂一顿，还警告他说，再敢来这一套，你会把他和他送的东西一起交给上级处理。梁壮壮被你骂哭了，一边哭一边蹲在地上捡起卡和碎纸片，然后红着眼睛走了。这还不算完。你还拒绝了梁勇三番五次的饭局邀请，即便周俊涛用仇部长来压你，你也打定主意不去，不仅仅是因为你讨厌这种赤裸裸的收买关系，而且你完全可以想象出那将是个无比艰难的饭局。你坐在那里赔着笑脸，心里却止不住地骂娘，这感觉跟当初彭处长找你谈话告诉你将要被退回原单位的感觉如出一辙，你可不想再重复第二次。

这么做没错，你很确定。然而这只属于简单的一部分。剩下的部分你自己也吃不准了。你去找许班迪谈话，请他并通过他转告米天宝，这件事到此为止。这件事关乎连队的荣誉——这个冠冕堂皇的理由换来了许班迪一阵冷笑。你准备好了迎接许班迪的批驳、质问和讥讽，并且已经系紧了接受精神撞击的安全带，结果人家连油门都没踩，只是保持着怠速运转，好让眼睛能斜着瞅你。你呢？你只能站在那儿，把许班迪前二十八年省下来的鄙视一股脑儿全部收下。

“好啊，你是指导员，你代表组织，你说了算。”

许班迪说完这句话就扔下你走了。他为什么不搞几个疑问句呢？这样你才好向他解释你是清白的，你之所以这么做只是想“顾全大局”，身为连队政治主官，你必须要把方方面面都考虑周全。可许班迪给你的只是一个陈述句。一个意味深长的陈述句。一个听上去像骂人的陈述句。一个字面意思和潜台词完全反义的陈述句。是的，眼下你在许班迪眼中的形象不比李宇轩在你眼中的形象更好，换句话说，你的形象已被摧毁，整个儿变成了一片废墟。你在许班迪那里大错特错，而在周俊涛这里却又做出了正确的选择，那你到底是对还是错呢？

马小光看着周俊涛穿过操场。显然，他又生气了。周俊涛一生气就会拂袖而去，如果在连部八成还会把门摔得山响。刚开始马小光还会紧张，现在他已经习惯了。周俊涛的背影刚从树丛后消失，马小光的手机就响起来。他以为又是梁勇打来的，任它响着也不肯拿出来接。过了一会儿，许班迪慢吞吞地走了过来，嘴在跟他说话，眼却看着别处。

“指导员，你接一下邱海青的电话，他找你找不到，打我这里来了。”

“不好意思啊，刚没听到。”马小光拿出手机一看，果然是邱海青的两个未接来电，赶紧回了过去，“我们在操场瞄靶呢。”

“是不想接吧？”邱海青笑，“被梁勇搞怕了是吗？”

“怕倒没有，就是烦。”马小光也笑，“啥指示？”

“梁勇周六组了个局，叫我一定请你参加。”邱海青说，“说请你几次请不动，就把我拽来当说客了。怎么样，百忙之中赏脸出席一下？”

“我真去不了。”马小光犹豫一下，“这局跟鸿门宴差不多，去了凶多吉少。”

“鸿门宴怕啥？刘邦不照样去吗？他说他还请了老仇和老郭，你要不去，搞得你架子比领导还大，那对你可不是什么好事情。”邱海青说，“你放心去，去了该吃吃该喝喝，只说过年话，什么也不答应不就完了吗？而且你想，老仇他们都在，饭桌上梁勇也不会傻到提这种事，你说呢？”

马小光承认邱海青很会说话，讲得他几乎吃不住劲儿了。自己就一个上尉正连，一个小小的连队干部，犯得着他们这么大费周章吗？说来说去，核心的问题其实就一个：他告诉周俊涛，他准备——其实是决定——把梁壮壮从第二季度党员发展对象名单中画掉。

“不让他入党总得有个说法吧？”周俊涛估计没想到他会这么干，卡了半天壳才问，“不然上支委会怎么说？”

“不用上支委会，我没说不发展，只是暂缓。”马小光说，“梁壮壮自己心里明镜似的，不用我说。”

“发展计划都报给组织科了，你少发展一个，机关也会问的啊。”

“这个你不用担心，我跟他们说。”

“发展党员不上支委会怎么行？”周俊涛摇头，“要不就支委讨论了再定。”

“可以啊，那咱们就实话实说。”马小光淡淡地，“该同志把车撞了还隐情不报，这个理由足够了吧？”

周俊涛涨红着脸坐在那儿说不出话来。看上去马小光赢了，可他没有丝毫胜利的喜悦，反倒感觉心中发闷。他很清楚，无论怎么补牢，羊都已经丢了。一起丢掉的还有他一直在意的某些东西。

他给周俊涛是这么说的，那跟邱海青又该怎么说？难不成他真要为了一个梁壮壮把所有人都得罪了？

“没事，你自己定，我就是替他传个话。”正不知怎么说，邱海青很善解人意地结束了谈话，“其实也没大事，能去就去一下啊！”

“我到时看看吧。”

挂了电话，马小光只觉得脑袋里飞沙走石，吹得他一屁股坐在了草地上。兜里的电话一会儿响一次，他也懒得接。

“指导员！”张炎火急火燎地跑过来，“张卢好像出啥事了，连长让咱们回去一趟。”

马小光给许班迪交代了一声，带着张炎匆匆回到连里。隔着一排车库就听见周俊涛的怒吼。进了院，只见张卢语泽正站在自己的车跟前，低着脑袋挨周俊涛的批。

“指导员来了正好，你跟指导员说，你刚才干的啥好事？”周俊涛见马小光来了，嗓门更大了，“你自己说！”

见张卢语泽歪着脑袋不吱声，周俊涛又气得大骂起来。原来张卢语泽上午送郭科长在县政府办完事，老郭屁股刚坐进车里，右腿还没挪进来呢，张卢语泽已经松开了离合。这突发状况把个管了二十年车的郭科长都吓傻了，叫也叫不出声来，只是拼命用右脚磨着地面，试图像控制自行车那样把车停住。张卢语泽一直把车开出去好几十米才发现不对，等停下车，郭科长的鞋底几乎被水泥地磨穿了。万幸的是县政府大院限速二十五公里，不然郭科长很有可能被张卢语泽当场车裂。

“老郭电话里骂了我一路，说我们选的司机都是吃屎的。”周俊涛伸手指着张卢语泽，“你还吹牛说自己是老司机，狗屁的老司机。车门都不关你就起步？你驾照花多少钱买的？”

“连长，我承认我错了。郭科长的鞋多少钱，我赔他还不行吗？”张卢语译小声说，“我这不是着急嘛。”

“你急个鬼啊急！”周俊涛瞪着眼，“你给我说你急啥？”

“我想早点回来瞄靶。”张卢语泽绞着手里的抹布，“天天出车，想瞄个靶都瞄不成。”

“我去，你是司机，是驾驶员！你先把车给我开明白了再说！”周俊涛的嗓门震得马小光耳膜都快破了，“你还真当你是特种兵呢！我告诉你张卢，别做你的大头梦了！”

“中国梦强军梦都能做，我做个梦为啥不行！”张卢语泽抬起头，“我当不了特种兵，我瞄个靶还不行吗？”

“你还有理了你！”周俊涛说，“烂泥扶不上墙！说的就是你！你现在马上把钥匙交给排长，明天去三班，小车不要开了！”

“不开正好，谁稀罕开这种破车，谁愿意天天伺候人！”张卢语泽把手里的抹布往引擎盖上一摔，“我早说了我不想开小车，是你非逼着我开的！”

“你再给我说一句试试！”眼看着周俊涛吼着就要扑上去动手了，那样的话鹿死谁手尚未可知，毕竟张卢语泽是体育学院出来的。马小光正要上去阻止，前冲了两步的周俊涛却又停了下来，“这两天瞄靶不要参加了，回去给我写检查！”

周俊涛抽身进了楼，而张卢语泽还呆呆地站在那儿，两只眼睛在阳光下闪着光。

第三章　夏

玉门山嶂几千重，山北山南总是烽。

人依远戍须看火，马踏深山不见踪。

——［唐］王昌龄《从军行七首》其七

一

一大早，马小光已经出了连队院门，又想起什么似的，摆摆手让几个兵先去大车场，自己掉头又回了楼上去找周俊涛。

敲门进去，一眼就瞅见梁壮壮正叼着烟靠在窗台上，肥大的身躯挡住半个窗户，弄得屋里都暗了许多。周俊涛则坐在桌前满面笑容地跟他说着什么。见马小光进来，两人立刻停住了嘴。

“你先回去吧。”周俊涛双手搓搓脸，把笑容搓得一丝不剩，“后面再说。”

梁壮壮“嗯”一声，招呼也不打便从马小光身边挤了过去，好像面前的不是他的指导员，而是个不受欢迎的陌生人。

周俊涛也好不到哪里去。看着梁壮壮离开，他抓起桌上的手机看了起来，看上去并不想问马小光找他有什么事。

“昨天我给你的那个党课教育方案看了吧？”这两天周俊涛都是一副爱答不理的模样，马小光只好主动点，“早上从饭堂出来碰上组织科刘科长了，他说新来的严政委对这事挺重视，叫咱们认真准备，别首长来了弄得措手不及。”

“你准备可以，你是指导员，这是你的本行。我准备啥啊，没法儿准备。”周俊涛又翻了会儿手机，才从桌角扯过那份文件哗哗翻开，“在改革强军中立起党员好样子……这是给我安排的课？你们搞政工的我也是服了，上课本来就是你们政工干部的事，你们自己讲不就行了吗？非拉我们干啥？”

“你是连长，也是副书记呀。”马小光挤出点笑，“副书记上党课很正常，唐司令上次讲党课你不也去听了吗？讲得非常好啊。”

“我一个基层干部，哪有首长那水平！”周俊涛把文件扔回桌上，“再者说了，首长有机关给写稿子，我又没人写。”

“不用比，连队自己上课，用不着拉多大架势，我觉得你讲讲自己的经历就很好，怎么从一个战士成长为一个连长，这里头肯定有故事嘛，讲故事大家都爱听。”马小光努力保持笑容，“严政委开会专门说了，军事干部要学政治，政治干部也要学军事，你看我不也在学《新训汽车驾驶员教材》呢吗？”

“我哪能跟你比？”周俊涛撇撇嘴，“我混来混去都在这一亩三分地，又没去过北京大机关，有啥可讲的？”

“我就是提醒一下。”马小光实在笑不出来，于是便不笑了，“讲不讲你自己拿主意吧。”

多他妈的不投机、不愉快！你对他那么客气干吗啊？你应该做的是摔门而去，而不是在那里贱兮兮地赔笑脸！你的脸不是脸？是五折批发来的吗？按编制序列连长排第一没错，可按党内职务你还是书记呢！好心好意提醒他，还弄得像求他办事儿似的，欠他的还是怎么着？真可笑！

“不是叫你们先去开车的吗？”下得楼来，见几个兵还在门口等他，马小光板着的脸一时间也松快不起来，“还在这儿戳着干吗？”

“这天气也不用热车，等你一起嘛。”巨星辰笑嘻嘻的，“你不是还要考我们背诗吗？”

好吧。不过是一丁点儿怒火，像擦着的火柴，很快又熄灭。真要说起来，也不算什么大事：基地要在训保营新组建一个环境构设分队——大家都认为改革之后，训练保障营升格为训练保障团基本板上钉钉——需要从各单位抽调人员。前两天军务科通知汽车连出一名大车司机，周俊涛来说这事儿时，马小光还认为他们终于有了一件可以达成一致的事情了，因为不论从哪个角度看过去，全连都找不出比梁壮壮更合适的人选。假如梁壮壮还在给仇部长开车，这事他也没法儿提。有意思的是上次撞车的事过了没几天，仇部长就接到了去指挥学院学习的通知。临走前他交代郭科长说，自己学习期间——其实那个培训统共也就一个月——用不到车，现在运输任务又重，就让司机去开大车吧。这不是天赐良机又是什么？任谁想，都会认为这个名额简直就是专门给梁壮壮安排的。可结果呢？周俊涛提的却是任永富。这个提议真把马小光给搞蒙了。两个人坐在连部争了半天，谁也说服不了谁，直到马小光提出上支委会讨论，周俊涛才沉默下来。

“行啊，你是书记，你说了算。”周俊涛最后来了这么一句，“你不就想要这个吗？”

马小光没再反驳。他也不知道自己想要什么。搁在半年前，让谁上山他才懒得管，爱谁谁，别来烦他就行。彼时的他认为手底下这几十号兵对他全无意义，他也没打算从他们身上找到任何意义。他想要的就是离开，离不开的时候就是忍耐。多一事不如少一事，少一事不如没有事，他总是这么告诫自己，那这会儿他又为一个任永富争什么呢？只能说明自己定力不够，不是说好了要超然物外的吗，怎么又开始在红尘里打滚了？

“你那么牛气，那我再问你一个。”快到大车场，巨星辰总算把张卢语泽给问住了，“‘誓扫匈奴不顾身’下一句是啥？”

“……北风吹雁雪纷纷？”张卢语泽挠着头皮，“好像不太对。”

“誓扫匈奴不顾身，张卢语泽头已晕。”马小光也被逗乐了，“驴唇对不上马嘴。”

进了大车场，华亦实已经拿着出入场登记本候在门口。见马小光过来，立刻上前两步敬礼报告。

“指导员同志，大车场车辆设施一切正常，请指示！”

“奶片呢？拿出来撸一下。”没等马小光还礼，巨星辰一溜烟钻进值班室，把那只小花猫抱了出来。张卢语泽熟门熟路地找出一支猫条撕开，伸到奶片——这名字也不知谁给起的，倒挺好记——面前，逗得它一个劲地“喵喵”叫。

“巨星辰你手太重了。”任永富站在一边，“别给捏坏了！”

“行了行了，赶紧走吧！”马小光催完，又向华亦实，“你小心这家伙有寄生虫！”

“还差一针。”华亦实点点头，“杜医生说她在网上买了。”

“行吧。”马小光伸手摸摸奶片毛茸茸的脑袋，小家伙伸出舌头舔舔他的手指，仿佛是对他的承认。其实他并不想让华亦实在车场养猫——养条狗还说得过去，养只猫算干吗的呢——可这只不知从哪里跑来就不肯走了的小花猫，马小光也狠不下心让华亦实把它扔出去。他当时主要担心的是周俊涛会反对，好在周俊涛只是问过一句“你知道车场有只猫不”，便再没说什么。也许小猫的模样太过讨人喜欢，连周俊涛也不忍心拒绝了？如果所有的事情都像这只猫一样，那大家一定都会开心许多吧！

几个兵分头检查完车辆，马小光上了张卢语泽的头车，又看着站在车场门口敬礼的华亦实消失在倒车镜里，一丝伤感突然冒出来缠绕住他，也不知道是为什么。

四台八吨油罐车鱼贯驶出营门，穿过田野间的柏油路，绕过县城，从东大街环岛上了312国道。等拐下路驶向山口时，晴空和远山令马小光渐渐松弛下来。他记得在北京那两年，最怀念的就是戈壁的羊肉和夏天。羊肉自然不必多说，那是他最爱的人间至味。而夏天，也是戈壁最为友好的一个季节。紫外线固然强烈，走进房间或者树荫下便顿觉凉爽。不存在什么雾霾或者桑拿天，最热的时候空气也依然干爽，汗水顺着皮肤流下来，而不会像北京那样，人整天黏黏糊糊的像一块油腻的抹布。楼上见不到密密麻麻的空调，即便是三伏天，睡觉也得盖上被子，否则半夜准会被冻醒。祁连山的雪融化后渗入地下，又从自来水管流出，在盛夏也照样冰冷刺骨。即便最近又配了两台洗衣机，连队每个人仍保留着一双橡胶长手套，以防洗衣服时把双手冻得失去知觉。在这热烈又冷静的时光中，所有树木、野草和麦苗的绿意都最为浓烈，就连一向粗野的风也变得彬彬有礼，劈头盖脸的耳光变成了温柔呢喃的爱抚。

既然戈壁之夏品质如此优良，傻瓜才会让它闲着。从四月中旬开始，演习部队一批接一批进驻，平时被麻雀、落叶和家属院小男孩霸占的南营区一夜之间住满了人，新盖的三栋驻训楼还没完工，一部分参演部队只能住在帐篷里。营区里随处可见一队队穿着各色迷彩服的队列，歌声和口号声在油机的轰鸣中此起彼伏。这帮作战部队的家伙一个个都不是好惹的主儿，各单位车辆常常会在营区路口互不相让，更有闲不住的刺儿头兵，会趁着夜色从围墙翻出去跑到县城吃夜宵。每次开会的时候，警卫连都会抱怨他们兵力不足，一边要出调整哨去路口维持军车运行秩序，一边还得加派纠察去县城搜捕那些捣蛋鬼。

马小光去北京之前，基地好像还没这么忙，他在组织科时分管过战时政治工作，虽然也常加班，但也不像现在，好几次半夜起来查铺，从窗户看出去，办公楼都是灯火通明。天南海北长途机动而来的参演部队来这儿就是想旗开得胜班师回营的，只不过大多都铩羽而归。前些年，导弹发射出去击落靶机就算大功告成，现在远没那么容易。按照实战化要求，演习难度一年比一年大，别的不说，光是进入演习区的伪装和机动就能把人折腾个半死，两三百公里的拉动，中间大部分需要穿越无人无路的戈壁滩，动作稍慢一点，兵器还没展开可能就会被“敌机”炸得人仰马翻。马小光在山上时，就见过歼-10擦着他们的车顶飞过去，机翼下挂载的导弹编号都尽收眼底。基地机关加班很大程度上就是为了把演习尽可能往实战上贴，但大家都只见过猪跑没吃过猪肉，没谁真的经历过实战，所以得绞尽脑汁研究制订方案，部队骂得越狠，说明方案越成功，办公楼的灯大抵是为这个亮的。

机关都忙成这样，自然不会放过基层。年初到现在，各级各口的文件通知就收了上百份。机关的设置是上大下小的倒金字塔形，基地机关的一个科对着北京机关的一个局，一个参谋干事助理员对着一个甚至两三个处。马小光记得在北京时，上面专门下文强调要减少“五多”，结果还得把减少“五多”这事再搞个文件发下去，各单位还得反馈如何减少“五多”的情况，反而得搞出更多的红头文件。从前他觉得这听上去像个段子，但在机关干久了才明白，这事儿没那么简单。机关指导基层的基本方式就是靠文电，必须发的当然要发，可发可不发的也要发。你不发，你手上这块工作就相当于没谋划没举措没进展，而领导的升迁跟工作业绩紧密相关，所以让机关不发文基本上是空谈。

这么说起来，下发文件和派工作组遵循着同样的现实逻辑。从前的马小光干事完全认同这个逻辑，不过现在他可不这么想了。屁股果然能够决定脑袋。在连队，光是应付工作组就够他喝一壶的。截至目前，频率最高的是一周来了三个工作组，其中两个只是在连里转了一圈就走了，坐都没坐，倒也体现了轻车简从的作风，只可惜连队的准备分毫也不能少，该拔草拔草，该擦玻璃擦玻璃，该补笔记补笔记，该准备汇报准备汇报……他不可能再像当初对待李宇轩那样任性使气大放厥词了，那只是一次毫无必要的冲动罢了。还有更多的工作组是专门奔着演习来的，按说不会来连队检查，可这玩意儿谁也说不准，毕竟督导演习的工作组级别都挺高，人家在招待所住着，领导们傍晚出来散个步谁知道会散到哪里去？几个直属连队就在眼皮子底下，抬脚就能进去。于是晚间自由活动时间改成了集体组织，要么看电视，要么打篮球，要么就统一组织业务学习……不管你干什么，反正你得把人给我看住。你看还不放心，还会派机关帮你看，军务科参谋常常趁着夜色潜入各个连队抽查人员在位情况，说不清楚就会立刻记在手里的黑皮本上。还有那些报不完的素材，填不完的表格，写不完的承诺书。比如要求填写的本人情况登记表，半年里来来回回填了四五次，每次的内容都大同小异，马小光也不知道这玩意儿到底是干吗用的，但还得一一照填不误。

除此之外，马小光每周至少还得带车上两次山。最近两个月，基地对口扶贫的王家洼村整体搬迁，连里出两台大车，按说派个老兵负责就行，可上面要求两台以上（含两台）车队出任务必须干部带队，这事就安排给了许班迪。才去了十来天，许班迪急着帮老乡搬东西，从大厢上往下跳时踩到块松脱的砖头，弄得脚腕骨折，只能打着石膏在连里养着，这活儿只能又交给张炎。剩下三个干部，周俊涛和马小光要留一个值班，齐志远本该在连里负责维修保养车辆的，也不得不跟着车队上山运送给养物资。特别是运油。演习部队一年比一年多，所需油料都由基地代供，部队的装备更新很快，那些大家伙喝起油来都是咕咚咕咚的节奏，而山上那座二十多年前修的小油库早已捉襟见肘，扩建油库的请示一直没批下来，油运科只能不停地派油罐车上来补充。更要命的是周俊涛还去不了，自从在油罐里受过伤，只要汽油味儿闻多了他皮肤就会起疹子，所以这活儿基本成了马小光的。

这倒也没什么。忙有忙的好处，好就好在可以占用大量的时间和精力，有助于他从北京、孟佳怡或者周俊涛带来的烦恼中抽身。而且在他的经验中，只要车进了山口，他就顾不上想太多了。山路间行车总会令他提心吊胆，特别是茄子梁那一段，常常会自顾自便下开了雨。他第一次带车上山，就在这里遇上了雨夹雪，下坡时感觉车随时会冲到悬崖底下，弄得他一层层地冒汗，大概就是那次留下了阴影。不过也不光是他，每个司机都有自己不喜欢的一段路，比如任永富不喜欢走县城，于明亮不喜欢走尖山嘴子，张卢语泽不喜欢六道拐一样，这没什么道理，却是种真实存在的感觉。

好在今天的茄子梁艳阳高照，车队正好在午饭前赶到了训保营。在营里饭堂吃过饭，马小光招呼着司机去卸油。正看着油库保管员连接油管，手机突然响了起来。他快步走到油库门外才接了起来。

“老马忙着呢？”军务科丁立军一如既往地客气，“有个事给你报告一下。”

“别啊。”马小光还一句客气，“丁参指示。”

“上次不是让你们报了一个去山上环境构设分队的司机吗？刚才参谋长跟我们交代说，各基层单位抽调的人员名单必须要有党支部书记的签名盖章才行。”丁立军说，“你把名单重新打一份，签上你的大名盖上你的名章，叫人给我送过来吧。”

“参谋长要求得也太细致了吧？”马小光笑，“去的都是大活人，还能有假吗？”

“你是不知道，有的单位安排的人不愿意上山，就给领导写告状信，说是领导处事不公故意整人之类的，弄得参谋长很恼火，所以才提这个要求的。”丁立军说，“不过你那儿应该没啥问题，分分钟就搞定了。”

“明白，我现在在山上，回连队马上弄好就给你送过去。”马小光说，“反正我们就一个梁壮壮，好办。”

“梁壮壮？不对吧，你等一下啊，我看看……我怎么记得你们报的不是这个名字。”听筒里传来纸页翻动的声响，“噢，在这儿呢，你们报的是姓名任永富，军衔上士……你们老周前天给我报的，没错吧？”

“噢……”马小光半天没想出怎么接话，“这样，我稍晚点给你回过去。”

挂了电话，马小光站在阳光下发起了呆。手机几乎要被他攥出水来，而脸变得越来越烫。他很确定不是太阳晒的，那是血涌上头的感觉。

二

从卫星地图上看，山下山上泾渭分明。山下一块块淡绿是县城周边，山上则是向北而去的整片土黄，那是属于数万平方公里沙漠的一小片边缘，演习部队就在此地鏖战不休。山下基地营区到山上训保营直线距离其实也就三四十公里，然而走起来可没那么直了。一条军用公路七拐八绕，其中水泥路面和沙石路面各占一半，前者基本都是山腰上开出来的临崖路，后者的底子则是山谷间的干河床。据说很多年前就计划要拓宽并硬化沙石路面，但排水的问题始终没解决。从前很多年，每逢演习部队上山，车队都是龟速行进，特别是从尖山嘴子到山顶上那一段，来回有十几个弯道，兵器车上的人基本都会下来步行，因为特种车辆在此处的行驶速度不会超过五公里。现在他们基本不从这儿走了。按照实战化要求，战场机场也成了重要的考核内容，部队需要自行规划前往作战地域的路线，往往会从戈壁滩绕出两三百公里以躲避蓝军的空中侦察和打击。这样一来，修路的事就又搁在了那儿。

马小光也怕这段路。在组织科当干事时，他跟领导上山检查工作总是坐越野车。晕车肯定还会晕，好在小车速度快，难受一会儿也就过去了。现在可好，坐的全是重卡，就算嘴里含着人丹，到了尖山嘴子这一段依然会头晕恶心冒冷汗。杜依然给他开过苯海拉明片，可他只吃过两回就放弃了。那玩意让他总打瞌睡，而作为带车干部，他的任务是要盯着司机带着车队安全抵达目的地。从这点上说，马小光根本不合适来汽车连。当初他怎么没想起告诉张主任他晕车呢？不过话说回来，晕车这种毛病类似抑郁，难受劲儿只有自己清楚，也就不要指望别人能明白了。在基地时还好说，想去县城步行也没问题。在北京就有些麻烦，城市太大，走路很难抵达想去的地方。地铁他能接受，公交车就差许多。他记得在北京一共坐过一回公交车，上去坐了三站就赶紧下来，蹲在路边的树坑边干呕了半天。和孟佳怡打车出去时，起初两人都坐在后排，后来孟佳怡发现他一遇上堵车就完蛋了，满是汗的手里紧攥着个塑料袋，只好让他前排就座。所有的交通工具中，马小光最喜欢的是自行车。在北京两年，他骑过各种颜色的共享单车，车费至少花了好几百。每次去找孟佳怡，只要天气尚可，他都会骑车去。他在那座城市的很多道路上骑行过，尤其熟悉西三环北路两侧的自行车道。经过花园桥路口时永远也不可能碰上绿灯，也正是那一段路口，骑行时一定要抬起屁股，否则会被那一小段搓板路颠得龇牙咧嘴。而相隔不远的紫竹桥下，则是一段丝绸般顺滑的车道，每到这儿，马小光总会停下脚，让单车在那一段路面上自由滑行。那时他的心情总是欢快的，因为前方不远处就是活色生香的孟佳怡。在他彼时自我规划的人生PPT中，并不存在三天两头坐在平头重卡上，拖着一条尘龙奔波于戈壁和山谷间这样的演示文稿。他梦想的PPT模板来自肖干事、崔干事和张干事，回头再看，那其实只是色彩鲜亮的电视广告，是他永远不可能企及的生活。那会儿他骑行在希望的坦途上，似乎随时就能到达想去的地方，而眼下他则行驶在现实的荒漠中，唯一能做的就是坐在驾驶室里，不时往太阳穴和人中涂抹龙虎牌清凉油，好让自己能在新兵面前保留一点连首长应有的尊严——假如此刻他还有的话。

“你没事吧指导员？”车过了尖山嘴子开始下坡时，张卢语泽扭头看他一眼，“你脸有点苍白。”

“别看我，看路！”马小光强打精神。他不想让别人知道自己晕车，就算别人都看出来了，他也不打算承认。晕车也算个事？不晕的人永远不会这么认为，因为他们理解不了。正如他理解不了张卢语泽为什么要花钱去买那些个无聊又无用的盲盒。上次他看见仪表台上粘着一只笨头笨脑的狗，张卢说为了买到这个小东西他已经花了几千块，而他家里还放着半车库这类玩意儿。他也理解不了孟佳怡为什么要在肩膀上文一只蝴蝶，他问过她这究竟代表什么，可孟佳怡并没给出一个明确的回答。他同样理解不了老胡。马小光刚到北京时，跟老胡在地下室宿舍里住了半个月，然后老胡搬走了。老胡是湖北人，在广西的一个单位当工程师，在机关大院帮忙搞了一年网络。他所在的是个附属单位，超编本来就很厉害，所以老胡说他刚来帮忙时就知道自己不可能留下来。“还是你们在机关好啊，留下应该没啥问题。”老胡这话曾让马小光充满了信心。接下来差不多一年时间，他们再没联系过，马小光也根本想不起这个人。直到前年国庆节，老胡突然发来微信，邀请马小光去参加他的婚礼。两个人毕竟不熟，不过马小光犹豫再三还是去了，一则因为他在北京从没得到过别的邀请，二则他也想看看老胡混得到底怎么样，于是包了个五百的红包只身前往。那个早上，他从地铁一号线换到九号线，又从九号线换到房山线，从地铁站出来又骑了二十分钟自行车，问了至少六个人，才找到了老胡的婚礼现场。那是一户看着颇为殷实的农家院落，隔着墙就能看到里面装修气派的三层小楼。可这带点羡慕的观感很快就被破坏了——身着西装、气宇轩昂的老胡正和一个红衣女人并排站在院子门口，马小光看不出那女生的年纪，只记得她身高大概只到老胡衬衣口袋，而宽度却是老胡的两倍还多。大红色裙子绷在她身上，像极了一只超大号瓢虫。这视觉的折磨令马小光霎时生出了强烈的不适感，几乎想要立刻逃走了。可就在这时候，他看到老胡举起手喊了他的名字。

“我转业了，转到北京了。”老胡把他拉到一边给他点上烟，瞟着周围乱哄哄的人群小声说，“北京！”

这是生活中令他费解的一部分。他不可能花几万块钱去买什么盲盒。不可能给身上文任何动植物和文字。北京好是好，但也好不到为了留下而像老胡一样把自己给卖了。也许这一切都因为人的立场不同。然而人只能坐一把椅子，换位思考或者同理心难道不是一个伪命题吗？一个人永远只能站在自己的生活中，只能透过自己的观念去思考他人，他们只有这样一个误差巨大却别无选择的出发点，所以才会导致观念不同的人互为白痴，就像他和周俊涛一样。

“……其实我们贵州产茶的历史是全世界最早的，像我们遵义有几十万棵古茶树，我爸说那都是无价之宝！而且我们那边的茶什么添加剂都没有，茶多酚非常丰富。”见马小光不说话了，张卢语泽又开始喋喋不休起来，“指导员你知道绿茶最好的汤色是啥色不？不是绿色，而是黄绿色！这种茶汤才是上品。而且我们那边的茶叶都只采单芽，你知道啥是单芽吧？就是茶树上最嫩最好的那个尖尖。为啥呢，因为我们那里茶多人少，摘都摘不过来，所以采嘛就采最好的那一点……”

“你能闭会儿嘴吗?”马小光终于忍不住了,“大家都安静一下可以不?”

“呃……是!”张卢语泽停了停,“那你听歌不?”

“不听!”

“好的指导员。”

张卢语泽总算消停了一会儿。马小光放下车窗，山风灌进来，耳边呼呼作响。马小光闭上眼睛，任凭风在自己脸上胡乱地拍打着，一动也不想动。他想不明白事情为什么会闹成这副样子。自己做错什么了吗？他又来来回回地想了半天，依然认为自己让梁壮壮上山毫无问题。可周俊涛为什么非要死死护着他？梁勇到底给了他什么好处，让他能如此冒天下之大不韪？

“那就叫任永富去呗。”

周俊涛的口气听上去稀松平常，感觉仿佛是在北京80或者勇士之间随便派一台车跑趟火车站那么轻易。他难道不知道任永富是全连干活最多牢骚最少技术最过硬表现最优秀的兵吗？别的司机上山马小光都会不踏实，只有任永富出车他最放心。过年时马小光跟他的车上山送水，亲眼见他胃疼起来额头上冒出那黄豆大的汗粒。别的不说，他上个月刚跑了小两千公里从西安接车回来，路上被风吹成面部神经麻痹，整个嘴都是㖞的，喝口水都会从嘴角流出来。还好杜依然针灸技术还不错，扎了半个多月针，虽然嘴还有点㖞斜，但吃饭起码正常了。就算这样，人家还在坚持出车。这样的兵上哪儿找去？

再看梁壮壮。自打接到开大车的安排，他立刻就病倒了。他跑去卫生队泡了半个月病号，回连队又压了半个月床板。马小光前后找他谈了几次心，不过没送病号饭，因为谁都知道这家伙得的是心病而且急需减肥。谈了有用吗？没有。至少马小光认为没有。一方面说明马小光谈心的本事不怎么样，另一方面说明梁壮壮压根儿就没打算在连里好好干。“反正混满十二年就行了，到时候请我留我也不留。”这是梁壮壮的原话。压完了床板，就开始没完没了地请假。爷爷动不动就病危，老妈时不时就住院，家里的水管仿佛是纸糊的每月都坏，燃气好像装在易拉罐里的随时欠费。马小光一说要打电话核实，他又声称自己腰椎间盘突出只有县城某位老中医才能治得了，他也不看看全连是不是只有他胖得看不到腰！所有人都知道他出去是见他那个刚认识的对象，据说是个直播卖羊肉的本地小网红。直播没问题，马小光在梁壮壮的朋友圈里见过那姑娘的美颜视频，一千多粉丝至少证明人家还是有吸引力的。卖羊肉也没问题，马小光吃了这些年，当然知道本地的羊肉鲜嫩肥美比北京饭馆里的强多了。找对象更没问题，一个二十大几的上士谈个恋爱天经地义。唯一的问题是他凭什么正课时间三天两头就往外跑？这让全连那么多结过婚或者有对象的战士怎么想？这一周马小光值班可以不批他假，下一周轮周俊涛值班他照样可以扬长而去。就是这种德行，周俊涛居然还要把任永富推走而让他留下！这还不算完，还一个劲儿地催促马小光赶紧在第三季度发展他入党，两个人在说这事儿时，马小光差点儿就想问周俊涛到底收了梁勇什么好处了。问题是，这话他永远也不能说。

每到这种时候，马小光会感觉连队很像是个连体双胞胎，他这个脑袋想休息，周俊涛那个脑袋想出门，这下就不好办了。“大事讲原则，小事讲风格”，这是张主任给马小光讲的。问题是事情的大小如何区分？这事儿在机关好分，领导关注的就是大事，其他都是小事。在连队则不同。像让梁壮壮上山这事，于公于私都有利无弊，堪称终极解决方案，可周俊涛不干，就只能卡在这儿。如果是个包办婚姻，早一拍两散分道扬镳了，可惜不成。他们走与留都没办法自己决定，他们需要共同对这个连队负责，虽然马小光认为自己根本不想负这个倒霉的责。

你又认真了吧？为什么要这么认真？不都说了吗，谁认真谁就输了。你对留在北京的事儿认真了，对孟佳怡的事儿认真了，所以才会感觉痛苦，不是吗？退一万步说，那些事如果成了，立刻就能改变你的命运，可这一个梁壮壮一个任永富又能改变你什么？什么也改变不了。那你较这个真儿干啥？你还不如装作什么都不知道，回去照周俊涛报的名单签上你的名字盖上你的章，这事儿就当没发生过不就完了吗？难不成你还要跟他斗争到底，拼个你死我活吗？不不不，这不是你的风格，你要做的只是平安无事地混过这一年而已，而不是为了这个你压根儿就不想来的连队去斗争什么，对不对？ take easy或者calm down吧您哪，你还想怎么着？你又能怎么着？怎么着，日出扶桑一丈高，人间万事细如毛。野夫怒见不平处，磨损胸中万古刀。磨就磨了吧，人生不就是这样一点点消磨掉的吗？

“指导员你看，那是集训队的车！”车过野羊沟时，张卢语泽突然指着窗外，“他们就在那边集训！”

“人家集训就集训，跟你没关系。”马小光沉浸在自己的悲愤中，周遭的一切都退居其次，“开你的车就对了。”

“其实你们都看不起我。”张卢语泽在隆隆的车声中安静了一会儿，又冷不丁地冒一句，“我早就知道。”

“谁看不起你了？”马小光不由自主地坐直了身子，“不是早跟你讲过了吗？这是后勤系统组织的汽车兵集训，基地只是提供训练场地。人家都是成建制的汽车旅汽车团，都是专业的运输部队，我们能跟人家比吗？我们就是个保障分队，根本不是一回事！再说上面也没让咱们参加，你还非要参加？你当这是选秀呢？”

“那我们也是汽车兵呀。而且我去他们那儿打听过——”

“你啥时候去的？谁让你去的？你经过谁批准了？你这是私自改变行车路线知道吗？”

“我是去给他们送帐篷的时候打听的呀！”张卢语泽被问得呆了呆，“他们说，这个比赛可不光比开车，还要考射击和体能！好多司机驾驶技术好可体能不行，直接就给刷掉了。他们说现在还缺人呢！可是体能我在行啊！射击我也可以的，上次实弹射击我十发子弹打了九十六环，要是多给我喂些子弹，我绝对不比特种兵差。”

“没你想的那么简单。人家到咱们这儿是相当于高考前模拟考试，你连高中都还没上呢！”马小光往太阳穴抹着清凉油，“你就踏踏实实开你的车吧，这些事儿离咱们太远了，咱们就脚踏实地，不要总是异想天开，好不好？”

“指导员，我没有异想天开，这是我能想到的最有可能的机会了。”张卢语泽沉默了一阵，“别人想上军校想转士官想入党想提干想立功之类的，我一个都没想过，我就是想让自己这两年兵当得能灿烂一点，这不算异想天开吧？”

马小光没吱声。他不想告诉张卢语泽，其实这件事他已经跟周俊涛讲过了。正如他料想的那样，周俊涛鼻子“哼”了两声：“他要能参加这集训，那猪都能上树了。”那他还能说什么？军事训练本来就是连长主抓的工作，他也不可能再说什么。而张卢语泽却还在这里做着他的梦，梦得那么投入，让马小光都不忍心吵醒他。

“灿烂一点……嗯，这个我赞同。”马小光转头看看窗外，云影在山坡上快速移动，“不过这属于军事训练的事，还得连长同意才行。”

“……我找过他了，他说我吃饱了撑的，又说现在这么忙我还想出去瞎混，还说我上次把郭科长的鞋给弄坏了。”云影飘过来，驾驶室突然暗了下来，“你说我是异想天开，他说我是扯淡。”

“好吧，我收回刚才那个词。”马小光叹口气，“你是说理想，我是说现实，说理想跟现实之间的差距。”

“我不努力这差距永远都不能逾越吧？”

“没错。不过骑着自行车还是上不了月球。”

“你还是说我异想天开呗。”张卢语泽飞快地转头瞅一眼马小光，“可我是认真的。我以为你能理解我呢。”

“我理解啊。”

“不，那个不叫理解，那个叫……叫……”

“叫安抚是吧？”马小光替张卢语泽想了个词儿，“我其实是想让你知道，想干什么和能干什么是两回事，能干什么和能干成什么也是两回事，所以想干什么和能干成什么差着四回事儿呢。”

“有人帮我就不一样啊。”张卢语泽说，“我觉得你能帮我。”

“因为我在北京待过对吧？”马小光自嘲地笑一下，“可惜我什么领导也不认识。”

“不是不是，我不是这个意思。”张卢语泽使劲摇头，“我是觉得你跟连长不一样。我和华亦实玩得挺好的，我俩经常聊，他也这么说。他说你去大车场检查的时候，经常看他写的东西，还给他提意见，还说如果不是你推荐，报纸不一定发他的诗呢。他还说只有你才会让他养猫。他还说只有你才会想到在连里搞一个边塞诗会。”

“得了，这马屁拍得实在不怎么样。”马小光不习惯被自己的兵奉承，那让他感觉尴尬，“你还是说你们贵州的茶叶吧。”

回想起来，就是说到这儿，张卢语泽刚笑了个开头，就听到了“嘣”的一声巨响，车头立刻向山崖一侧歪了过去。

“爆胎了！”张卢语泽大叫一声，手脚并用，一把方向打过去，又飞快地抢进低速挡，车身大幅度摇摆了几下，转体一百八十度停在了山路上。马小光吓得魂飞魄散，想叫却叫不出来——嗓子眼儿被堵住的感觉跟他陪着孟佳怡去石景山游乐场坐过山车时如出一辙，他根本喊不出声来，只听得耳边的孟佳怡拼命地尖叫。

“幸亏是空车，要是重车，咱们就彻底熄火了。”张卢语泽抹把汗，转头看看马小光，“指导员，你没事吧？”

“啊，没事没事！”马小光惊魂未定，心还在“咚咚”地跳。拉开车门跳下去，只见右前轮胎已经被轮毂压扁在地，至于车是怎么在这条仅容一台车驶过的临崖窄路上掉了个儿，他无论如何也想不出来。他强作镇定，两条腿却止不住地打哆嗦。实在没招了，只得坐在路边的水泥防撞桩上抽了根烟，才起身过去跟张卢语泽一起换备胎。他还是第一回干这事，好在张卢语泽还比较利索，加上有随队的巨星辰上手，不多大工夫就弄好了。剩下的问题是：车头掉了个方向，跟后面三台车头对头顶上了。张卢语泽上车试了几次，每次车身打斜后便再也没有挪动的余地，连任永富上车倒了几次也没能成功。

“这是咋转过来的？”巨星辰看了半天也没看出个名堂，只好自己解释一下，“怎么像上次我在手机上看到一个家伙，喝醉了把脑袋伸到隔离带栏杆里，结果取不出来了。”

如果一台车还好办，往回开到六道拐就有会车的地方，可那样的话，后面三台车就得倒着回去，又弯又窄的路，这显然不是个办法。

“这地方还挺平整，我试试看他们那招好使不。”张卢语泽眼珠子转一转，从车里取出千斤顶，又钻到大厢底下把千斤顶打了起来。

“张卢你干啥？想原地掉头啊？”巨星辰蹲下身看着车下的张卢语泽，“你小视频看多了吧？重心点你知道在哪儿吗？”

“哈哈，被发现了，我看网上他们就是这么搞的。”张卢语泽边说边打千斤顶，眼看着车前轮渐渐离开了地面。张卢语泽从车底下钻出来，“巨班长，帮个忙推一下呗。”

“张卢你疯了吧，一转过来车头都悬空了，万一千斤倒了呢？车就掉下去了！”巨星辰后退两步，“别瞎折腾了，现在只能倒着往后走，到六道拐掉头吧！”

“那得倒到啥时候，要后面再来车呢？不能全都往后倒吧？”张卢语泽说，“这是水泥路面，也比较平，可以的！”

“可以个屁！”巨星辰没好气地，“你一个新兵，懂几个问题？”

“试一下嘛。不试咋知道不行啊！”

“废话，把车给试到沟底下咋办？”巨星辰瞪着张卢语泽，“你赔啊？”

“我赔！”张卢语泽发急了，“不就是一辆卡车吗？”

“我知道你爸有钱，但这还不是钱的事，车要掉下去，那就是大事故，全连都得挨收拾，懂不懂？”

张卢语泽在巨星辰那儿没话说了，只好转头眼巴巴地望着马小光。

“巨星辰担心的也不是没道理。”马小光蹲下身看看车下的千斤顶，其实他也看不懂放得是不是地方，“张卢，你有多少把握？”

“十分！”张卢语泽说，“百分之百！”

“狗屁！”巨星辰火了，“你别害指导员啊，车掉下去指导员指定受处分！”

“我没瞎说，我试过！”张卢语泽刚说完，声音又低了下去，“我在大车场试过，除了前两次没成功，后面都成功了。”

"你胆子挺肥啊。"巨星辰噎了半天才开口，"谁帮你的？"

"我自己试的。"

"你是哪吒？三头六臂？"巨星辰说，"是华亦实那小子吧？"

"不是他，就是我自己试的。"

几个兵不说话了，全都望向马小光。这让他有些慌乱。他知道，作为在场的最高首长，他必须得做出决定，可他飞快地检索了一下自己十多年的军旅生涯，却找不出什么像样的决定。他从来都是被决定的，不是吗？

"咱们给张卢个机会怎么样？"沉默了半晌，马小光才开口，"敢不敢？"

"你要敢，我们也没啥不敢的。"巨星辰想了一阵，"不过我还是有点担心。"

"来，出了问题我负责。"马小光走到车头，"怎么个推法？"

见马小光表了态，巨星辰白了张卢语泽一眼，也走了过去。几个人分站在车头和车尾，按逆时针方向推起来。偌大的卡车凭着千斤顶的支撑，居然不太费力便转动起来。眼看着车头探出路基，马小光的心也跟着一起悬在了半空，好在车头终于转了回来，顺直在了坚实的路面上。

一阵山风吹来，马小光才发觉迷彩服都湿透了。习惯了键盘、A4纸和咖啡杯的手抓着坚固的黑色保险杠，陡然间又后怕起来。

万一车真的掉下去了呢？

三

大车场中间的空地上，十几台卡车一字排开，工具包铺在地上，司机和修理工们正忙上忙下。马小光跟着张卢语泽的车直接开进院子，就看见周俊涛在车辆间穿行，带着他接连不断的呵斥声。马小光跳下车径直向周俊涛走去，他承认此刻的周俊涛是个认真负责的连长，什么车在什么位置有什么问题他永远都一清二楚，在窗口听到哪台车的动静不对——这可不是一时半会儿能练出来的本事——就会冲下楼去查个究竟。每天早上出操他总会第一个扎好腰带站在楼下，被子叠得刀削斧劈超过全连所有人。按说跟这样的连长搭班子应该最省心，为什么偏在梁壮壮的事情上弄得那么拧巴呢？

“你检查的什么玩意儿？长个眼珠子出气用的吗？”周俊涛站两台车中间不知在训着谁，“轮胎上的石头你看不见啊？”

“连长！”马小光在几步开外冲周俊涛的背影叫了一声。

“我给你说过多少次了？这点事都搞不明白吗？”周俊涛只是微微侧了侧脸，用眼角的一点余光扫了下马小光，又转回头继续训斥，“再让我看到，车别开了！”

“连长！”马小光上前两步，又喊了一声。

“噢，回来了啊！”周俊涛总算回转身，“挺好吧？”

“挺好。”马小光说，“有空吗？有个事想跟你说一下。”

“这帮家伙，弄个车都弄不明白。”周俊涛走过来，“啥事？”

“我在山上接到丁立军的电话。”马小光以为那股怒火已经随着那个右前轮胎一起爆过了，没想那只是被暂时盖住的炭，稍微拨动一下便又燃了起来，“说你报的上山人选是任永富？”

“噢，你说这个事……”周俊涛脸色和口气霎时变了变，“对啊，怎么了？”

“上次商量的可不是任永富。”

“我知道啊。”周俊涛看着别处，“问题人家要的是技术过硬的大车司机，任永富技术在连里数一数二，没谁比他更合适的了。环构分队天天都得在演习区跑，梁壮壮那技术怎么行？”

“你不是说司机都是学大车出身的，开大车都没问题吗？”

“那也有个水平高低。再者说了，我们不能因为他犯了点错误就把他当包袱甩了，这也不合适吧？”

“让任永富去就合适？”马小光怒极反笑，“梁壮壮如果知错能改，这话我就另说了，他现在啥情况你不清楚？要我一条条说吗？”

“那就是看你指导员的本事了啊。”周俊涛耸耸肩，“你是指导员，就是吃这碗饭的，你应该能把他的思想转变过来嘛。人不都说了，没有带不好的兵，只有不会带兵的干部，对不对？”

“是，我带兵水平不行，我这边请假不批，去你那儿一趟马上就批了！”马小光强压着火，可火苗依然从眼睛里钻了出来，“天天干活的推走，天天捣蛋的留下，你是这个逻辑？”

“噢，听你的就对，听我的就不对，你的逻辑就成立？”周俊涛也彻底变了脸色，“军务科要人就是个业务工作，业务工作我这个连长说了怎么就不行？”

“照你这个说法，发展党员归组织科管，叫谁入党也是我一个人说了算？”

“我的意见你不同意，那我也没办法。”周俊涛抬眼看天，“业务工作本来就应该以我为主。”

“你要这么说，那咱们就按规矩来，让各党小组推荐，拿出名单以后上支委会研究。”马小光也火了，“让大家发表意见，少数服从多数，个人服从组织。业务工作也是党支部领导下的分工负责，咱们谁也别说了算，让大家说了算！而且我还告诉你，参谋长要求上报人员名单必须支部书记签字盖章，正好开了会，定了人，我再签字盖章！”

“就这么点子事，非得搞得你死我活，有这个必要吗？”周俊涛低着脑袋想了半天，“实话跟你说吧，报谁我无所谓，反正就是一个兵，有什么区别？其实我也是准备报梁壮壮的，不过油运科是管咱们的，走一个司机肯定得给他们报一下对吧？我就给郭科长打了个电话，结果也不知道咋弄的，他让我换个人，正好军务科一个劲地催，然后不就……那什么……我就把任永富报上去了。”

“你报也应该跟我说一声啊！”

“我说了你能同意吗？”

“我不同意你就不说？”周俊涛这理由听着有些蹩脚，“你压根儿就没打算报梁壮壮，对吧？”

“不存在，我可没有这个意思。”周俊涛说，“这不是郭科长打电话了吗——”

“你意思是郭科长让你报的？”

"他也没这么说……"周俊涛尴尬地笑笑，"他说这是领导的意思。"

"领导?"马小光紧追不舍，"哪个领导?"

"具体他没说，反正我听他就是这个意思。"周俊涛嘬了嘬牙花子，"领导的事我也不能问那么多是不是?"

"好，那我现在就问郭科长。"马小光摸出手机，"我想问问他，上次司令政委刚在会上讲过机关严禁插手基层事务，仇部长在部里开会也专门讲过这事，怎么转头他就来插手? 反正老子也不想干了，爱谁谁!"

"别啊!"周俊涛赶紧挡住他，窘迫地搓着手，"别急啊伙计! 这个事我确实欠考虑，不过我不是要故意瞒你啊，军务科催得紧，那会儿你又不在连里，噢对了，你带车上山运油去了，打你电话也没打通……"

"所有人打我电话都能打通，就你打不通?"马小光盯着周俊涛，"你是连长，我是指导员，如果总是这样，这工作没法干了。我尊重你，也请你尊重我，这个要求不过分吧?"

"我可没有不尊重你啊。"周俊涛避开马小光的眼神和问题，像是从最初的慌乱中恢复过来了，"报都已经报了，下不为例，怎么样?"

"上次撞车的事就已经下不为例了。"马小光转身就走，"下不为例这词儿只能用一次!"

快走到车场大门了，忽听周俊涛在身后暴雷似的吼了起来。

"华亦实!"

“到！”趴在张卢语泽车上的华亦实赶紧站起来。

“你在那儿干啥？”

“报告连长，我在清洗空滤。”

“你那个猫是怎么回事？谁让你在值班室养猫了？”

马小光听不到华亦实说什么，他可能什么也没说。

“这是营区，不是动物园！”周俊涛的吼声震得偌大的车场都嗡嗡作响，“马上把它给我处理掉！”

马小光只是停顿了一下，然后走出了车场大门。他发现此刻陷入的局面正是自己一直以来极力避免的，这就是那个什么见鬼的墨菲定律吗？他像只无头苍蝇似的在营区里转悠，脑子跟他的运动轨迹一样乱七八糟。去年冬天那个下午，彭处长找他谈完话之后，他走出机关大楼时也是这样乱转的。唯一的区别是他没在机关大院里走。他不想让别人看到他失魂落魄的鬼样子，毕竟在这大院待了两年，多少还认识几个人，而这几个人每次见他总会问同一个问题：调动的事办得咋样了？从前他总是回答不知道，而现在他知道了。出了大院，他沿着马路一直走到天黑，最后筋疲力尽地坐在了北太平庄的马路牙子上，那也不过只在巨大的城市中走了小小的一段路。他看着楼宇上流光溢彩的霓虹灯，可惜将不会再在他的生活里闪亮。这一切跟他没有关系了，或者说，从来就没同他有过关系。他一直坐到车流渐息，才骑上自行车往回返，等回到大院时，两只手冻得几乎失去了知觉。第二天晚上，他提着装了一箱茅台酒的大袋子敲开了顾副局长的家门，其实在楼道里徘徊的那十几分钟时间里，他已经预感到了自己的结局。是的，结局。他从来没有如此清晰地意识到自己生命中一个段落的结束。这苍茫又虚弱的感觉无比准确，因为从顾副局长家出来时，他还提着那箱茅台酒。那是他第一次去顾副局长家，显然也是最后一次。顾副局长耐心又和气地肯定了他的能力和成绩，宽慰了他的痛苦和绝望，还一次次递给他茶几上的苹果和冬枣。他说的话和彭处长说的大同小异，都是同样的心有余而力不足。回到地下室，他甚至忍不住羡慕起那些蟑螂来了，至少它们不需要编制就可以随心所欲地留在北京。那一晚他彻夜未眠，翻了好几百次身，一直到上午九点，快递员上门取走了他七天无理由退换的那箱酒，但依然在订单记录和内心某处留下了令他羞耻的痕迹。顾副局长和彭处长都说了，他们很想留下他，但改革后的编制确实不允许留他，那时他愤懑而无助，觉得自己是天底下最不幸的那个人。可半年多过去，他不是也接受了曾令他无法接受的现实吗？自己的命运如何不济尚且都能接受，那他还替别人操什么心？就算任永富走梁壮壮留，又跟他有什么相干？

回到连里，马小光换上体能训练服和迷彩鞋下楼去跑步。他现在喜欢上了跑步，虽然速度还差点儿，但按张卢语泽的说法，只要一直这么跑下去，成绩提高到优秀绝无问题。问题是情绪缠绕着他的脚步，让他气息紊乱步履沉重，勉强跑了一圈就放弃了，慢吞吞地往前走着。

“哎，你们怎么回事啊？”肩膀突然被人拍了一下，马小光转头一瞅，杜依然正用两只圆眼睛看着他。

“什么怎么回事？”

“华亦实打电话说不让他养猫了，要放我那儿去。”

“放就放呗。”马小光有气无力地，“连队本来就不让养这些东西。”

“我觉得奶片让他精神状态好了不少呢。”杜依然说，“反正车场又没领导去，而且又放在隔壁的小库房里，养一下有什么不可以呀？”

“你别跟我说，这事儿我管不了。”

“你是指导员我才跟你说的好不好？”杜依然生气了，“这点事儿都不敢担责任，当什么指导员啊！”

“你当我想干这个？”马小光抬高了嗓门，“我早不想当了好吗？”

“好吧，不招惹你了。”马小光很想找个人吵上一架，哪怕是杜依然也行，可她却突然放缓了语气，“奶片你们不让养，我养好了。”

马小光在心里拉开了架势，杜依然却快步走开了。他只好怏怏地在操场上绕起了圈。天上有几片可有可无的云彩，沙枣树细长灰白的叶片在阳光下耷拉着，看上去百无聊赖又索然无味。一个又一个人从他身边跑过，有的戴着耳机，有的没戴，有的动作轻快，有的脚步沉重。他们在想些什么？他们会因为什么快乐或者烦恼？他们的世界是怎么个模样？马小光不知道，他只觉得周遭一切都令他烦躁。他一直就那么转悠着，快到饭点儿了他才往回走。其实一点儿胃口也没有，可他必须得去。哪怕硬着头皮也得去饭堂跟周俊涛面对面坐着，不然怎么办，还能挖个坑把自己给埋了吗？

晚饭不错。土豆红烧肉，蒜拌茄子，清炒苦瓜，番茄炒蛋，青椒肉片外加一道丸子粉丝汤。怕晕车在训保营饭堂没敢多吃，马小光一气干掉了两碗米饭和半根玉米。啃着手里的苹果时他才突然想起，自己很久没这么肆无忌惮地吃过一餐饭了，这是什么情况？是因为对面周俊涛常坐的那只天蓝色塑料圆凳此刻是空着的吗？

“你问问连长吃不吃饭，要吃给他打点儿回去。”马小光起身给张炎交代一句，径自出了饭堂。夕阳从背后照过来，他一路上都看着自己细长的影子贴着地面移动，在路上是平面的，经过树沟成了曲面，走到连队院门时，影子映在围墙上，从腰那儿折成了直角。他在北京时看过自己的影子吗？或者更久以前？他想不起来了，这些司空见惯的事物居然也让他生出了些许细密的思绪。

进了门，他一眼就看见院子里停了辆本地牌照的红旗车。难怪周俊涛没来吃饭呢，原来是有客人。马小光信步上楼，刚进房间摘下帽子，就听见有人敲门。紧接着一串响亮的笑声涌进来。

“哎呀，总算见到马指导员了！”面前这个穿着白色短袖和黑西裤的中年男人向他敬了个不伦不类的礼，“梁勇来向你报到了！”

四

一晚上没睡好，吃午饭的时候就犯困。可回了宿舍躺在床上，脑子依旧转个不停。加上隔壁齐志远一直在打电话，嗡嗡嘤嘤的声音也吵得他睡不成。于是干脆爬起来，打开电脑改起了下午上主题教育课要用的PPT。

刚改了没几页，听得门一响，接着就是齐志远探进来的脑袋。

“指导员没休息？”

马小光头皮一麻，知道这个中午又泡汤了。连队就是这样，几十口子人，大事小情都得找你。虽然很多时候你根本解决不了，可他们照样还会找你。季度评优为什么没有自己啦，驾驶室坐垫破了谁也不管啦，胸口老疼是不是得了癌症啦，对象把自己微信拉黑啦……这些还好办些，还有什么爹妈总问自己要钱啦，哥哥嫂子闹离婚啦，弟弟高考落榜啦，妹妹不念书跟人跑出去打工啦，下大雨家里的鱼塘鱼都跑光啦……这些你也得坐在那儿认真听着。因为你代表组织，找你其实就是找组织。解决不解决是另一回事，能听他们诉诉苦，他们就会舒服不少。

这就是连队的日常吧。连队本来就是两眼一睁忙到熄灯，两眼一闭提高警惕的地方，想消停也不太可能。这属于明面上的忙。就像营区墙外的麦地，但凡下了功夫，麦子长势就好。当然，什么地也不可能光长麦苗不长草。马小光刚从北京回来，就听大伙都在议论基地整编方案，据说这个神秘的方案已经在路上了，可走了那么久，还是光听楼梯响不见人下来，弄得大家都有些发急。马小光也急过。他在北京时正赶上改革的第一波浪潮，从前的四总部变成了十五个部门，陆军领导机构、火箭军、战略支援部队和五大战区相继授旗成立，随之而来的，是他所在的二级部改成了局，编制数精减到了从前的二分之一，而他一直盯着的那张椅子非但没坐上，连屁股下的那只小板凳也被抽走了。他像一粒沙，一个浪头便将他打回了戈壁滩。起初他认为自己是个倒霉蛋，不过后来他又不这么想了。因为他发现身边每个人或多或少都会被影响，像彭处长，同事们都以为他是副部长的最佳人选，但机关领导职数减少，马小光走时他依然还在处长位置上。从前机关参谋干事三年一动，干到正团职基本保底，而新编制中的副团职和正团职编制已经减了一多半，处里的几个干事也倍感压力。大概改革就是这样，总得让个体都付出一些代价，全局的改革才能得到足够的成本。基地作为训练机构，整编排得比较靠后，但从前来基地参加演习的作战部队那儿也能看出大致的情形。这些部队基本都从师或团改编成旅，机关编制也都大同小异，比照这些信息，大的变化显而易见。比如，司令部改参谋部；政治部改政治工作部；后勤部和装备部肯定要合并成保障部；干部科要改成人力资源科毫无悬念，从前军务科管的兵员这一块要挪进来；从前放在组织科分管的纪检工作八成也要独立运转，诸如此类。只不过具体到连队，各部队的情况千差万别，汽车连究竟改成什么样就说不清楚了。

尽管上级反复要求不要乱议论，可靴子不落地，嘴也很难管得住。相比之下，老兵比新兵更关注，干部比战士更关注，而齐志远比连里其他四个干部都关注。作为全基地唯一的上尉副连职排长，他的职务迟迟动弹不得。调不了正连，家属就随不了军，随不了军，他就没法儿转业，而转不转业可由不了他，这种局面令该同志异常焦虑，经常整宿睡不好觉，有几次马小光半夜查铺时，他铺上都空着，而人则坐在楼下洗车台上抽烟。更多的时候，他会跑到马小光这里来谈心，仿佛马小光掌握着什么秘密而不肯告诉他似的。特别是前两天听到张炎说连队很可能不再编设排长之后，这家伙又坐不住了。

“我刚才给我同学打电话了，张炎的消息不准。”马小光还没说话，齐志远已经一屁股坐下了，“我两个同学一个在汽车营当连长，一个在汽车旅当参谋，说他们新编制刚到，下面的运输连都是有排长的。”

“那很好啊。”马小光说，“这下你可以睡踏实了吧？”

“说是这么说，可人家是正经的汽车运输部队，一个连队比咱们人多不少，咱们只是一个保障分队，谁知道上面会怎么搞。”齐志远才打着希望的引擎，立刻又拉起了不安的手刹，“要是没有排长编制，那我只能滚蛋了。”

“我想滚蛋都没滚成，哪能轮到你。”马小光知道，宽慰这个活儿必须得表现得轻松才成，虽然他已经从邱海青那儿听说，汽车连的两个排长编制十有八九会被改成士官分队长，但在正式命令下达之前，他不能拿这事乱说，“你比我还小两岁，还没到点儿呢。”

“你是指导员，是主官，我是啥？副连职排长。你是高考上的军校，我可是当了两年兵才考的学。”齐志远数着指头，“你瞧啊，我当兵两年，军校四年，毕业五年，这已经十一年了，《现役军官法》我是认真学过的，里面规定连级副职最低服役年限就是十年，我都超出一年了，这要是没编制，不滚蛋还想咋？”

“《现役军官法》还规定连级最高服役年限三十五岁，你还早着呢。再说了，上次搞教育的时候不是讲了吗，改革期间的法律适用是要调整的。”马小光只能跟吃甘蔗似的，把好的那头往齐志远嘴里送，“我在北京的时候，机关精减得很厉害，空出来的员额不都充实基层了吗？你担心啥？”

“这么说倒也是啊。”齐志远想了想，“希望能像你说的一样。”

“我也希望跟我说的一样。”马小光笑笑，“希望大家都各得其所吧。”

“那你先忙。”见齐志远起身告辞，马小光刚松一口气，走到门口的齐志远却又停了下来，“指导员，有句话我不知道该不该说。”

“自己兄弟，有什么不能说的？”马小光颇感意外地看着齐志远，心下渗出些不好的感觉，“好话坏话我都洗耳恭听。”

“昨天仇部长出去，我给他出的车。”齐志远斟酌着语气，“路上他突然问我连里最近怎么样，我说挺好的。他又问你怎么样，我说我们指导员挺好，讲课写文章都是好手，跟大家能打成一片，还经常带车队上山出任务。”齐志远说到这儿停了停，“然后部长就问说，你们指导员刚来的时候是不是说过自己就是来连队混日子等转业的？我说我们指导员那时候刚从北京回来状态不好，后来工作都很认真。他隔了一阵又问说，你们指导员是不是天天逼着战士们背什么唐诗宋词？我说就是业余时间让大家学点文化，大家也挺喜欢的。部长说，连队现在这么忙，有时间学点业务不好吗？弄这些不着调的东西干啥？我就没再吱声。”

“嗯，我知道了，让他们说去好了。”马小光沉默了一会儿才抬头，“下午咱们搞教育，一会儿记得吹哨集合啊。”

课件显然是改不下去了。马小光坐在桌前喝了杯咖啡，努力让自己平静下来。却也难。领导的批评听过不少，可从别人口中听到的不满却还是头一次。看来自己认为正确的事情，在别人眼中并非如此。如果仇部长当面问他，他还可以解释一下——算了吧，有什么好解释的呢？

一直坐到走廊里吹起了起床哨，过一会儿又响起了集合哨，马小光才抱起电脑出门。战士们拿着笔记本三三两两地往学习室走，这时却听到一声熟悉的吼叫。

“齐志远！”周俊涛站在楼梯口，“谁叫你学习室集合的？”

“说的下午搞教育啊。”齐志远摸不着头脑，“指导员上午交代的。”

“搞什么教育，你不看看车搞好了吗？”马小光就站在学习室门口，周俊涛却像没看见似的训斥着齐志远，“车天天跑不停，今天有点空不检查一下，出了事你负责？”

傻子也知道，这是冲自己来的。这堂主题教育课宣传科布置下来一直没时间备课，人都在外面跑，一直落实不了。前天马小光本打算抽时间把课上了，油运科又通知往山上运维修道路的沙石，一直忙到昨天才算完事。马小光自己都天天在卡车上坐着，这种情况下显然没办法坐下来搞教育。昨天晚上回来后，他本来已经给周俊涛说好了今天上午搞车，下午搞教育，周俊涛没说什么。对一个正常人来说，没说什么就意味着默认，可对一个不正常的关系来说，没说什么大概就意味着什么也没说。

这已经不是第一次了。上周五一早，马小光就告诉周俊涛下午党团活动时准备搞个边塞诗会预演，周俊涛未置可否，马小光便布置下去了。这个边塞诗会是马小光为“八一”建军节策划的一场活动，为此还专门编辑了将近二百首历代边塞诗，排好版后在淘宝店给每人定做了一本小册子，花了他六百多块钱。两个多月前和周俊涛商量边塞诗会的事情时，他虽然没那么热情，至少还是同意的。

可最近几天，事情就变得麻烦起来。周五午饭时，马小光正在给许班迪交代活动流程，周俊涛却突然说下午要先去菜地劳动。菜地刚浇过水，人都没法往里走，周俊涛就让大家拿着铁锹修埂子，就连一向唯周俊涛马首是瞻的张炎回来都抱怨说全连都坐在菜地边上扯闲淡。即使如此，周俊涛还是把大伙摁在地头，直到五点半才回来，诗会预演只得作罢。

那一次，马小光选择了让步。不让步就可能起冲突，而冲突就会被认为不团结，而不团结首先就是他这个党支部书记的问题。他承认自己是在明哲保身，甚至时常在心里骂自己。从这布满了脏话的自省中走出来时，他依然选择了息事宁人。他当然清楚这为什么。那次在大车场跟周俊涛闹翻之后，周俊涛晚饭后又拿着打好的名单让他签名盖章，看来他已经给丁立军打了电话，知道必须要过马小光这一关。而马小光坚持让他把名字换回梁壮壮，这次争执以周俊涛摔门而去告终。

然后就是梁勇。这个人永远都在哈哈笑着，哪怕谈论的话题有多么不愉快。那笑声仿佛是他自带的背景音乐，连马小光都不免受到了感染。他在连部拉着马小光说了差不多一个钟头，从梁壮壮的身世到自己的经历，再到仇部长与自己的交情，言语间谦逊又自信，弄得马小光根本插不上话，周俊涛也只有在一边频频点头的份儿。后来他提议和马小光单独说几句话，而周俊涛居然很知趣地带上门离开了。趁着这么一小道安静的缝隙，马小光总算张开了嘴。

“其实梁壮壮在原来的单位就出过事，开车抢红灯把地方的出租车给撞了，受了个严重警告处分。”他看到梁勇正拉开手包拉链，

“他在原单位基本没怎么开过车，如果不是调回来的话，这会应该已经退伍了。我和他们原来的教导员通过电话，这个信息应该不会有错。”

梁勇的手停了下来。这感觉很像一篇商业软文，无论怎么动情地讲故事，到最后还是得言归正传，卖点东西。

“咱们这么说吧，让他上山换个环境，从头开始是最好的选择。没有比这个更好的了。”马小光觉得自己态度很认真，“他太依靠你了，他就成不了自己。我觉得他要上了山，没准就不用你天天这么费心了，要在我这儿，凭他现在的表现，别的不说，党绝对入不了，当然，我说的是我在这儿的情况下。”

梁勇临走时用力握着马小光的手，那手肥厚而湿滑。他还在哈哈笑着，但对马小光而言那只是个小插曲。

可是现在呢？现在怎么办？这跟从前不同。从前周俊涛不高兴时也会甩脸子，好歹那劲儿过去也就没事儿了。那种不快类似车辆轻微剐蹭，除了不太好看，倒不影响正常行驶。但这次不一样。好像是一个人踩着油门而另一个踩着刹车，车没怎么动弹，轮胎却烧得直冒黑烟。一秒钟前还乱糟糟的学习室瞬间安静下来。很长时间里，马小光都觉得连队的兵一个个看上去都傻乎乎的什么也不懂，现在才知道他大错特错。这帮兵非但什么都懂，而且比懂的人更厉害的地方在于他们懂也不说。他们当然看得出来连长和指导员中间出了些问题，但不会有任何人提这件事。他们都假装没看见，装作不知道。唯有此刻的寂静宛如雷声，震得马小光心里发颤。

“怎么了？”他在原地站了几秒后，假装不明白似的朝周俊涛走过去。走廊里还站着几个晚到的兵，他们正在观望究竟是听指导员的去学习室，还是听连长的下楼去保养车。他们在等待方向，而马小光不想因为方向不同而把连队扯成了碎块，他努力将表情调整成正常的模样，“连长有事吗？”

“我刚下去看了一眼，车一个个搞得狗屁不是！”周俊涛显得很生气，“天天搞教育有啥用？教育半天，轮毂上的泥照样都不洗！”

“你意思是接着去搞车？”马小光看着周俊涛，“晚一个小时不行吗？”

“我没什么意思，是要看实际情况。”周俊涛说着转向齐志远，“你是修理排长，你说！”

“这事哪轮到我说呀。”齐志远讪笑着，“这得你们领导定。”

“一个修理排长，车况咋样心里没数吗？”周俊涛不依不饶，“你说该不该搞？”

齐志远苦着脸不知道如何回话，求救似的望向马小光。

“要着急就先去搞车吧。”马小光冲齐志远摆摆手，“按连长说的办。”

“我是考虑这段时间光顾着弄大车，小车一直没顾上管，过几天工作组来了，小车也都得往山上跑了。”周俊涛大概是没想到马小光这么痛快就同意了，愣一下又说，“主要也是为了安全，你说是吧？”

“挺好，没毛病。”马小光矜持地点点头，转身回了房间。关上门，他握紧拳头对着被子一通猛击，方方正正的被子被捣出一个大坑，不过被套中不明就里的棉花们又很快撑起了那坑。也没什么，这不过是命运的一小部分。命运充满了狗血的剧情。就像你兴高采烈地去了北京，又灰头土脸地滚了回来。就像孟佳怡拥抱了你又将你推开。命运总的来看是随机的，不是吗？你生在谁家，是男是女，能活多久，摊上什么样的领导和哪一个搭班子的主官都由不得你，所以你只能先接受命运赏赐给你的一切，然后再琢磨着怎么在命运的框架内做出选择。这一次你又选择了忍让，因为你认为这一切与自己多年来的机关生活有关。机关永远都是含蓄的，级别越高越含蓄。在基地机关时，刘科长还曾严厉地批评过你；而在北京，彭处长连一句重话也很少说。他对你起草的材料不满意时顶多只是不停地咂吧嘴。啧。啧。啧。中间还会叹上好几口气。他并不多说什么，因为他知道这对你来说已经足够了。你感受到了压力，然后会通宵达旦地把这材料改得让他点起头来。身处机关大楼就意味着置身同一个语境，无须多言，点到即可。而周俊涛对你来说是一个全新的事物。你像是一只中华田园犬，而周俊涛则近乎一只袋鼠，你知道这个物种却对它的习性一无所知。他不按常理——或者是你不懂这个常理——出牌，他总在试探你的底线，而你不得不一次次后退。你脑海中无数次地闪现过与周俊涛决裂的场景，有的时候你甚至已经将他打得满地找牙，然而当你冷静下来后又觉得自己像个赌气的小孩。你总是安慰自己说，你还是打算走的，对吧？你已经是曾经沧海难为水的人了，怎么可能会在这个破连队一直混下去呢？你还会说，你不愿意跟周俊涛正面冲突只是因为你想维护大局，不想把连队弄得四分五裂乌七八糟，问题是你准备退让到什么时候？

马小光不知道。他给自己搞了半天心理建设，心潮依旧翻涌难平。他站在窗前，看着车从库里一台台驶出，突然觉得有些难受。

你只是个局外人。

这感觉又一次涌上来。在北京时他是个局外人，因为他没有得到那一张任职命令，而身为汽车连党支部书记和指导员的他居然还是个局外人，这让他突然间感到惶恐。他的脑袋留在了并不打算收留他的北京，而人却在这个他不想进入的连队。身首异处的马小光站在窗前抽了两根烟，还没想出应该怎么把自己重新组合起来，却听到楼下一阵哄笑声。他不知道这帮家伙在笑什么，他可一点儿也笑不出来。

从窗口望出去，只见一帮兵正大呼小叫地看梁壮壮像抓鸡似的抓着一只大鸟的翅膀往墙根一扔，那鸟一个趔趄差点摔倒，赶紧呼啦一下张开翅膀，晃了几下才站住。

“梁胖子你干啥，这还是只小鸟呢！”巨星辰叫起来，“别给人弄死了！”

“这还是小鸟？”梁壮壮说，“我奶家养的公鸡都没它大。”

“没看见它还不会飞呢吗？”巨星辰强调着，“公鸡也经不起你这么折腾！”

和马小光想象中站在午夜树杈上鸣叫的模样不同，这只猫头鹰差不多有四十厘米高，毛茸茸的脑袋左转右转，两只黄澄澄的大眼睛透着惊恐，感觉快要吓哭了。看上去非但没有丝毫猛禽的风度，倒像是个幼儿园的小娃娃。梁壮壮往近走一步，它就往后缩一点，问题是背后就是墙，缩着缩着就无处可缩，只见身子一歪便倒在了地上，那狼狈样儿逗得兵们大笑起来。

“这哪来的猫头鹰?”齐志远小心翼翼地站在一边。

“我开车经过正好看到了，就弄回来玩玩。”梁壮壮得意地笑着，“这东西能养起来吗?”

“这是保护动物，私人怎么能养?”许班迪拄着拐站在楼门台阶上，“净胡闹!”

“我们又不是私人，我们是部队，部队算公家呀。”梁壮壮不服气，“可以关在车库里。”

“夜猫子不好惹。我爷说了，夜猫子会数人的眉毛，如果数清楚了，就会把那个人的魂给勾走。”任永富说，“你们晚上都小心点啊，听到夜猫子叫就赶紧弄点口水涂在眉毛上，这样它就数不清楚了。”

“别鬼扯了!”梁壮壮不高兴地说，“它要是从水塔上掉下来，它亲妈也把它弄不上去，碰上我算是它的运气!”

马小光在窗口正听着，一片阴影冷不防从头顶扑来，他本能地缩了下脖子，只听得耳边掠过呼啦啦的声响，抬头一看，一只大鸟刚从人群上空掠过，翼展差不多能有一米，直冲着墙根的小猫头鹰飞去。围成一堆的兵们顿时四散跑开。它像架轰炸机似的不住盘旋，在水泥地坪上画出游动的阴影。飞了一会儿，又落在对面的车库顶上，瞪着两只大眼睛居高临下地俯视着，不时发出悲愤的叫声。

“赶紧把它弄到车库去!”小猫头鹰看到家长来了，顿时发出嘶哑的叫声，扑动着翅膀想要逃走，可惜还没学会飞行，扑腾了两下就被梁壮壮抓住了翅膀，“先关起来再说!”

马小光正要下楼阻止，却听见周俊涛推开窗户，冲着楼下大吼起来。

“人家好好的一个鸟，你们折腾它干啥？梁壮壮你是吃撑了还是闲得蛋疼？”马小光看见周俊涛半个身子都探出了窗外，“马上把它给我送回去！从哪儿捡来的就给我送回到哪儿去，听到没有，现在就去!”

五

去大车场查完铺回来，见办公楼邱海青办公室窗户亮着，马小光想也没想便上了楼。他需要找个人聊聊，邱海青无疑是最佳人选。事实也是如此，他只说了个头，邱海青知道了结尾。

“两个主官意见不一致最头疼，不过也没什么大不了的，关键是看谁站在理上。”邱海青给马小光冲了一纸杯茶，“不过这个理不是你俩自己的理，你俩说没用，那看谁手里有谁也不敢不服的理，不然的话就顶在那儿了，像你们现在这样。”

“我本来是想开支委会讨论的，可书记副书记意见都不一致，这会也没办法开。”马小光叹口气，“开的话就得逼着几个支委选边站，我觉得也不对。”

“没错，不开是对的。像让谁上山这种事，周俊涛八成是得了梁勇的好处，这好处可能还不小，所以才会拼命护着梁壮壮。他心里能不清楚这事办得不漂亮吗？不可能，他清楚得很，他只是必须要办，不能不办。”见马小光一副愿闻其详的模样，邱海青也就不吝赐教了，“你让梁壮壮上山这事没什么毛病，不过这种事情各有各的理，你和周俊涛的理都不算特别有力，都不能压制住对方，所以要是我的话，我会把我的意见说出来让他难受难受，然后做个顺水人情拉倒。说白了，谁上山对你来说没啥区别，这属于可上可下可咸可甜的事，你也没必要为了一个兵跟周俊涛搞僵。”

“问题是……他给梁勇交代了，任永富谁来交代？任永富也是你带过的兵，人家两年都没休过假了，春节还在往山上送水，别人不愿意干的活儿都派给他，早晚还要接送孩子上下学……现在突然把人家弄走，这能说得过去吗？叫连里战士怎么想？老实人就得吃亏？我觉得这不公平。”

“公平这东西，看怎么说了。张三觉得公平，李四就不一定。反过来说也一样。这时候你得站远一点看问题，不然就把你绕进去了。咱们从另一个角度想想，任永富没准还愿意上山呢。为啥？因为山上地区补助比山下高，他一个月能多拿差不多两百块钱，何乐而不为呢？”见马小光不吱声，邱海青笑着给他纸杯里续点水，“我就是随口这么一说，我的重点不在这儿，是在你准备上课时突然把人拉走这种事情上，你绝对不能让步，这才是重点。”

“为啥？”

“因为这是你的底线！他这么搞，把你当什么了？主题教育是全军都在搞的重大活动，他周俊涛算老几？这事都敢阻拦？我在的时候他也玩过这一套，也是人要集合学习了，他说要去搞车，我当时就没给他客气，当场拿电话就要给张主任打，吓得他脸都白了，赶紧说他记错时间了。这是啥？这就是硬道理。你要不把这个硬道理拿出来，他怎么可能尊重你？包括你说的那个军事主官上党课的事，他不是不想上吗？好办啊，到时候你就把领导都请去听课，你看他讲不讲？”

“这样不好吧？”马小光听得一愣一愣的，“再说领导也不是我说请就能请动的。”

“你请不了，可以找人请啊。你可以跟刘科长说，跟张主任说，就说周俊涛讲得好，请严政委去听！”邱海青挤挤眼，“这么重要的事他不重视，怪谁？那不活该吗？你得让他搞清楚，连队是两个主官，可不是他一个人的，你呢，就是太温良恭俭让了，这不行，该硬气的时候就得硬气。”

“无所谓了，我还等着年底打报告转业呢。”马小光笑笑，“对了，新编制下来以后，像齐志远这样的老排长怎么弄？”

“你看你看，一边说着要走，一边还想着齐志远的事。责任感这么强，哪儿像个想走的干部？”邱海青笑起来，“要不我怎么服张主任呢？他就是会看人。这事得看领导安排了，改革嘛，总得有人吃亏，对不对？”

又坐了一会儿，马小光觉得心里微微松快了些。据说人一辈子得认识一万个人，而真正能说点儿知心话的没几个。他有吗？从前在基地时就是一个邱海青。在北京时曾经有过一个李宇轩和一个孟佳怡，可惜都消失了。现在连里许班迪能算一个，但肯定也比不了邱海青。这大概也是为什么在北京那两年，别人出差去找他他有时就躲了，只有一个邱海青是他愿意去见的。哪怕再忙再远，他也得去见上一面。有这么一个人，总能让他心里踏实一些。不过对于邱海青“晚点叫你一起出去喝两杯”的提议，马小光还是婉拒了。

出了干部科办公室往楼梯口走，就听到走廊里有人叫他。马小光转头一看，丁立军正冲他招手。

“又加班呢！”马小光心里暗暗叫苦，生怕丁立军问他抽调人员名单的事，却不得不硬着头皮打个招呼，“辛苦啊！”

“我们就是个干活的命。”丁立军嘿嘿笑着，“下午忙得忘了给你讲了，你们那个上山的人不用报了，你回去给老周也说一下吧。”

“怎么又不报了？”马小光吃了一惊，“参谋长说的？”

“是啊，你们仇部长找了孙副司令和参谋长，说你们运输任务太重，他自己的司机都贡献出来了还拉不开栓，首长也就同意了。”丁立军挑了马小光一眼，“连队还是很有意思的吧？”

“有意思，太有意思了。”马小光打着哈哈，逃也似的走掉了。

这又是什么路数？马小光没想明白。这是他从未想到过的结果，可确乎是个结果。接下来的几天，一切渐渐又恢复正常。虽然这正常也只是相对而言，周俊涛对他依然是爱答不理，好在不再是之前那副剑拔弩张的模样，至少大家可以坐下来开一个支委会了。政治教育没有再被搅黄，边塞诗会也能按部就班地准备，这也就可以了，他也不能要求太多，不是吗？他实在没想出什么好办法来打破这长久以来的生疏感。像是玉渊潭公园湖面上的冰，只要冻上了就只能等到春天，他不可能像那些皮肤发红的老男人一样，每天中午拿着根长长的木棒去敲打湖边的同一块冰面。他们从结冰的第一天就开始敲打，整个冬天都在敲打，这才能保持那小小的一片水域不被冻住。即使他想这么做，看上去也已经晚了。

他也试过。就像今天上午，他犹豫再三，还是决定和周俊涛商量一下让张卢语泽去参加汽车兵比武的事。可周俊涛的口气令他感觉自己像个纯正的外行兼傻瓜。

“就他那水平还比赛？别逗了。连里我随便拉个人出来都比他强十倍。”

“我了解了一下，比赛不光是驾驶技术，还有体能和射击，张卢在这方面还是有优势的。”马小光还在努力营造一个讨论的氛围，“行不行试一下也没坏处，起码可以学学人家的实战训练方法，好的咱们也可以借鉴借鉴，这不挺好吗？”

“你没看连里都拉不开栓了吗？天天派车上山，小车司机顶大车，机关用车又没车，天天都冲我瞪眼睛。”周俊涛说，“张卢参加集训和完成连里任务哪个重要？这个就不用我说了吧。”

“一个兵也就是连里的几十分之一，但对他自己就是百分之百。”马小光说，“平时没这个机会也就算了，现在正好有这个机会，他去了没准真能被选上，那也是连里的光荣对不对？”

“免了吧。郭科长到现在还心疼他的鞋呢！”周俊涛看着手机，“还是别折腾了，把连里的活儿扛下来我就谢天谢地了。”

“我有个想法，不知道合不合适。”马小光沉吟片刻，“修理排的兵其实都会开车，能不能把他们用起来呢？”

“修理排？”周俊涛愣一下，又嗤笑一声，“你这个说得有点扯了。就好比航空兵部队搞机务的，他们天天维护飞机，当然比飞行员还熟悉，但能叫他们去升空作战吗？”

“你这是在用特殊否定一般，学车怎么能跟学飞行比？我在驾校学车的时候，有个五十多岁的大妈还跟我一个车学呢，照样也考上驾照了。”马小光笑笑，“我在北京的时候跟工作组去过几个运输部队，我记得有个汽车团就是要求从常委到每个兵全都会驾驶，他们把机关的公务员、打字员，包括炊事员都拉去学车，训练口还转发过他们的经验。真要说起来，修理工对车辆构造原理的理解其实比司机更深入，只是增加点驾驶经验就没问题。”

“这不是咱们考虑的事。”周俊涛漫不经心地玩着手机，“编制就是一个汽车排一个修理排，汽车排就是开车，修理排就是修车，要让修理工都去开车，出了事算谁的？”

“可以送出去培训啊。”马小光说，“现在修理排任务也不饱满，如果分批送出去培训，有修理任务就修车，没修理任务就出车，像现在比较忙的时候，人手就不那么紧张了。”

“这又是许班迪跟你忽悠的吧？”周俊涛抬眼看一下马小光，“他的主意都在八千米以上飘着，根本不现实。就说送出去培训，上头下来的送学指标那是一个萝卜一个坑，学车是学车的指标，学修理是学修理的指标，你叫修理工去学车，新兵还去不去？”

“这是我自己想的。”马小光说，“修理工我们可以自训啊！咱们有人有车有场地，为什么不能自训？”

“自训谁给你办驾照？咱们又不是司训大队，可没这个资质。这么说吧，车上的事，你能想到的我早都想过了，你没想到的我也想过了，能干的我早干了，不能干的也没必要折腾，就这么简单。”周俊涛收起手机起身，“不说了，我得上山去了，今天得往下拉石头呢。”

马小光尴尬地沉默了。你确实说得多了点儿。你忘了在北京时，每个干事分管一摊或几摊，绝不会去过问其他人的事情。每个老干事办公桌上都有一部军线电话，人不在时即使电话铃声震天响，其他人也不会去接。那你现在干吗要操这些闲心？张卢语泽去不去参加比赛跟你有毛关系？司机不够关你屁事！冤有头债有主，司机不够出不了车领导会找周俊涛，人家都不急，你急个什么劲儿？那么多要学的红头文件、要搞的政治教育、要写的汇报材料、要填的登记统计、要做的思想工作、要应付的上级检查，随便哪一件不够你忙个半宿的，你管这些干什么？你不是一直打算要挂冠而去的吗，噢，这会儿又开始以天下为己任了？你到底有没有点儿主意啊！

“行，我就是提个建议。”马小光起身告辞，走到门口又停下来，“上次给机关报了你这周五的党课，你最好还是认真准备一下，没准领导会来听课呢。”

“听他们忽悠呢！我已经问过了，周五下午党委开民主生活会，首长哪有工夫干这个。”周俊涛撇撇嘴，“机关最喜欢拿领导说事，这种我见得多了。”

话不投机，马小光只好回了房间，打开电脑想修改一下他的边塞诗会方案。他想把它搞得跟电视上的诗词大会一样有趣，虽然周俊涛对此不以为然。可好一阵也进入不了状态，只好拿出手机刷起了朋友圈。在北京加了不少人的微信，现在却都没了联系。也不奇怪。没人会到这大戈壁滩来找他，既然不找他，那还有什么可联系的呢？换句话说，他对别人而言，已经失去了价值。那他还有价值吗？他不太愿意去想这个问题。他只是飞快地滚动着手机屏幕，任那些美食、风景、人生感慨和网红打卡地从他眼前飞驰而过，直到他的大拇指一个紧急制动，又缓缓地倒了回来。

六

孟佳怡的朋友圈。

他看到了孟佳怡的朋友圈。

她有阵子没发了，马小光一度以为自己被她拉黑，事实上并没有。她依然存在于自己的朋友圈里，就跟顾副局长彭处长肖干事崔干事张干事一样，虽然他们早已失掉了联系。只是此刻，马小光认为还是把自己拉黑了好，这样就用不着看眼前的这张照片了。照片本身并没有任何创意，不过是两只握在一起的手罢了。背景是一条红色的步道，看着像是奥森公园，他和孟佳怡曾去过那儿两次。孟佳怡穿着全套的跑步行头，不过并没真的去跑，她只是让马小光一个劲儿地替她拍照——马小光总是能清楚地回忆起这些瞬间。唯一令马小光呼吸困难的是，居上的那只手属于孟佳怡——她虎口处有个小小的痣，并且喜欢用“姨妈色”的指甲油——无疑，而下面那只大一号、指节粗壮又长着几根汗毛的手却不知属于哪个男人。

配图的文字言简意赅，只有一个字：嗯。

“嗯”是什么意思？是附和是赞同是接受是允诺是官宣，是执子之手与子偕老情投意合以身相许吗？马小光的心一个劲儿地往下坠，重力加速度令他一时间喘不过气来，直到“啪”的一声摔成了无数碎片。马小光死命地盯着那双该死的手，试图让自己一笑而过，可他失败了，他像逃离过敏原一般把手机扔在桌上，这才发现身体在微微地颤抖。他强作镇定地走到水房，拧开龙头把发烫的脑袋伸过去，刺骨的水流激得他差点儿叫出声来。前几天他看见杨林把西瓜放在水龙头底下冲着冰镇，他还批评说这是浪费宝贵的水资源。而他现在却浪费水资源来冲刷自己白痴一样的脑袋。等身体受到的折磨约等于精神时，他才像条落水狗似的用力晃了晃脑袋，滴答着水走回了房间。

用毛巾擦干头发，又抽了两根烟，似乎并没有好转的迹象。马小光俯首呆坐，弓起的背像是准备抵挡正在涌来的第一波苦楚。从前他以为孟佳怡没有删掉他的微信是余情未了的表现，现在才明白人家只是当他不存在罢了。被冰水刺激过的头皮和皱缩的心脏同频跳动，像秒针提醒时间流逝一样提醒马小光正在经受的痛苦。也不知他顾影自怜了多久，文书推门进来了。

“指导员，你咋了？”

“没咋。”

“你脸那么红。”

“关你屁事。”

“好吧。有电话找你。”

“谁的？”

“不知道，问他不说。找连长没在，就说找你。”

“指导员吗？”马小光拿起电话，听得一个介乎高三到大二的年轻男声，“你让26号猎豹车到我家来一下。”

“你哪位？”马小光的口气跟冰镇过的脑袋一样冷，“你家又是谁家？”

“严建峰家，知道了吧？”

“严政委用的是2号车，不是26号。”马小光脑子多转了一秒才明白对方说的是谁，“但你是哪位？”

“他是我爸。”

“动车需要出车命令，你有吗？”

“我昨天给你们连长打电话，他都给我出了。”

“那你找连长吧。”

“他不是不在吗？他要在我还找你啊！”

“那你等他在的时候找他好了。”

“我打他手机了，没接。”

“那就接着打。”

“哎，你什么意思啊！”

“出车要有命令，没有命令不出车，这就是我的意思。”

“你是谁啊？”

“我是汽车连政治指导员马小光，听清楚了吗？”

“你怎么那么牛逼啊！”

“因为你没资格指挥我，明白了吗？”

扣掉电话，马小光却觉得心跳得更厉害了。他很想干点什么，比如把车开到一百二十迈，跑个三千米，或者去营区暴走都行，可他什么也没干，就那么一直呆坐着。也不知道坐了多久，手机响了起来。

见是周俊涛的电话，马小光看都懒得看。政委的儿子怎么了？没出车命令谁也别想出车！换了别的时候，这事儿就算了，今天谁说也没用！马小光兀自恨恨地预演着尚未发生的争执，直到电话第四次响起来，他才极不情愿地接了起来。

“你怎么不接电话啊！”周俊涛的声音时断时续，“能听到吗？”

“听到了，你说。”马小光冷冷地说，“政委儿子给你打电话了？”

“你说啥？我听不清楚！”周俊涛喊着，电话里灌进风声，“梁壮壮的车开到沟里去了！你赶紧叫人把吊车开过来！”

“人有事吗？你们在哪儿？”盘踞在马小光脑袋里的孟佳怡被瞬间驱离了，只剩下一片空白。“人没事，我们在茄子梁。”周俊涛估计是爬到路边的山坡上才打通的电话，“你找人赶紧把吊车开过来。”

“谁开啊，任永富不跟你一起上山去了吗？”马小光好一阵才回过神儿来，“连里谁还能开？”

马小光没听清周俊涛说什么，电话便断了。哈哈哈哈哈哈。雾霭般的茫然中传出一串笑声，这不是自己心里在发笑吗？你为什么要笑？这幸灾乐祸的笑声再次证明了你不过是一个货真价实的庸人，难道不是吗？一只猫会因为另一只猫掉进了井里而开心地喵喵叫吗？或者一只猫头鹰会因为另一只猫头鹰被人从水塔底下捉走了而兴奋地飞舞吗？这样说来，你简直连只鸟都不如！好吧好吧，让你重来一次，认真想想这事该怎么办吧！

马小光定了定神，又打了好几次周俊涛的手机，都提示无法接通。这个事他从来没遇上过，赶紧跑去找许班迪。

“也就任永富了，其他人根本没开过。”许班迪搬起打着石膏的腿放到地上，“现在要任永富下山再开上去，没三四个钟头根本到不了。”

“那怎么办？”马小光没了主意，“赶紧想想办法。”

“连里肯定没人能开。”许班迪不紧不慢地说，“有个人能开，可惜不是连里的。”

“你说谁呀？”马小光反应过来了，“米天宝？”

“是。”许班迪想了想，“不过他不一定愿意去。”

“你赶紧给他打个电话问问，需要多少费用，到时让连长找油运科报去！”马小光眼巴巴地望着许班迪，“快快，赶紧打一个！”

电话倒是打通了，可不论许班迪怎么说，米天宝就是不肯去。

“不是钱的事，我在外面干着活呢，真的去不了。”凌乱的机械轰鸣声里，米天宝还不忘说点风凉话，“周俊涛那么喜欢梁壮壮，那就叫他自己把车开出来嘛！”

“行了行了，我不跟你废话了，让指导员跟你说！”

“指导员也在？”

“在啊，我开着免提呢，你说的话指导员都听得见！”

“我去，许副你也太那个了吧。指导员，你真在啊？”

“是我呀，马小光。”马小光并不认为在就有什么屁用，只得答应一声，“你真来不了吗？”

“指导员好，我这会儿确实是在工地上……算了，不管他了，我现在过去找你们!”马小光还没想好怎么跟米天宝说，他却已经应承下来了，“你们给北门岗哨报一下车号，我马上开车过去!”

“这家伙，我说半天没用，一提你他就来了。”许班迪笑，“你不就送他一个打火机吗?”

“我也奇怪呢。”马小光边说边往外走，“一个打火机这么管用?”

马小光前脚刚到大车场，米天宝也开着车到了。华亦实已经拿着行车包等在了吊车边上。米天宝穿着一身没有领章胸标的迷彩服绕着车检查一圈，爬进了驾驶室。

“能开吗?”马小光跟着爬上车，紧张地望着米天宝，“这车好久没动过了。”

“能开，我走之前跟任永富交代过，叫他每个月发动一次在车场跑一跑。”米天宝很肯定地说，“这车不像别的，啥时要用你都想不到，只能随时准备着。”

“那太好了!”马小光松了口气，“像这种专业机械都是按小时计费的吧?”

“对，一小时一万。”

“啊?”马小光愣住了，“不能吧?”

“给不起了吧?”米天宝瞥马小光一眼，“开玩笑的。”

“那还耽误你工作呢。”马小光想了想，“该补偿的还得补偿。”

“指导员，咱们不谈钱了好吧。”米天宝手停在点火开关钥匙上，“再谈我就不去了。”

“好好，我不说了。”马小光赶紧点头，“就是，你现在是扶危济困的大侠，大侠可是雇不来的。”

“我现在还是预备役上士呢。”米天宝打着车，“在连里没晋升上士，没想到退伍倒还升了一级。”

见米天宝笑了，马小光悬着的心才放下来。老司机就是老司机，开着个大吊车跑山路，速度一点不比卡车慢。两个人有一搭没一搭地闲聊着，好在米天宝还挺健谈，不然的话，马小光还真不知道怎么填充这略显陌生的沉默。

车上了茄子梁，远远就见周俊涛带着几个人站在路边，再往前开，冲进沟里的卡车屁股也露了出来。连马小光这个外行都看得出来，肯定是梁壮壮经过这个U形急弯时没有提前减速，要么就是速度没减下来，车才没转过弯，直接栽进了路边的沟底，保险杠右角抵在石头上，左后轮悬在半空，副油箱也被磕出个大坑，看上去车损不算很严重，歪倒的样子却很难看。

“辛苦你了啊！”周俊涛犹豫一下，走上前跟米天宝打个招呼，“你看这个好弄吗？”

“我试试吧。”米天宝没什么表情，“来几个人帮我拿一下钢丝绳。”

“你还愣着干吗啊！”周俊涛冲着站在一边发呆的梁壮壮吼起来，“你还等谁替你干活呢？”

梁壮壮面红耳赤地走过去，跟其他人一起取下吊车上的钢丝绳。米天宝前后挪动了几次车，这才把吊车支腿放下来固定好。接着又跳下车，一个个指挥着挂点，最后挂上了吊钩。准备就绪后，他回到车上，熟练地操控起来，长长的吊臂旋转伸出，绷紧了的钢丝绳咯吱作响，马小光仰着脖子看着伸向半空的吊臂，轰隆声中，歪斜在沟里的卡车开始缓缓地离开乱石遍布的沟底。

“你怎么把他叫来的?”周俊涛站在马小光身边小声问,“他愿意来?”

“他这不是来了吗?”

“他提钱的事了吗?”

“没有。”

“我估计是要等活儿干完了再提。”周俊涛看着慢慢收起的吊钩,“我记得整个县城加上咱们这儿一共就三台十六吨吊,这工时费算下来也不少呢。”

“他说不要钱。”

“噢,这样啊。”周俊涛没再吱声,一直看着卡车平稳地落在了路面上,他才转头向马小光,“你带烟了没?”

马小光掏出烟递过去,周俊涛一把抓过来,快步迎向跳下车的米天宝。

“谢谢你啊天宝,你可是帮了大忙了。”周俊涛递上烟,“来一根?”

“不用,我有。”米天宝摸出自己的烟点上,“现在没我啥事了吧?”

“工时费你算算,回头给你补上。”周俊涛说,“不能让你白跑一趟。”

“不用,我也不差这点钱。”米天宝扫一眼旁边的几个兵,目光落到梁壮壮身上,“就是过来玩玩。”

“你看你当时非要退伍,要留下多好。”周俊涛拍拍米天宝的肩膀，“不过当了兵还是不一样，若有战召必回，对吧？”

“那得看是谁召了，有的人能召得回，有的人就不一定了。”米天宝把身子往回缩一缩，避开一脸讪笑的周俊涛，又把剩下半截烟扔在脚下碾灭，转头冲着梁壮壮，“胖子，你这车开得可不咋样啊，好好练练吧！”

梁壮壮张了张嘴，却什么也没说，只是把脸别到了一边。

回去的路上，马小光感觉他跟米天宝突然熟悉起来，不再像上山时那样不自在了。一路上他都在听米天宝讲连里的故人旧事，像什么自己刚学车回来跟班长复训，动作做不好手背都被改锥把打得青紫啦；什么班长给新兵五块钱让他去买“芙蓉王”，新兵拿着烟还找回五块钱啦；什么他有个同年兵从来都不洗袜子，最后被他们合起来揍了一顿啦；什么一个司机把大车场门柱子撞倒了，连长让他自己去修啦；什么去山上拉羊粪，去牧民家里吃羊肉啦；什么前几年实弹射击的时候，为了在射击区捡导弹残骸跟老百姓打架啦……那些趣事如此新鲜，而马小光闻所未闻。或许是因为他来连队的时间还太过短暂，要么就是他从来都没有真正关注过这些兵的生活。

“其实我今天没打算来的。”上了国道，米天宝突然问，“你知道我为啥又来了？”

“我也纳闷呢。”马小光说，“为啥？”

“因为你不同意把永富调到山上去。”

“你怎么知道的？”马小光心下一惊，这事他连许班迪都没说过，“我没跟任永富说过呀！”

"梁壮壮找了永富，说你非要把他调走，所以他跟永富提出来，说给他拿两万块钱，让永富主动申请调到山上去，这样他就可以留下了。"米天宝表情淡淡地，"永富问过我，我让他自己看着办。"

"他没申请过。"马小光愣了愣，说。

"是，他要真申请了，我非弄死他。"米天宝笑笑，"永富跟我说，指导员为了他跟连长都闹翻了，他要拿梁壮壮的钱，那不就是把指导员给卖了吗？这事他干不出来。我觉得他这话说得还算是句话。"

"也没那么严重。"马小光想了一会儿，"反正这事也过去了。"

"事情是过去了，但总有人能记得，你说呢指导员？"

马小光看着米天宝，微微点一点头。他突然发现自己其实一点儿都不懂连队，也根本不了解身边的那帮兵。他不了解，或许是因为他从来都没想过去了解他们。

七

两点一刻起床，两点半学习室集合。战士们都坐好了，该来上课的周俊涛却还没到。马小光让张炎催了一次，回话说正在洗漱。又等了几分钟还不见人，马小光只好自己去叫。

"这两天整顿都把人折腾死了，哪有力气上课！"周俊涛往脸上搓着油，"反正又没人检查，就当我上过不就完了吗？"

"那怎么可能？军政训练时间都是有规定的，又是周五党团活动时间，所有教育都是要记录在案的。"马小光说，"话多则长，话少则短，但不讲肯定不行，大伙儿都等着呢。”

“我去，这一天天的。”周俊涛不耐烦地说，“我啥都没准备，这不形式主义吗？”

“这看怎么说了。你要随便应付两句，那还真是形式。你要讲得战士爱听，听了能有点感悟，那就是务实。”马小光说，“你可以不用稿子，拉家常式的讲课也不是不可以，而且我半个月前就给你说了，你多少肯定也有个腹稿，对吧？”

“腹稿是啥意思？”

“就是你肚子里已经有想法了。”

“我肚子里都是屎好吧？”周俊涛在桌上翻出个笔记本，“行吧，非叫我上，那我就上好了。”

正说着，马小光手机响一下。

“政委马上去听你们党课。”

邱海青的微信后面带着两个“坏笑”的表情，却把马小光吓得不轻。还没来得及问清真假，组织科刘科长的电话跟着打了进来。

“严政委刚说要去你们连听党课。”马小光的脑袋“嗡”的一声，“你们准备得怎么样了？”

“我们……”马小光看着对面的周俊涛，“正在准备着呢。”

“正在准备是啥意思？做课件了没有？最好不要有错别字啊，政委为这事都批评过好几次了！”刘科长听上去急匆匆的，“反正你们赶紧准备好，政委和主任马上下楼了！注意军容风纪礼节礼貌，还有报告词！”

挂了电话再看，周俊涛正直勾勾地望着他，像是被雷劈傻了似的。

“下午领导不是开民主生活会的吗?”马小光还头一次见周俊涛慌成这副样子,“严政委已经出来了?”

“对，刘科长说政委跟张主任已经下楼了，马上过来听党课。”马小光说,“让你赶紧准备好。”

“我准备啥啊，我啥也没准备啊。”周俊涛绕着椅子转了几圈，“我去，昨天我还问了邱海青，他说今天下午的民主生活会下午照常开呀!”

“刘科长说上面首长日程变了，啥时来基地参加民主生活会时间再定。他们也是上午才接到的通知。”马小光指指周俊涛手里的笔记本,“你这不是准备了吗?”

“这是我的政治学习笔记本，我是想着拿去装个样子的，我真的一个字都没准备。我哪会写这个啊!”周俊涛脸变得煞白,“完了完了完了，这会儿现抄都来不及了，这下彻底完蛋了。”

“连长，指导员!”文书火急火燎地跑进来，像个看见消息树被放倒了的儿童团员,“我看见政委往咱们这边过来了!”

“我去!”周俊涛往窗外一瞅，立刻又把脑袋缩了回来,“这下真的要熄火了！咋办啊老马，你赶紧帮我想想办法!”

“别急，你先下去迎一下首长。”马小光闭上眼睛想了想,“然后带他们在俱乐部、阅览室去转一转，最好能拖上个几分钟再去学习室。”

“然后呢?”周俊涛眼巴巴地望着马小光,“去了学习室咋办，我也讲不出来啊!”

“我会让你讲出来的。”马小光说着往外跑，“你先在楼下让首长看看车辆装备修理间什么的，多看一会儿更好！”

“你上哪儿去？”周俊涛急得声音都变了，“你别扔下我跑了啊！”

“你按我说的办就对了！”马小光扔下一句话，跑回了房间。没过两分钟，楼下响起了周俊涛的报告声，嗓门依旧够大，只是比平时多了丝颤音。毕竟严政委上任两个月来，还是头一次到汽车连来，就算没党课的事，也够让大伙紧张一把的。

“小周，政委亲自来听你这个连长的党课，好好发挥啊！”张主任的声音从窗口飘进来，“哎，马小光呢？”

“呃……我们指导员正在组织官兵……那啥呢。”周俊涛吭哧几下，“组织大家背诗呢！”

“背诗？”严政委问，“背什么诗？”

“背的古诗，边塞诗。我们准备‘八一’建军节的时候在连里搞一个边塞诗会。”周俊涛发动机缺缸的脑袋总算运转正常了些，“大家热情很高，有的都能背两百多首了。”

“哎，这个想法好！”严政委笑起来，“咱们脚底下的这片地方就是边塞啊，王维写的‘大漠孤烟直，长河落日圆’说的差不多就是咱们基地这一片，边塞诗是爱国主义的好教材，你们好好搞啊。”

“是，首长！”

楼下人声渐息，应该是去修理间那边了。马小光死死盯着电脑屏幕，从来没觉得启动程序如此之慢。他心跳得很厉害，握着鼠标的手微微发抖，在机关好几年，他都没像现在这么紧张过。仿佛才过了一分钟，人声又从楼梯口传了上来。他赶紧关上门，听见脚步声经过门口，又朝着走廊深入走去。等他胳膊底下夹着电脑跑到学习室时，严政委和张主任已经站在门口了。

"首长好!"马小光快步上前给政委敬礼。

"这个是马小光，汽车连指导员。"张主任介绍道，"原来是咱们基地组织科的干事，又在北京借调过两年，去年底才下的连队。"

"你指导员干得不错嘛。"严政委盯着马小光看了几秒，马小光不知道政委为什么这么说，一时间不知如何回答，只得拘谨地笑一下。

"你们的边塞诗背得怎么样?"

"报告首长，我觉得还可以。"

"能背两首听听吗?"

"好的首长。"马小光愣一下，不过立刻又明白过来，转身冲着门内喊一声"起立"，几十号人立刻齐刷刷地站了起来。

"全体都有，王昌龄《从军行》五首。"马小光高喊一声，"烽火城西百尺楼——开始!"

战士们一本正经地张着大嘴背起诗来，学习室立刻被这琅琅齐诵声震得"嗡嗡"响。这个环节本来是边塞诗会热场的环节，这会儿拿出来展示正合适。马小光看见站在讲台前的周俊涛也在张着嘴，只不过跟大家的节奏不那么合拍，因为他压根儿就没背过。但这个细节并不影响整体效果，因为这齐诵声如此洪亮又震撼，任谁置身其间都无法不被感染。大伙儿一气不停地从王昌龄背到卢纶，从李白背到杜甫，又从高适背到岑参，最后把王维的"纷纷射杀五单于"连吼三遍才戛然而止，而空气中似乎依然缭绕着阵阵余音。

“不错，有气势！”严政委高兴地鼓起掌来，“这才是连队的精气神！”

“首长，现在上课?”等领导们在最后一排坐下来，刘科长才上前小心翼翼地请示。

“可以，开始吧。”

这时候，仇部长也气喘吁吁地跑了进来，给严政委敬个礼，也坐在了一边。马小光几步走到前台，把手上刚打印出来的讲课稿放在周俊涛面前，又飞快地把笔记本电脑接上投影仪，这才坐到周俊涛身边，调出了课件，幕布上立刻显出了党课标题和周俊涛的名字。周俊涛显然是愣了一下，接着转头看了一眼马小光，而那眼神是马小光上任以来从未见到过的。他微微点一下头，周俊涛这才清清嗓子，开始讲了起来。

起初的几分钟，周俊涛讲得有些磕巴，特别是该断句的时候没断开。好在没过多久，他就渐渐进入了状态，到后来居然也有了些声情并茂的味道。而马小光则坐在一旁配合着他的节奏，恰到好处地翻动着课件。随便哪个人看过去，这都是一对配合默契的主官，一对情同手足的搭档，马小光在这种心知肚明的假象中竟然体味到了某种难得的享受，仿佛他和周俊涛之间从未发生过任何龃龉和冲突，虽然这只有短短的一个钟头。

“给战士们讲课，还是要多讲故事，多举例子，现身说法是最有说服力的。”严政委一边下楼，一边讲评，周俊涛则在边上一个劲儿地点头。出了楼门，严政委又停下来看着马小光，“你一直在边上给连长操作课件，这一点很好。两个主官就是要互相支持互相配合，这样的班子才有战斗力，才能把连队带好。”

“首长说得对，他们这两个年轻人，搭班子配合得非常好！”仇部长赶紧说，“方方面面反映也都很好。”

“前两天我儿子找你要车被你挡回去了。”走到院门口，严政委突然问马小光，“有这回事吗？”

“是。”

“不给是对的，以后遇上这种情况就不要跟他客气！”严政委又转向周俊涛，“你这个连长也一样啊！”

“是，首长！”马小光和周俊涛对视一眼，异口同声回答。

“还有，把你们的边塞诗会搞好啊。”严政委笑笑，“正式举办的时候我们也来看看，给你们捧捧场！”

领导们穿过篮球场走远了，马小光才摸出烟来。

“给我来一根压压惊。”周俊涛笨拙地抽口烟，又望着首长的背影长出一口气，“我去，刚才吓得我出了几身汗。”

“没事。”马小光笑笑，“对基层来说，官儿越大越亲切。”

“也对。”周俊涛沉默了一会儿，“刚才那讲课稿子哪来的？”

“我的啊。我给自己准备的党课教案。”马小光说，“我准备了几个晚上，到头来被你给讲了。”

“谢谢啊伙计。”周俊涛很认真地看着马小光，“多亏你了，要不然今天我就彻底报废了。”

“咱俩是一条绳上的蚂蚱，你报废了我也好不到哪儿去。”马小光笑笑，“稿子写得还行吧？”

“太行了，而且还有课件！”周俊涛兴奋起来，“你别说，上这课还挺有意思的，以前我怎么没发现？”

“因为你以前没上啊。”

“对了，你上次说想让张卢参加集训的事，我专门问了郭科长，他说这事咱们说不上话，而且都是从运输部队选人，张卢肯定是没办法参加的。”周俊涛说，“不过大车场养个猫啥的，我觉得特殊情况特殊对待，应该也能说得过去，你觉得呢？”

马小光点点头。这是劫后余生的周俊涛对他出手相助的示好，虽然这也不是什么光明正大的事，但周俊涛此刻的表情看上去倒是挺真诚。

回到房间，他才发现邱海青刚发了一条被撤回的微信。他说什么了？一定是知道刚才发生的事情在责备他吧。在马小光的想象中，那应该是条带着恨铁不成钢味道的信息。仿佛是个抽椅子的恶作剧，想要帮马小光出气的邱海青将周俊涛屁股下的椅子抽走了，而本该站在一边哈哈大笑的马小光却又将它悄悄地推了回去。事实上，刚才接刘科长电话通知时，他还没想过自己会把这椅子推回去。他根本没打算把自己的讲稿和课件贡献出来，往前推几天，他甚至巴不得周俊涛在战士们面前丢丑呢。那他到底在干什么呢？他也没想明白。虽然他已经在心里无数次地暴揍过这个总是令他难堪的家伙，可看到他六神无主的模样，却又不愿意那么做了。要么就是他内心不够强大，和孟佳怡在一起看《非诚勿扰》这样的节目时，常常会在一边拿本书来看，因为那些尴尬的场面总会令他深感不适。

马小光盯着手机，午后的阳光令屏幕失色。从前孟佳怡偶尔撤回微信时，马小光总会追问她撤回了什么，以及为什么撤回。那阵子他会担心孟佳怡撤回的微信本来是发给某个男人的，现在不用再问了。至于邱海青的微信——既然撤回了，那就等于没发，不是吗?

第四章　秋

居延城外猎天骄，白草连山野火烧。

暮云空碛时驱马，秋日平原好射雕。

……

——［唐］王维《出塞作》

一

“怎么样，感觉冷吗？”

“不冷不冷，挺好的指导员。”

马小光看着坐在对面的华亦实。快十一点了，他还坐在桌前修照片。握着鼠标的手似乎在微微发抖。难道昨天让他上山去给张卢语泽拍照又着凉了？不过刚才仔细看了体温计，三十六度八的读数让他悬着的心稍稍放下了些。

最初华亦实说要给全连每个人都拍一组“军装大片”时，马小光想象的也就是个证件照，所以华亦实让他换了春秋常服又换迷彩服还觉得麻烦。没想到图片做出来，马小光顿时觉得折腾的那一个钟头太值了。穿着军装的自己在深灰色背景和鲜红军旗的映衬下派头十足，看着哪儿是上尉啊，简直就是个上将。相比之下，他和孟佳怡去中国照相馆拍的照片都没这个气势。华亦实拍的“军装大片”每套六张，分为常服和迷彩，戴帽和免冠，坐姿和立姿。全连五十多号人，他断断续续拍了快两个月，就连梁壮壮调到训保团之前，华亦实也给他拍完了，照片上的梁壮壮看着一脸正气，估计连他自己都不太敢认呢。最后只剩下一个张卢语泽，华亦实提了几次想上山去拍，马小光都没同意。

“等他集训回来再拍也不迟。”马小光说，“他才第一年，着啥急。”

“他不急，是我急。”华亦实笑笑，“我怕我等不了那么久。”

“屁话。”马小光想不出更好的回答，“你现在不挺好的吗？”

“反正早点拍还是妥当一点。”

“那我先给你拍吧。”马小光突然想起来，“你不还没人拍呢吗？”

他其实不太会拍照，每次给孟佳怡拍完她都不满意。“还不如我自拍呢！”她会这么说。那天下午，他一直把相机照到没电，才勉强选了几张像样点儿的。

一直拖到昨天，他才同意带华亦实上山了。海拔越高，冷得越早。车队上山时，尖山嘴子已经飘起了雪花。每个人都备上了厚重的迷彩大衣，而北京的九月，好像还都在穿短袖吧？那座巨大而遥远的城市在他记忆里渐渐模糊，许多细节被时光之水洇成一片，变得不那么真切了。反倒是连队的宿舍、车场和上山的路日复一日地划刻在他脑海中，在这条手机都无法导航的军用公路上哪里多出来一块石头他也能清楚地记得，正像他清楚地记得连里的每一张面孔、每一张铺位、每一种口音，以及他们有什么样的优点和毛病。前不久来了位将军到连队检查，拿着花名册问了几个兵的出生时间和籍贯，见马小光对答如流还很高兴地表扬了他。那会儿他才反应过来：自己压根儿就没专门去记过这些事，怎么就记得这么清楚了呢？花名册上的出生时间只写到月份，而他连哪一天也都记得呢。籍贯只写到区县，而他连某乡某村也记得呢。这些信息如此纷乱庞杂，他不得不腾出更多的时间和空间来存放、管理、检索它们。

——你爸在广州的活儿不干了？

——不是早给你说叫你去把包皮割了吗？

——别以为我不知道县城补个胎多少钱。

——工资卡先放我这儿，省得你全拿去打游戏了。

——她不愿跟你好你还非得当舔狗是怎么着？

……他在不经意间就记住了一大堆这种零乱而琐碎的东西，看上去好像也没什么用处。不像在机关，材料路子、办事程序、电话号码和公文格式都是他用心去记的，一时半会儿记不完就写在随身的本子上，一条又一条，一页又一页。记下的东西立刻就能用得上。彭处长说过，他当干事时就搜集了上百份各类优质材料，计划把它们的整套大小标题都背下来，后来只背了四五十套，但那也够用了。他可以任意组合，举一反三，变出无数的材料套路出来。他当时也按照彭处长的办法背过，每次写材料时确实帮了他的大忙。可现在呢？那些东西就像军校时学过的高等数学和普通物理，曾经熟悉的公式和定理几乎都忘了个精光。彼时的他目标明确又小心翼翼，为了留在机关什么苦都愿意吃，什么错都不能犯，这让他长时间地感觉到焦虑。刚去机关时，他常常会幻想自己因为什么事情——诸如开会时语惊四座，或者写的材料令首长拍案叫绝之类——而被选去给首长当秘书，那他的命运将立刻得到改变。他一边嘲笑自己这种看到个漂亮姑娘就开始幻想艳遇的可笑念头，一边又止不住地渴望这种不着四六的奇遇。

记得彭处长派他去找首长签件那一次，紧张和激动搞得几乎要发抖。平时机关送件取件都是通过六楼秘书处，秘书处会将那一份份等待签批的文件分送给首长秘书，签完后再通知承办人去取走。马小光连首长秘书的面都很难见到，更别提见首长了。不见首长，怎么可能有展示自己的机会呢？那个夏天的傍晚，他兴冲冲地拿着材料跑出办公楼，直奔首长院而去。那几处院落虽然陈旧低矮，却住着整个机关大院里级别最高的人。一路上他都在设想着首长可能的问话和他将提供的精彩回答。每个可能的问题都有好几种回答，而每一种回答都可能换来新的问题，这些对白像原子核裂变一般瞬间挤满了他的脑袋，直到他被一个站在首长院路口的卫兵拦了下来。他举着手里的大号信封，声明自己有要事在身，可卫兵却毫不客气地指了指他胸前的临时出入证，强调这种证件是没资格进入首长居住区的。他费了大量笑脸和口舌，卫兵终于勉强相信这个满头大汗的上尉真的不会谋害首长，他这才满头大汗地走到一个绿树掩映的院落门前。他喊了声“报告”却没人应声，后来发现那院子比他想象的要大，而且长势良好的樱桃树挡住了他的声音。他花了几分钟时间才发现门边墙上的门铃按钮，这次对了，院门“咔嗒”一声开了一条缝。他飞快地检查了一下着装，确信全无问题才推门走了进去，还没走到那栋二层小楼前，纱门打开，首长穿着件老头汗衫和黑布鞋出来了。他马上敬礼叫声“首长好”，首长却只是冲他摆摆手，然后坐在了树下的石头小桌边。一个小战士不知从哪里冒出来，把首长的花镜和签字笔放在了石桌上。他赶紧取出文件放到首长面前，首长戴上花镜表情严肃地翻了一遍，然后在首页自己的名字上画了个圈。马小光站在一边，期待着首长就这份材料问点儿什么，好开启一场令首长刮目相看的谈话。可惜首长什么也没问，只是把文件递给他，又含意不明地“嗯”了一声，随后起身消失在那扇灰色的纱门背后。他记得自己接过文件后发了几秒的呆，然后才悄无声息地退出了院门。

好在没人知道他曾有过那么卑微又缥缈的幻梦。那时他总希望有人赏识他认可他并且留下他，就像藤蔓需要树木或者电线杆什么的以便攀缘而上。他让自己变得曲折而柔软，可最终还是匍匐于地面。现在他不需要了。他为什么不自己做一棵树呢？哪怕只是棵低矮又难看的沙枣树，永远只长在墙根和荒野。庙堂之高有高的好处，江湖之远有远的好处。嗯，这么说是有一些自我安慰的成分在里头，但也只是一部分。至少他不再像从前那样焦虑和拧巴了。他甚至能去做一些他从前想也没想过的事情。比如“八一”建军节的边塞诗会，严政委居然把唐司令员和其他常委全部请了过来，同来的还有一帮机关部门副职和科长，弄得他只好临时去旁边的通信连借了二十几把椅子，而原定在室内的活动也不得不转移到了院子里。全连齐诵和诗句接龙都不在话下，最好玩的是自由表演环节，汽车二班穿着从网上买的汉服，汽车三班披挂着自己用纸壳做的盔甲，修理一班则在巨星辰吉他伴奏下演唱了一首华亦实编的唐诗联句rap，而连队五个支委一起朗诵的是高适的《送浑将军出塞》，周俊涛刚看到这首二十四句的长诗就一个劲儿摇头说背不下来，可当真站到台上时，嗓门却比所有人都大，背到“城头画角三四声，匣里宝刀昼夜鸣”时竟然还很抒情地伸出了胳膊，这跟平日里吹胡子瞪眼的造型大异其趣，弄得台下的战士们放声大笑。后来严政委都坐不住了，主动要过话筒上台朗诵了一首《白雪歌送武判官归京》，这下可热闹了，严政委念罢唐司令登场，连仇部长也赶紧掏出手机搜了一首《凉州词》，用他的东北话念了一番。第二天，诗会上了战区的公众号，看了视频后周俊涛后悔了好几天，因为他那天特意换了身新迷彩服，结果把领章戴反了，五角星尖头冲下，而人家正好用了他一个十分投入的特写镜头。即便如此，他还是没忍住在朋友圈里转发了，更有意思的是诗会之后，他还要求队列行进时也“吼上几句诗”。这下好了，每天列队出操或者去饭堂，只有汽车连会在“一、二、三、四”的呼号声之后，带上几句五言或七言绝句。那些千古名句从千年后的士兵口中喊出时竟也异常合拍，弄得前来演习的部队常常会集体转头观看。

还有张卢语泽。这小子现在晒得跟块黑炭似的，不过从龇出来的一口白牙来看，状态相当不错。马小光原以为他第一天就会被集训队踢出去，没想到他这个“插班生”报到之后的第一项测试是五公里武装越野，据张卢语泽自己说，他撒丫子跑完，队长的眼珠子都快掉出来了，立刻同意将他留了下来。其实马小光本来对这事没抱任何希望，他只是想试着努力一下，以便自己安心地面对张卢语泽不可能参加集训的现实。他在手机里翻出何助理的号码——在北京时他们曾作为工作组成员一起下过两次部队，虽然路上聊得挺投机，可离开北京之后就没再联系过，毕竟人家是运输投送局在编的少校助理员，而自己只是个帮忙的小干事——发了条微信，没承想人家竟然回过来了电话。马小光担心何助理误以为自己还在机关，电话一接通就告诉他自己已经不在北京了。

“我知道啊。上次去办事顺路去了你们处，听说你已经走了。”何助理说，“走了又咋了，我就不认识你了？”

这样看来，自己有时候真是多心了。马小光想。巧的是，何助理正好具体负责这次集训，补报了一张表格之后，张卢语泽便去了集训队，当然，能不能留下或者能留多长时间就只能靠他自己了。这段时间，他还送走了三个服役满两年的老兵，剩下的几个留队转了士官。至于那只住在水塔上的猫头鹰，最近也学会了飞行。自从巨星辰把饭堂操作间弄回来的生肉放在了院子里，它会从半空中俯冲下来，只是着陆动作还不太熟练，总会冲出去几米，然后再掉头回来去叼地上的肉。还有奶片。刚来时往椅子上爬都有点费劲，现在长开了，随便就能爬到房顶上，得拿猫罐头才能把它叫下来。

一切看着都很正常。昨晚熄灯后，马小光还和周俊涛聊了一阵骨干配备问题。上个月新编制到了，正如齐志远所担心的那样，连里真的没有了排长编制，汽车排改成了汽车分队，修理排改成了修理分队，原来由军官担任的排长改成了由士官担任的分队长，齐志远调到新成立的训练保障团提了正连职车管助理，张炎目前还在干着。关于修理分队长的人选，马小光和周俊涛初步达成了一致意见，准备让巨星辰干。自从那堂党课上罢，周俊涛去马小光房间的频率比平时高了许多，两个人可以坐下来商量连里的各种事情了。包括边塞诗会的经费问题，马小光原来担心周俊涛会不愿意花这个钱，他本都已经打算自己出钱的，没想到周俊涛在支委会上主动提了这事——两个人意见一致的时候，连队的事情真的就好办多了。

唯一让他担心的是华亦实。上个月他发了两天烧，要不是马小光查铺时盯着他量了体温，这小子可能还不吭气。这可把马小光吓了个半死，连夜派车和杜依然把他送到市里。在驻军医院住了十来天，指标刚正常些他又跑了回来。这段时间，马小光总觉得他脸色比从前更白，人也更瘦了些。

“还好吧，他是病人，气色肯定比不了正常人。”杜依然这么说，“你也别太紧张了。”

就算这样，他还是不太踏实。仿佛一个计时器坏掉的定时炸弹，你不知道他什么时候会突然引爆。

“赶紧睡，明天再搞。”马小光拿起手电，“现在就睡！”

“好的指导员。”华亦实说着，却还在那儿调着色。马小光正要再催，手机突然响了起来。

“你还在大车场吗？”周俊涛的声音听上去很慌，“郭科长刚打电话说任永富的车出事了，让咱们赶紧过去！”

二

刚跑出车场大门，周俊涛已经开着北京吉普来接他了。

“严重吗？”马小光跳上车，“人怎么样？”

“人没事，关键是把人家停在路边的几台私家车都给撞了。”周俊涛看着很烦躁，“你看吧，我说司机还是固定的好，这一轮换，立马就出事！”

“任永富这么老的司机，怎么可能出这事？”马小光好一阵才说。连里的大车和小车司机轮换这事的确是他提出来的。他的想法倒也简单：一是不想让大小车司机互相看不上，二是想让小车司机多开大车上山练练手，这样任务重时能拉得上去。周俊涛本来不同意，因为一换就要牵扯到首长车司机，首长不说换，这事就进行不下去。而首长车司机不换，换车也就成了虚文。没想前一段，基地严政委主动提出不要专车了，这样一来，其他常委也不好再固定车，这事便突然变得顺利起来。

“车这个东西，轮子一动就有风险。你不知道淹死的都是会水的？”周俊涛埋怨完，又往回收了一句，“车是邱海青要的，他送他家属去火车站，你给他打个电话问问啥情况？”

马小光拿起手机打邱海青的电话，打了几次也没人接。车到北门时，不光油运科——现在应该叫运输投送科——郭科长在那儿，连保卫科李科长也匆匆跑来了。

“你们这司机都什么水平啊！”李科长估计也是被从床上催起来

的，“这个点儿了，红旗北街还是双向车道，我派个猴子去也不至于把人家路边停的车给撞了吧！”

“任永富是个老司机了啊，算是他们连里技术最好的司机了。”郭科长说，“真邪门儿。”

“别是酒驾吧？”李科长又问，“问了吗？”

“交警说给吹过了，不是酒驾。”郭科长苦着脸，“不是酒驾，也够咱们喝一壶的。我刚给仇部长打电话，被他剋一顿。叫我把事情弄清楚了再给孙副司令和司令政委报。这怎么报啊！”郭科长说着生气了，转头对着正在开车的周俊涛，“我说你们平时是怎么要求司机的？梁壮壮开到沟里也就算了，怎么任永富都能出事？”

“也不能怪小周他们。开车本来就是风险型工作嘛，只要有出事故的可能，早晚就得出事故，是不是小马？”一听说人没事，也不是酒驾，跟保卫口没啥关系，李科长立刻显得轻松多了，“连队那么多车，他们当主官的也不可能一个个跟着嘛。”

“首长可不管你这些，出事了就得收拾你！”郭科长气呼呼地冲着周俊涛，“你开那么快干啥？还想出事啊！”

车拐进红旗北街，远远就看见路灯底下交警的反光背心。这条路才开通不久，两侧都是居民小区，夜里十二点多基本没人了。周俊涛把车停在警车后面，几个人下了车，只见任永富正跟两个交警站在勇士车旁边。马小光上前一看，忍不住龇起了牙。他原以为只是车距没掌握好蹭到了路边车，现在一看，这事儿还真只能用“撞”这个字了。路北一台SUV右后尾灯全碎，保险杠也掉了下来。路南一台黑色轿车被蹭掉了左侧倒车镜，车身一侧也变了形。最惨的是SUV向前二十多米处的一台白色轿车，右前门整个被撞进了车厢里，要不是被勇士车的保险杠顶着，估计已经掉了。而右前轮歪在一边，看上去像被路边炸弹炸了一样。几个车主站在一边，正七嘴八舌地嚷嚷着。

“……我就是从路口拐过来，头突然一下子昏了，反应不过来了。”任永富在给郭科长报告着，“我也不知道是咋回事。”

“你以前有过这种情况吗？”

“……没有。”任永富垂着的脑袋抬起来看一眼郭科长，“好像没有。”

“有就是有，没有就是没有，啥叫好像！”郭科长又转头问周俊涛，“他以前说过脑袋发昏这档子事吗？”

“他就没有带脑子出来。”周俊涛气哼哼地，“带了脑子还能把车撞成这样？”

“郭科长，我们已经通知车主了，你们的全责啊。”领头的老交警笑眯眯的，看样子跟郭科长很熟悉，“没啥异议吧？”

“没有没有，我们能先把车挪走不？”郭科长说，“该赔的我们赔就行了！”

“那不行！”一个车主叫起来，“我记得军车都不上保险的，到时赖账怎么办？”

“反正我们已经调查取证了，责任都是军车的。”老交警笑眯眯地说，“具体赔偿你们和部队领导商量吧，商量不成也可以起诉。”

“大家请放心，我们肯定会依法依规赔偿各位的损失！军民一家亲，咱们这是大水冲了龙王庙嘛。”看几个车主情绪有点激动，郭科长赶紧赔着笑,“大家留一下电话，有什么问题随时找我!”

“还有，请各位千万不要把照片发到网上去!”站在一边的李科长赶紧补充一句,“拜托大家了啊!”

“把车开走啊!”周俊涛冲着任永富吼一嗓子,“还愣着干啥!”

“哎，对了，邱海青呢?”郭科长突然问一句,“车不是他要的吗?”

“邱干事……那个……他说他要办点事，让我先回去。”任永富吭哧着,“我就先走了。”

“行吧行吧，赶紧走吧!”李科长催着,“别一会儿人越来越多了!”

回去的路上，周俊涛开着前车，马小光上了任永富的车跟在后面。军车还是皮实些，除了左前灯罩碎了之外，开着倒也没什么影响。

“老司机了，你不应该出这事啊!”走到半路马小光才开口,“到底什么情况?”

“我也不知道咋回事。”任永富咽口唾沫，喉结滚动一下,“脑子突然就晕了。”

“现在呢?”

“现在没啥感觉了。”

“连里的车都没保险，这你知道吧?”

“知道。”

“邱干事知道这事不?”

“我也不知道。我也不知道他知道不知道。”任永富沉默了一会儿，“我跟他去火车站送完嫂子，他让我把他放在东街路口就让我回去了。”

马小光没什么可说的了。车快到基地时，邱海青的电话才回过来。

“小光啥事啊，刚才没听见。”电话里的邱海青听着心情不错。基地政治工作部人力资源科刚成立时，他本以为自己会当任免干事，最后却分管了兵员和文职人员，不过上次他叫马小光去家里吃饭时，他却又不再抱怨了，“送完你嫂子，正好一个朋友叫喝茶，我就让任永富先回去了。”

“他刚才撞车了。”马小光简单说了两句，“你要的车，给你说一声，别领导问你你还不知道。”

“任永富怎么可能出这事？”邱海青在电话那头也愣了，“这么老的司机，怎么搞的啊？”

两台车一前一后停在北门前等卫兵开门。营门灯光照进来，马小光看到任永富握着方向盘的两只手在微微发抖。任永富肯定知道马小光在看他，可他还是一动不动地凝视着前方。

三

汽车连老规矩，司机出了事，第一条就是收钥匙。司机天天到处跑，突然让他交钥匙停车，头一两天还梗着个脖子假装大义凛然，不过能撑过三天的很少，如果没抢到扫把去扫院子，那基本上就会在卫生间刷便坑。上次张卢语泽蹭坏了郭科长心爱的皮鞋，就被停了一星期的车。至于梁壮壮，自从把车开进了沟底，直到他一个月后打着背包去了刚成立的训保团，周俊涛都没再让他摸过车。

任永富是第九年的老兵，当然知道规矩。昨晚车一回场，就主动把行车包上交给了张炎。第二天早上出操时，各班带开训练班教练，站在一边的马小光突然发现队列里的任永富帽檐下有一块东西，像脸没洗净似的。他走近一瞅，才发现是额头上的一块青紫。

“你脑门上是怎么回事?”收操后马小光叫住他，“昨天晚上撞的?”

“估计是。”任永富赶紧把帽檐往下拉拉，“我都记不清了。”

“怎么会撞到脑门?”马小光盯着他，“你没系安全带?”

任永富避开马小光的眼神，不说话。

“行吧，先吃饭。”马小光拍拍任永富的肩膀。如果是梁壮壮出这事，他估计不会这么客气，可任永富又是另一回事了。突然出这么一档子事，自己心里肯定比任何人都难受。有时候自责比挨骂更难受，他也没必要再说什么重话了。

吃过早饭，马小光开始写检查报告。昨天晚上回来时，仇部长已经在连部等着他们了。新编制下来，后勤部和装备部合成了保障部，仇部长现在管着原来两个部门的事，本来就忙得够呛，却还要为此花掉整整四十分钟的时间来训他们两个连队干部，仅从“拎不清”这个词儿用了二十多遍这一点上，就能感觉到仇部长的火气。仇部长最后要求立刻在全连开展为期三天的车辆安全教育整顿，举一反三查找问题，人人做出对照检查，连队党支部要写出深刻检查，拿出对肇事司机的处理意见。检查报告好说，马小光一直都是吃材料这碗饭的，仇部长想要多深刻他就能写得多深刻，从事故经过到责任定性，从思想工作到安全教育，从日常管理到车辆安全，从存在问题到下步打算，大小标题被马小光弄得工整对仗，写着写着，多年在机关患上的材料病又犯了，写检查该有的负罪感很快被搞材料的成就感所取代，唯一没想好的就是该怎么处理任永富，最后不得不在材料结尾处停了下来。

“这样的兵还留着干啥？年底让他走人！”仇部长昨晚的这句话像个结实又显眼的拒马，把马小光的思路给堵死了。傻眼了是吧？早知如此，当初还不如顺水推舟把他调去山上呢，还省了得罪周俊涛的那个劲儿。那当初你干吗非要留他？不就是因为这个兵干活踏实任劳任怨吗？他身上没有老司机那种通常的油腻感，不抽烟不打牌，出多少车也不抱怨，眼睛细嘴唇厚，永远都是一张温良敦厚的脸。你要是不叫他，他绝不会主动到连部来找你。他不跟你也不跟周俊涛套近乎，对你们总是敬而远之。他越是这样，你对他印象就越好。你喜欢这样的兵，也许是因为他和你心底的某些感觉是契合的。你不也从来不喜欢往领导办公室钻吗？所以你早就打定主意，如果张炎调走，就让他接任汽车分队长，你跟周俊涛说过这事，他虽然觉得任永富不够泼辣，但也觉得他是个人选。可现在呢？全搞砸了。如果仇部长非要拿任永富撒气，那你和周俊涛根本拦不住。领导的话就是命令，而命令就是用来服从的。假如是私家车相撞，这种情况也不过是赔偿损失而已。军车则不同。司机只要出车就属于执行任务，哪怕是送邱海青家属去火车站这种芝麻绿豆大的事也是任务。任务没完成还损兵折将，按正常思路，肯定是处理得越重越好过关，诸葛亮斩马谡不就是这么干的吗？

诸葛亮是这么干了。人家是丞相，考虑的是江山社稷，自己就是一基层干部，还是办点儿具体的事情好了。他让许班迪带着任永富去了卫生队，杜依然给量了血压做了心电图都正常。这怎么行？任永富不是说自己突然头晕的吗？突如其来的眩晕当然属于不可抗力，由此造成的事故理应可以免责。马小光头一回如此热切地盼望有人得病，于是又去央求卫生科王科长。当天中午，杜依然又带着任永富跑了一趟驻军医院，做了脑电图、脑血流图和CT，折腾到下午四点多才回来，结果呢？所有的检查结果上都写的是“未见异常”。

“你们这医生都啥水平啊！”马小光很失望，“连个头晕都查不出来吗？”

“很正常啊。”杜依然反唇相讥，“你说话难听这毛病我们也查不出来。”

“任永富天天都在吃药，他身体肯定有毛病！”

“哎，你搞清楚，他吃的是胃药好吗？”

“胃药就不会影响到脑袋吗？”

“我看是你脑袋发昏了吧？”

“好吧好吧。”马小光没辙了，“你就不能给他找点儿头昏的原因吗？”

“找了，没找到。高血压、低血糖、颈椎病都排除了，脑供血不足、前庭功能病变包括睡眠不足都有可能造成头晕，不过一般都有个渐进过程，不会突然晕得连踩一脚刹车的时间都没有。”杜依然翻着马小光的《唐人绝句选》，“听你讲的这个，倒像是个把油门当刹车踩，我学车的时候有一次就踩错了，幸亏教练给我刹住了。”

“你是女司机。”马小光说，“我们司机可都是男的。”

“那是，杀人放火的基本也都是你们男的。”杜依然笑笑，“反正检查也检查了，目前看不是器质性的原因，注意力不集中啊，酒驾之类的倒有可能。”

这个路是走不下去了，处理意见只好上支委会研究。周俊涛是汽车连连长，汽车出了事，他自然是最恼火的那一个。昨晚仇部长发的火，主要烧的是周俊涛，所以他现在也一肚子火，拍着桌上的红色条令本，非要给任永富一个重重的处分。他和马小光手上的条令本都是同样的条令本，说的也都是《纪律条令》第九十一条之规定：“违反规章制度、操作规程，造成事故或者其他损失，情节较轻的，给予警告、严重警告处分；情节较重的，给予记过、记大过处分；情节严重的，给予降职（级）、降衔（级）、撤职处分。”区别只是周俊涛认为这次事故属于“情节较重”，至少应该给个记过处分，而马小光则认为这应该是“情节较轻”，给个警告或者严重警告也就够了。

“记过处分太重了。没伤到人，他也主动说要赔钱，而且他不是因为突然头晕才出的这事吗？”许班迪说，“我觉得给个警告处分也就可以了，他是中级士官，警告处分咱们连里就能批，再重的话，就得往上报批了。”

“我就是要报批！不处理得重一点，领导只会说我们没当回事！这会儿你们还护犊子，你不知道司令政委今天上午又把仇部长叫去批了吗？”周俊涛黑着脸，“再者说了，给啥处分都一个样，仇部长不都讲了吗，反正年底他都得滚蛋！”

“他表现一直很好，怎么会出这事呢？”张炎叹着气，“我到现在都觉得出这事的不应该是任永富。”

“你说谁该出事？谁该出？”周俊涛瞪着眼，“谁也不该出事！梁壮壮上次掉沟里就已经够糟心的了，这才好了几天？”

“梁壮壮不都上山去了嘛。”张炎说。

“他人走了，事儿还是咱们的！大家辛辛苦苦干一年，今年的先进连队又泡汤了！不处分他，对得起全连的弟兄们吗？”

几个人说了半天，最后马小光拿了个折中方案，建议给任永富严重警告处分，并报保障部党委审批。接着又分工许班迪去盯着修车的事。郭科长的意思是把三台车都弄到一个修理厂，可车主各有各的保险公司和修车点，只好让许班迪带着巨星辰去各家修理厂盯着，免得多花冤枉钱。许班迪估算了一下，四台车修下来怎么也得小两万，差不多顶任永富两个月工资。

“他连手纸都舍不得买，工资都给他爹妈看病买药了，还有弟妹念书也得花钱。”张炎皱着眉头，“一下子叫他出这么多钱，我估计不太好办。”

“他闯的祸，他不出谁出？”周俊涛说，“他不出就叫财务上扣，这还不简单？”

“我去跟他谈吧。”马小光说，“实在有困难咱们再想办法。”

四

看完新闻联播，马小光正准备让文书去叫任永富，他自己却先来了。他站在马小光面前耷拉着个脑袋，这才一天，整个人都蔫了，脸上蒙着一层油汗，在灯光下反着光。

“你也清楚，咱们的车都没有保险，油运科一直说上也没上。现在要修四台车，这个费用只能你自己承担。”话可以说得柔和些，唯有金额无法削减，“许副和巨星辰算了下，大概得一万五六，你要是手头没有，就只能从你工资里扣了。”

马小光希望任永富提一提困难，因为他家里确实比较困难。老爹瘫在家里，老妈身体今年也不行了，弟弟刚上大学，妹妹明年又中考，任永富的工资全寄了回去，自己连身便装都舍不得买。听说他弟弟高考完就去工地干活，马小光坐不住了，在连里搞了一场募捐活动，全连给凑了两万来块钱，可任永富死活不肯要，说是拿了这钱，就“没脸面在连里干了”。马小光好说歹说，最后才让他收下连里几个干部的捐款，算是给他弟弟交的第一年学费，其他的钱又退给了战士们。现在让他一下拿这笔修车费出来估计够呛，马小光问的时候，都已经打算替他先出一部分了。

“行。”不料任永富立刻就应承下来，“这钱我肯定出。”

“手头有钱吗？”像是想卖个关子可人家却没接话似的，马小光又问一句，“没有的话就说。”

“有，我有。”任永富小声回答，“我撞的车，该我给人出。”

“你先回去写检查吧，到时候军人大会你还得上台做检查。”见任永富沉默下来，马小光只好结束谈话，“我这儿也正写着连里的检查呢。”

“指导员——”任永富往门口走了两步，又停了下来，“我这个事肯定要受处分的吧？”

“你说呢？当了快十年兵了，这事儿你还用问我吗？”马小光看着他，“梁壮壮上次给了个警告处分，这你是知道的。”

“不是，我是想问给我处分了以后，还能在部队继续干吗？”任永富声音低得快听不见了，“我还想在部队多干几年，不知道影响不影响。邱干事说，处分完了再过上半年一年的，不影响以后留队的事，我也不知道是不是这样，就想问一下。”

马小光被问住了。邱海青说得倒没错，《纪律条令》里是规定了处分的影响期限，警告和严重警告六个月，记过和记大过十二个月，降职和降衔十八个月，撤职处分二十四个月，“确已改正错误的，不再因受到处分而影响其晋职（级）、晋衔（级）”。他已经把关于处分的规定反复研究了许多遍，字面上很好理解。可他没办法告诉任永富，别说四年后晋升四级军士长，他可能连今年都没办法在部队过完了。不出意外的话，在条令和仇部长之间，他大概率只能选择后者。

“你怎么想起问这个了？”马小光总得回答点什么，“谁给你说啥了？”

“没人说啥。”任永富说，“我是想着年底会不会叫我退伍，我主要怕这个。”

“这个怎么说呢？你要说上面领导有啥想法，这个我们是没办法保证的。”马小光琢磨了半天，觉得还是得给任永富透露点儿信息，哪怕不那么明确，“不过我和连长肯定是不会叫你走的。”

“那找邱干事呢？”任永富嗫嚅着，“他现在管兵，如果有这种情况的话，找他应该可以吧？”

“他是管兵员，但他也就是一个干事。”马小光觉得今天的任永富哪儿哪儿都怪怪的，跟平时那种从容又舒服的感觉判若两人，“你先别想那么多了，先把检查交上来，好不好？”

马小光等着任永富离开，他却还站在那里不动。

“修理费有困难你就跟我说。”马小光说，“你情况特殊，大家都知道。”

“他说这个事情不影响。”任永富却像没听见似的，自顾自地说道，“这话他肯定不能乱说的，对吧指导员？”

“行了，别瞎想了。”马小光耐着性子，“我知道邱海青是你老指导员，问题是他跟这个事情也没多大关系，你先把手头的事干了再说。”

“那要是调到其他单位呢？”任永富眼神直愣愣地，“调到其他单位应该就能正常干满十二年了吧？”

“你想啥呢？兵员调动得层层报批，哪有你想的那么简单！”马小光没好气地看着任永富，“你今天是咋回事，又头昏了？”

“邱干事说——”

“别扯淡了，你先想想自己为啥出这事儿吧！”马小光火了，“还调走？调哪去？我告诉你，邱海青马上就要调到战区机关去了，上周人家刚来考核过他，怕是你没调走，人家先调走了！”

“不可能！”任永富猛地抬起头，脸涨得通红，配上额头上那块开始发黄的青紫，看上去竟然有些狰狞，“他没说他要调走的事！”

“是，他没说，他干啥要跟你说这些？”马小光盯着任永富，“他说他要帮你调走？”

“不是……我就是问了问他。”任永富发了阵呆，勾着头出去了。

马小光虽然觉得奇怪，却也并非不可理解。他大概也预感到了前景不妙。马小光明白这感觉。去年冬天自己知道要离开北京时，不也像他这样病急乱投医吗？在这绝望的挣扎中，连顾副局长这样当过旅政委的前辈都爱莫能助，何况他一个二把刀的指导员呢？既然如此，邱海青为什么要给任永富许这个愿？就因为他曾是任永富的老指导员？这个理由听上去过于牵强，马小光说服不了自己，因为他不记得自己与邱海青还算密切的交往中，曾听到他提起过任永富的名字。

“马小光你啥意思？”正想着，手机突然响起来。才按下接听键，邱海青的怒火就喷了出来，“谁让你跟任永富说我要调走的？我把你当兄弟，你把我当啥？当傻逼吗？”

“你咋了？”马小光从来没见火力如此凶猛的邱海青，顿时愣住了。等弹雨般的责骂稍停，他才从地面上抬起头，“任永富说你能把他调走，我就是想让他搞清楚状况。我是想告诉他，这是他出的事，他得承担后果，这事跟你没关系，我就是想跟他说这个啊！”

“车是我要的，任永富又是我带过的兵，也不能说一点关系没有。”邱海青像是在路上走着，喘息粗重，“不过他现在有点……有点狗急跳墙的感觉，这样不好。你给他说说，我肯定会帮他的，你就说，我就是真调走了，在上面帮他不是更容易吗？”

“你真打算帮他调走？”马小光感觉脑子不够用了，怎么也想不明白其间的关系，“你觉得这事能办成吗？”

“这个你不用操心，我有办法。”邱海青沉默了一会儿，风吹得话筒呼啦啦响，“你先这么跟他说就行，安抚他一下，好吧？”

安抚。怎么安抚？自己当初要离开北京时，谁安抚也没有意义。马小光知道这个。他努力收拢思绪，又把检查报告从头到尾修改了一遍。不过是想靠文字来调整一下心情，这是他唯一擅长的事情，虽然再怎么改，也不可能改变将要给任永富的处分，以及他即将面临的结局。再过两个月又是退伍季，而严重警告的处分影响期是六个月，如果仇部长真想让任永富走的话，光凭这一条就足够了。

合上电脑时，已经到了凌晨。马小光起身去查铺，却发现任永富铺是空的。他下了楼，拿着手电在院里四处照着，光圈终于套住了任永富的脸。他正坐在院子北头的篮球架下，举起手挡住戳过来的光束，手里还攥着一根小树棍。

“什么情况？”马小光关掉手电走过去，“这么晚不睡觉。”

“睡不着，出来转一转。”任永富站起来，“指导员你坐。”

“你这是‘天阶夜色凉如水，坐看牵牛织女星’呢，还是‘银筝夜久殷勤弄，心怯空房不忍归’？”马小光想活跃一下气氛，可惜失败了，“有啥事说来听听。”

“也没啥事。”

“没啥事半夜三点在外头坐着?”马小光掏出烟,“来一根?”

任永富犹豫一下，接了过去。见马小光打着的打火机递过来，任永富慌忙凑上去吸了一口，结果被呛到了，猛地咳嗽几声。

“你听，这个点只有猫头鹰才出来转呢。”听了一会儿远处的猫头鹰叫，马小光才说,“说说吧，你跟邱海青到底咋回事?”

“没有啊，没咋回事。”任永富确实不会抽烟，吸一口到嘴里吐了出来，带着“噗”的唇音,“他是我老指导员。”

“我还是你现任指导员呢。”马小光看着任永富,“等天一亮，连里的处理意见就得往上报了。你现在有啥话说还来得及，报上去可就没机会了。”

“我没啥话说。”任永富的声音近乎耳语,“自认倒霉吧。”

“我觉得我还是应该提醒你一句，你指望邱海青把你调到别的单位去，这事基本没可能。”马小光两肘支在膝盖上搓着手,“我在北京帮了两年忙，最后都没调成，你觉得你这事靠谱吗?”

任永富的身子在黑暗中动了动，没回答。

“没说的就不说了。”马小光摸出手机看一眼,“咱们再坐五分钟，然后就回去休息，可以吧?”

猫头鹰“咕咕”叫着，有可能是他们逮住过的那个小家伙。戈壁的秋夜着实冷了，马小光忍不住抖起了腿。这时候，任永富嘴里嘟哝一声，他立刻停了下来。

“说啥?”马小光转过头,“我没听清。”

“他让我帮他这个忙。”

“邱海青？”

“嗯。”

“帮啥忙？”见任永富又不吭气了，马小光接着说，“因为车是他撞的，对吧？”

任永富没回答。

“这忙会把你帮死的，你不懂吗？”马小光长出一口气，“他给你什么好处了？”

“没有没有！”任永富噌地站了起来，使劲地摆着手，“他是我老指导员，他遇上事了让我帮他，那我咋办？他都求我了，我哪见过领导求我的？”

这就对了。所有的反常瞬间变得合理，说起来其实很简单：昨天晚上，邱海青到火车站送完家属后去赴梁勇的饭局，任永富则一直在外面等他。酒后的邱海青下楼后抢先坐进了驾驶位。任永富劝他停下，可他反而开得更快——这还真是邱海青的风格，一喝了酒就管不住自己。记得在北京那几次，只要晚上喝了酒，准会折腾点事情出来，要么在马路上放声高歌，要么拦下出租车又不上去，还有一次是去年五月的一个周六，马小光跟他喝完酒之后，他非要顺走餐厅里的一只木头杯子，马小光怎么拦都拦不住，只得又给人家赔了五十块钱，其实那玩意儿五块钱就能在淘宝上买一个——结果上红旗北街时弯没转过来，撞上了路边的车。慌乱中的他把油门当成了刹车踩着不放，直到撞得动弹不得才清醒过来。

五

“这也太扯了吧！”周俊涛穿着秋裤坐在床沿上，用指头抠着眼角，“任永富是不是吃错药了？”

“他没必要编这个瞎话。”马小光说，“先说这事怎么办吧？明天去给仇部长报告？”

“不不不，不能报。”周俊涛使劲挠着头皮，“报不报都救不了任永富，还把邱海青也给扯进来了，没这个必要。”

“总得实话实说吧！”

“任永富是在乱咬人，这你还看不出来吗？”周俊涛站起来，趿着拖鞋走来走去，“他说邱海青酒后开车，证据呢？就算邱海青喝了，这会儿也验不出来了，他说这些屁话有啥用？”

“验不验得了先不说，至少得把任永富反映的情况报上去吧？”马小光说，“上面怎么处理是上面的事，他们可以去调监控，可以去找当事人了解，但咱们不能瞒着。”

“任永富这个混蛋！他把邱海青扯进来，自己年底不一样得走吗？”周俊涛呆了一会儿，“就算他说的是真的，谁叫他把车交给邱海青的？这就是玩忽职守，一样得受处分，没准处分得更严重！”

“邱海青是管兵的干事，又是他老领导，他一个兵敢不给吗？换了你是司机，仇部长要开车，你给不给？”马小光说，“何况是他把任永富叫下车，然后自己一屁股坐进去就开着走了，又不是教练车，还有个副刹车。”

“别扯我，这事跟我没关系！”周俊涛吼一声，立刻又压低了声音，“反正这事不能报，你告诉任永富，现在只是给个处分，又没说让他走，他还折腾啥？没准到时候仇部长气头过去，他不也就没事了吗？”

“这话我说不了，这也不是我一个指导员应该说的话。还有两个月老兵就该走了，仇部长要气头没过去呢？到时候任永富把这事再说出来，那我们怎么说？”马小光盯着周俊涛，“既然这事跟你没关系，为什么不上报？你给我个理由！”

“这还用我说吗？你想想，现在全基地都已经知道是任永富出的事，机关都是跟首长这么报的，这会儿你又扯出来个邱海青，那不是把所有人的脸都给打了吗？不说别人，仇部长能饶了咱们？他非气炸了不可！”周俊涛缓口气，换了商榷的口吻，“你要不想出面，我去给任永富说。他要是不傻，这事绝不会往外讲，讲了对他有啥好处？没有。一点儿也没有。讲了只有坏处。再者说了，邱海青路子那么野，过几天调到大机关去，给任永富办个调动也不是不可能。”

周俊涛的话听上去倒也能自圆其说，可马小光知道那是不对的。如果他不问任永富的话——马小光的确有些后悔，特别是发现周俊涛并不赞同自己的时候——那他就不用这么纠结了。他这会儿应该都睡着了，做着一些可有可无的梦。可惜他已经知道了。他没办法把存储记忆的这些脑细胞切除。

“你怕领导知道，问题是这事早晚会被领导知道。”马小光说，“你认为这事能一直瞒得住吗？”

“真到那时候，邱海青早调走了，任永富该退伍也退伍了，谁还管这事？”周俊涛想了想，“就算领导知道了，他们也会装着不知道。就像上军校的时候两个同学打架，打得鼻青脸肿的，队长问他们咋回事，他们都说自己不小心撞的，你当队长不知道他们打架了吗？他是看破不说破。说破了就成事了。最不想把事情搞大的就是领导，搞大了还不是他们自己脸上无光。这个你放心好了，保准没错。”

“领导怎么想我管不了，事情是怎么样那就是怎么样。”马小光看着周俊涛在手机上摁着，突然反应过来，“你在给谁发信息？邱海青吗？”

“啊，没有没有！”周俊涛赶紧把手机扣在腿面上，“噢，对对，我是问问他到底啥情况。”

“他怎么说？”

“他说他马上过来。”

话音才落，连部的门“嘭”一声开了，穿着皮衣的邱海青挟着秋夜的寒气冲了进来，回手又反锁了门。

“怎么个意思？”棒球帽檐下两只发红的眼睛闪着锋利的光，从周俊涛脸上划过，又抵在了马小光眼前。他努力架住邱海青的目光，无声的金铁相击令他心尖微颤，这对他来说是一种挑战，毕竟他从来都认为自己远不如邱海青聪明，“是准备拿我开刀了吗？”

没人回答。邱海青收回目光，主人般一屁股坐在了会议桌前。这地方曾是他的领地，他曾在这里翻云覆雨，他的脑子和气场周俊涛都无力抗衡。从这点上说，马小光跟他根本不在一个量级。唯一的区别在于，马小光已经失败过，他认为自己已经没什么可以用来失败的了。

“首先，我没喝酒。其次，我没开车。第三，任永富的事我来处理就对了。”邱海青深吸一口烟，“我刚才也给他打电话说得很清楚了，不要节外生枝，我肯定会帮他，如果他这么乱咬，那他只能自生自灭了。”

“问题是——”

“听我说完！”邱海青一拍桌子，截断了马小光的话，“首长那儿用不着你们操心，他们会相信我还是会相信一个兵，你们自己想。还有，战区机关那边借调通知已经到了，如果因为你马小光背后捅刀子让我走不了，那基地也得给上面解释是什么原因。本来任永富撞车这事就是赔点钱的问题，上面根本不知道。但要是非要给我身上泼脏水，那对不起，我邱海青不是泥捏的，咱们就把这个事情闹大好了。你要是非想给基地首长戴上个隐情不报的帽子，那我也拦不住。但我还是强烈建议你不要这么干。”

“我没在你背后，我在你对面。”马小光说，“我只想问你一句，这车是不是你撞的？”

“当然不是。”邱海青冷笑一声，“你手揣在兜里干啥？别以为我不知道你玩什么花样。在录音是吧？接着录，录啊！”

“你想多了。”马小光把手从上衣兜里取出来，又伸进裤兜摸出手机，贴着桌面一甩，手机打个转，停在了邱海青面前，“我就想听句实话。”

“我说的就是实话。”邱海青看着马小光，“我的话不如一个兵的可信是吗？”

“你是没撞到人，要撞了人，你是打算让任永富替你坐牢吗？”

“你放屁！”邱海青猛地从椅子上弹起来，“你没留在北京，就非要把别人的事都搅黄了才爽吗？马小光，我哪里对不起你了？你干吗非要跟我过不去？你就这么见不得别人好吗？”

一团不明气体从胸腔涌出来，一部分塞住了马小光的嗓子眼儿，噎得他眼泪差点儿出来；另一部分则直达颅顶，憋得他头晕目眩。话语的杀伤力比他想象的更大，同样可以像炮火那样震碎内脏，并带给人长久的创伤应激障碍。他承认自己听到邱海青说要调走时生出过适量的嫉妒，可那只不过是一片将要被吹散的乌云罢了。他不是使绊子的人，至少他认为自己不是。此刻的邱海青像一只猛兽，张着血盆大口随时会一口咬掉他的脑袋，而几天之前的周六中午，马小光还坐在他家的餐桌前吃着涮羊肉。

没错，羊肉。你在北京时，邱海青给你快递了好几次新鲜羊肉，让你拿去送给处长和老干事们。你嘴上说着不要，可快递到门口时你不是一样去取一样去送了吗？你明显感觉到吃了戈壁滩头号美味的彭处长肖干事崔干事赵干事对你的笑容多了不少。而当你如丧家之犬般回了基地时，叫你去喝酒的依然是邱海青。你想转业时会问邱海青，你跟周俊涛不对付时也会问邱海青，你遇到问题第一个想到的依然是邱海青，就连你打印检查报告用的A4纸都是从邱海青办公室拿来的。那你现在在干什么？扮演正义的化身吗？可你真的只是一个最标配的俗人，能力素质和道德水准从来没有也不可能高过任何人。时至今日，你还不照样为没留在北京而愤愤不平吗？还不照样为孟佳怡另觅新欢而耿耿于怀吗？你自己也不可能相信当了指导员就会变成全连的人生导师，那干吗非要把事情搞得跟火炮的弹着点一样不可收拾？邱海青和周俊涛说得其实挺有道理，只不过他们的道理跟你不一样，那你听听人家的道理又何妨。其实你自己也很清楚，邱海青混好了对你有益无害，而任永富只不过是你手下几十个兵中的一个，他走留与否对你个人来说没有任何影响，因为你自己不也打算要走的吗？再过几个月，什么邱海青、周俊涛、许班迪、巨星辰、任永富、华亦实、梁壮壮、张卢语泽，这些人都将消失在你的生活中，正如你消失在北京那些人的生活中，你们不会相濡以沫，你们只会相忘于江湖，既然如此，你还较这个真干什么？

马小光默然垂头，棕红色的桌面反射着灯光和他模糊的面孔。他看不清自己了，唯一能感觉到的是心底某处疯长着杂草或者藤蔓似的东西，它们像蛇一样蠕动着，冰冷黏腻又坚硬扭曲，它们攀爬而上，四处蔓延，最后将他牢牢地捆成一团。

“事情不是这样的。”马小光喉头像被黏住一般，他不得不重来一次，好让自己的声音能脱口而出，“不是这样的。你说的是后果，我说的是真相。我就想问你一句，这车是不是你撞的？”

“是我撞的，你满意了吧？”邱海青死死地盯着马小光，“是我撞的，我现在可以告诉你。不过我说完，这事就到此为止，任永富那边你们不用管。他是我带过的兵，我知道他。”

“他现在是我带的兵。”

“非得撕破脸是吧？”

“我也不想这样。”

“我知道，你就是想这样，看着别人倒霉，自己就舒服了。”邱海青怒极反笑，“我以前不知道什么叫损人不利己，现在我才明白，原来你就是。”

“我没想那么多。我只是觉得，自己做的事情自己就要承担后果。”

“周俊涛！”邱海青转过头，“你是连长，你说话！”

“我说……我已经说了……我都给指导员讲过了，他就是不同意。”周俊涛脸变得刷白，“我说了，我是不想报的啊！”

“你是连长，你说了当然有用！连队是你们两个人的，对不对?”邱海青扯扯皮衣走到门口，“你要说了没用，那大家就一起玩儿完吧！”

六

两个月前，纪检科宋科长还是组织科的宋干事。马小光在基地机关那几年，一直跟老宋对桌坐，是老宋带着他学习办文、办事、办会，换句话说，老宋是他机关的启蒙老师。有的周末他不想去饭堂，就会打电话给老宋家属，问有没有饭吃。回答总是肯定的。马小光最爱吃嫂子炒的螺蛳辣椒炒鸡蛋，他能一次干掉两大碗米饭。

不过眼下显然不是叙旧的时候。宋科长和一个年轻的中尉干事坐在会议桌靠窗一侧，对面孤零零地坐着马小光。他屁股下面这把椅子之前肯定坐过了不少人，最近这一周，连里随时会有人被叫来这里谈话。不过这帮家伙都不太守规矩，明知道谈话内容是要严格保密的，回来后却还来找他。

“别跟我说啊，咱俩都别犯错误。”马小光会这么提醒对方。这些天他变得异常平静。他似乎从未如此平静过。一个被实名举报的人难道不该心乱如麻心神不宁心潮起伏吗？这让他怀疑自己是不是不够正常。从前挖空心思想去机关，去了机关又想去更大的机关，那些时候他总是不平静，想这想那想来想去，想时来运转想平步青云，直到他回了连队，才发现自己并非什么人见人爱的冬虫夏草，不过是一块草比苗高的麦地罢了。他得把那些草除掉，拔掉这根，又长起那根，直到他拿着一瓶除草剂兜头浇了下去。

会议桌侧面架着一只小摄像机，他面前还放着一只录音笔，红色的指示灯一闪一闪。军官证放在一旁，用来验明正身。在回答宋科长的提问时，中尉在一边飞快地敲击着键盘。不知道他用的是什么输入法，自己刚到机关时只会用拼音不会用五笔，老宋还专门吓唬他说，一个月学不会五笔就要把他退回通信连去。那段时间他没背过唐诗，背的都是五笔字根表。去了北京他才发现，处里会用五笔的只有他和彭处长，而这也让他赢得了最初的一点印象分。回想起来，那像是很多年前的事情了，要么就是时间快得让他反应不过来。

“你的身体和精神状况是否正常，是否能够正常进行谈话？”宋科长拿着张纸，问了他最后一个标准格式的问题。

“没问题，一切正常。”

“好的，那我们的谈话正式开始。”宋科长放下手里的纸，很认真地望向他，“今年四月，你是否发现连里的15号帕萨特轿车出过车祸？”

“是。”

“你是否知道15号帕萨特被梁壮壮的关系人用同款车辆调换过？”

“知道。”

“除了梁壮壮本人之外，连队知道这件事情的还有什么人？”

“还有连长和副连长。”

“请说姓名加职务。”

“还有周俊涛连长和许班迪副连长。”

“这起事故你们是否按规定上报过？”

“没有。”

“没有上报的原因是什么？”

“我担心影响连队的荣誉，所以不同意上报。”

“是你提出不上报，还是其他人提出不上报，而你同意了？”

“是我提出来不上报的。”

“周俊涛和许班迪也不同意上报？”

“没有，他们当时说了要上报的，我没同意。”

“车辆安全归连长分管，连长如果想上报，你怎么能阻止？”

“我是党支部书记，他是副书记，我不同意上报，所以就没开支委会研究这件事……就是这样。”

“你要为你所说的话负责任，听明白没有？”

“明白。”

“你是否收受过梁壮壮和他关系人的好处？包括但不限于现金、

银行转账、购物卡、有价证券和其他物品？”

“没有。”

“好，下一个问题。”宋科长沉默了一阵，又喝口水，“周俊涛和你共事期间，是否有过违法违纪问题？”

“据我所知，没有。”

“你是否了解他在担任连长期间有无违法违纪问题？”

宋科长的语气很平淡，平淡得像在问马小光吃过饭没。仿佛他已经知道马小光能够十分从容地回答这个问题。这倒是真的。在那个截至目前马小光生命中最为一波三折的夜晚，他和周俊涛对坐到天亮。除了加班搞材料的日子，马小光可没跟谁这么聊过整个通宵，连孟佳怡都没有。被连队一日生活调整过的生物钟已然昼夜分明，突如其来的变化令他筋疲力尽。多么熬人的夜晚！简直比知道自己要离开北京的那一晚还要漫长许多。他为什么要这么干？他自己也没想明白。他只是知道自己必须二选一，这道题让他仿佛提前老了十岁。他写过的所有材料加起来都没有这么让他感觉吃力。他只想去睡会儿，却又不能把周俊涛一个人扔在那里。周俊涛显然也累了，他想尽了一切办法想说服马小光，后来他放弃了。可能他发现眼下的马小光和从前的马小光并不是同一个马小光。从前的马小光只是找一个容身之所等待离开，像一个等在公交车站棚下的旅人。而此刻的马小光却找来了锄头和种子，仿佛一个准备开荒种地的农夫。这让周俊涛不知如何是好了。他甚至还哭了一鼻子——这事儿就没必要往外说了——换来的只有马小光递过去的纸巾盒。最后周俊涛终于沉默了，他的脸在晨曦中现出微微的灰白色，至少在马小光的记忆里是这样。

快吹起床哨，周俊涛才重新开口。仿佛一台重车在陡坡上起步，他必须松开离合器，好让空转的发动机与变速箱结合。慢点儿无所谓，关键是他得放开，否则他就无法向前。

“这样能行吗？”他问马小光，“你觉得？”

马小光也不确定。他也没干过这样的事情。从前他一直都觉得自己是一个人，而此刻他却跟周俊涛，跟任永富，跟他的连队焊接在一起。这种体验如此新鲜，以至于他心甘情愿地投入并保持这种状态。他在其中重新发现了自己，一个不要说周俊涛，就连他本人都未曾见过的自己。

“咱俩干的不是什么光荣的事，但起码没错吧？”

他这样回答了周俊涛。换以前，周俊涛准会用那种嘲讽的眼神看他。他一直不知道个中缘由。这次他知道了。有些话还是得说出来，一个人的内心星空般幽深，你不闪一闪光，又怎么能看得到呢？如果周俊涛不说的话，他不可能知道他那么护着梁壮壮，其实只是因为梁勇答应安排他媳妇去银行上班。周俊涛家属在老家时就在银行工作，为了他跑来这荒凉之地，他一直心怀愧疚，总想给她找一份称心的工作。但后来他发现，再那样死守着梁壮壮，他这个连长真的没办法再当下去了。他也感觉到痛苦，特别是当他清楚地知道自己在干着让别人笑话的事情时，那痛苦的感觉尤甚。也是这个黎明，马小光知道了周俊涛这么强势的人却会受制于邱海青。像是谜语，揭开谜底后才发现，其实一切都无比简单。

“他跟我说过，前年在火车站卸载油料的时候，其他车都回去了，他开着收尾的油罐车，把槽罐里的汽油卖了一部分给了县城开加油站的老乡。”

“卖了多少油？”

“大概四吨。”

“拿了多少钱？”

“两万块。”

“钱他都自己拿走了吗？”

“钱一直在他那儿，后来交给我了。”

“什么时候交给你的？”

“记不太清了。”

“这都记不清吗？”

“大概是我到连队两三个月的时候。”

“为什么交给你？”

“他说他也不知道是怎么想的，他老乡一直想让他帮着弄点油他都没干，就那一次昏了头，临时决定把油车开过去了。拿了钱他一直很后悔，又不知道怎么处理。他说，他本来想交给邱海青的，但邱海青告诉他，这事不说就不是事，说出去处理会很严重，把他吓住了。后来邱海青不知通过什么渠道拿到了他要加油站卸油的监控录像，他就更不敢再说了。我到连队以后不久，他把这事给我讲了，把钱也交给了我，还写了一份情况说明。”马小光把手里的信封递过去，“都在这儿了。”

“你到连队两三个月的时候应该是年初，这么长时间，你为什么一直没有上交？”

“我一直想上交的，后来忙忘了。”

“忘了？”宋科长瞪着他，“这么大的事你说忘了，你觉得符合常理吗？”

“是，科长，我也觉得不合常理。”马小光说，“不过我确实是忘了。”

“你这是胡闹！”宋科长扔下手里的信封，“你知道不知道？”

“是是是，这事怪我。主要是我学习不够，也没把这事想得太严重。我想着反正他把钱都主动上交了，情况也都说明了，早交晚交都差不多。”马小光有点无赖地笑一下，“再说纪检科不是刚成立吗，之前让我交我都不知道往哪儿交呢——”

“别跟我扯淡了！”宋科长一拍桌子，“你组织科出来的，你不知道我管纪检吗？”

“我知道啊，所以我现在就交给你了。”

“行了行了，先休息一下！”宋科长一发话，身边的小干事立刻起身关掉摄像机和录音笔，又知趣地出了门。

“你小子是不是疯了？还是当我是傻子？”宋科长还在那儿瞪着眼，“你这编的是什么乱七八糟的东西？这事跟你啥关系都没有，你非往自己身上揽什么揽？你不知道邱海青酒驾撞车的事已经把张主任气得快吐血了，你还跑来添什么堵？你是在连队待傻了还是咋？”

“连队不是我要求来的，是张主任让我来的呀。”马小光笑起来，“不过你别说，我现在还挺喜欢连队的，真的。”

七

往年这个时候，各项演训活动均告结束，各部队都已班师回营。但这个深秋，一切都还没有结束的意思。前些年马小光上山时，常能看见壮观的野战帐篷村，拱门两侧是长长的对联和石子在地上镶嵌出的地图、部队标识或者豪言壮语，行列齐整的帐篷中间是一条条碎石铺就的小路。有时还会在帐篷内的地面上铺上一层水泥，等撤走后，戈壁滩上会留下一个个灰色的方块。

不过现在见不着了。灰黄的戈壁滩上搭设密集的帐篷，好看是好看，可在空中一览无余，一波空袭下来基本会全军覆没。游戏总是随着规则而变，所以大家都学聪明了，此刻从车窗望出去，人员装备零星散布在演习区，迷彩涂装的兵器车辆都带着荒漠伪装网。连里的车辆他已经非常熟悉，但眼前这些兵器的型号就没那么简单了。马小光观察了一下，参加这场火力演习的防空武器至少有五六个型号。

“指导员，那个是什么导弹啊?”华亦实指着一台双联装的发射车问，“看着很厉害的样子。”

“呃……我也不认识。”马小光想了想，“没准是进口的。”

“得了吧，那个是红旗12号。还进口呢，那是正宗的国产装备，我上次来训保大队都见过了。”坐在勇士车后排的杜依然不屑地说，“你问他还不如问我呢，你当你们指导员啥都懂啊。”

“我们指导员是啥都懂啊。”坐在杜依然身边的华亦实笑笑，“我是这么觉着的。”

“天哪，真肉麻。”杜依然夸张地翻个白眼，“他也就会写个材料好吗？”

“谁说的，我现在已经不写材料了！”马小光嘿嘿笑，“本人现在是个带兵的粗人。”

“有多粗？”开着车的许班迪坏笑着问。

“虽然比不了导弹，但还是可以的。”马小光说，“哎，杜依然，你给我们讲讲你实习的时候给广大官兵割包皮的故事啊。”

“滚你的吧。”杜依然笑着在背后掐了一下马小光的肩膀，“看见没华亦实，这就是你们指导员的真实嘴脸。”

马小光转头看看，斜后方的华亦实正笑着，虽然声音在引擎声中显得微弱，可那笑容无疑是真的。这个兵正裹在厚厚的大衣里，戴着这个季节还用不到的大头帽。出发时谁也没想到这一点，上了山才感觉风大。还好周俊涛就在训保团，翻出自己的帽子借给了华亦实。作为训保团三连的代理连长，周俊涛除了抱怨山上的水喝着味道不正之外，整体状态还不错。他一直担心自己会被降职降衔的事情并未发生，他只是受了个严重警告处分，平职来到山上戴罪立功了。相比之下，邱海青挨的处分则重得多：职务从副营降为正连，军衔从少校降为上尉。大家都议论说，这已经算是挺好的结果了，如果出事当天让他做酒精测试，没准儿还得判刑呢！马小光也听说了邱海青在严政委办公室痛哭流涕的事儿，这让他心里多少有些不是滋味。可话说回来，除了这么做，他还有别的选择吗？

无论如何，他们都只是不顺利罢了，他们仍将继续生活，脸膛也仍将红润。不像华亦实，那因为低烧而发红的面颊，更像是涂了一层腮红。前几天马小光去大车场查哨时，他还在宿舍里练习军号。这是他近来热衷的事情。他已经能够熟练地吹出起床号了，那稍显刺耳的号音听上去跟平素办公楼顶高音喇叭里播放的声音迥然不同，你能从中听到带着温度的气息。那天马小光还跟华亦实商量，打算让他在车队上山时给大家吹个冲锋号壮行，而这个号音华亦实还练得不太熟。他试着吹了几下，然后就坐了下来，脸色变得发白。马小光误以为他是用力过猛，现在回想起来，那会儿他可能已经开始发烧了，而他偏偏忘了伸手去试一下华亦实的额头。

华亦实自己肯定是知道的。他床头柜上就放着温度计，旁边就是沉默的梅里雪山，日复一日被夜幕笼罩，又阳光照耀。直到昨天他找马小光说想上山看看演习，而马小光让他先去问杜依然时，才知道他正在发着低烧。杜依然在电话里把马小光骂了半天，然后让他马上派车送华亦实去驻军医院住院。

"我还从来没看过实弹演习呢。"华亦实却要求再等一天，"明天就开始了，我想去看看。"

"演习还不多的是？"马小光说，"下次再看啊。"

"不一定有下次了。"华亦实笑笑，"我说的对我来说。"

"别瞎扯，机会有的是。"许班迪说，"先去医院。"

"我一直等着看呢，在基地当兵，怎么也得看个演习吧，就算去了医院，我也可以给别人吹吹牛。"华亦实看看许班迪，又看看马小光，"不看的话，我可能永远也看不上了。"

"行，去，我带你去！"沉默了半天，马小光拍拍华亦实的肩膀，“先看这一场，明年春天咱们再接着看！”

马小光也不知道这么做会不会害了华亦实。也许晚一天去医院会有截然不同的后果，不过现在想这个也晚了。许班迪开车载着他们一直到了训保营附近的小山包上，这时候夜色渐浓，星空愈加灿烂。远远地能听到油机的轰鸣声，但灯火管制的演习区什么也看不到。他们站在车前等了一会儿，突然听到空中远远传来嗡嗡声，越来越近，越来越响，最后变成滚雷一般从他们上空掠过，华亦实兴奋地指着飞机闪烁的航行灯叫起来。紧接着，荒原的夜幕被腾空而起的导弹尾焰划破，一道接一道，伴着尖啸声在夜空中画出不规则的亮线，接下来，是几记来自遥远夜空中的爆炸声。几发导弹之后，戈壁重又归于黑暗。

“没啦？”不知等了多久，华亦实问，听上去有点失望，“这么快就结束了？”

“哪儿啊，这才刚开始。”马小光说，“你先上车里休息会儿。”

华亦实拉开车门，犹豫了一下却又关上了。刚回转身，夜空突然被橙色的火光扯开，隆隆巨响中，一团团火焰在眼前绽开，脚下的大地剧烈抖动着，冲击波从脚底冲上来，震得内脏发颤，身边的车也跟着抖动起来。马小光不知道他们打的是什么靶标，可能是无人机，也可能是航空靶弹或者高速靶机，这些玩意儿只有雷达才能捕捉得到。肉眼所见的只是黑暗中的火光，高炮集火射击时火药剧烈燃烧的光焰，弹丸透过火炮修长的身管被推向空中，然后在星光之下炸出一朵朵小小的白云。你不可能知道哪一颗好运气的弹丸会击中目标，也可能整个波次的射击结束后也不会有任何一发炮弹命中，你唯一能确信的是，所有弹丸都在进行着一次义无反顾的飞行。

华亦实仰着脸，出神地凝望着此起彼伏的火光，面孔的侧影在持久而震撼的轰鸣中显得异常宁静。这个此刻本该回到医院血液科病房接受新一轮治疗的年轻士兵却在炮火中沉思，他在想些什么？马小光不知道。他只是感到忧伤，为那些美好却转瞬即逝的事物而忧伤。

第二天上午开会回来，文书正站在一楼公示栏前面准备更换“每日一诗”。昨天贴在白板上的是刘禹锡的《秋词》：

> 自古逢秋悲寂寥，我言秋日胜春朝。
>
> 晴空一鹤排云上，便引诗情到碧霄。
>
> 推荐人：修理分队华亦实

“先别换了。”马小光想了想，“再留一天吧。”

刚进连部，手机响了起来。

“指导员你忙不？”电话那头的张卢语泽扯着嗓门，“我们刚把手机发下来！有个事情我必须马上向你汇报！”

“你不会又把集训队领导的鞋给蹭报废了吧？”

“哈哈，我入围决赛了！”

“嗯，那意思是所有人都入围了吧？”

“哈哈，指导员你又笑话我！我给你说，六十多个人里头只选十五个！”

“不错，继续努力，拿了名次回来请你吃羊肉面卷。”

“指导员，我听说你受处分了，真的假的啊？”

“真的啊。党内警告处分。”

“这算是严重还是不严重？”

“你连个党员都不是，跟你说你也听不懂。”

“那……那你不会走吧？”

“你不得名次我怎么好走？”

“好，那我就放心了。”

张卢语泽嘿嘿地笑起来。

马小光抓着电话，窗外是戈壁深秋的晴空，一年中最深的蓝。

图书在版编目 (CIP) 数据

上尉的四季 / 王凯著. — 北京 : 北京十月文艺出版社，2022.8

ISBN 978-7-5302-2242-3

Ⅰ. ①上… Ⅱ. ①王… Ⅲ. ①长篇小说—中国—当代 Ⅳ. ① I247.5

中国版本图书馆 CIP 数据核字 (2022) 第 094466 号

上尉的四季
SHANGWEI DE SIJI
王凯 著

出　　版　北 京 出 版 集 团
　　　　　北京十月文艺出版社
地　　址　北京北三环中路 6 号
邮　　编　100120
网　　址　www.bph.com.cn
发　　行　新经典发行有限公司
　　　　　电话 010-68423599
经　　销　新华书店
印　　刷　河北鹏润印刷有限公司
版　　次　2022 年 8 月第 1 版
印　　次　2023 年 9 月第 2 次印刷
开　　本　850 毫米 ×1168 毫米 1/32
印　　张　8.25
字　　数　176 千字
书　　号　ISBN 978-7-5302-2242-3
定　　价　39.80 元
如有印装质量问题，由本社负责调换
质量监督电话　010-58572393